Tendre abandon

Du même auteur
aux Éditions J'ai lu

LE FIER CONQUÉRANT
N° 3222

DEUX FEUX SOMBRES
N° 3371

CANDICE LA REBELLE
N° 3684

CAPTIVE DU TEMPS
N° 4637

LA BELLE IMPERTINENTE
N° 5667

LE PRINCE DE MAYFAIR
N° 5809

TOUT FEU, TOUT FLAMME
N° 5982

LES ENQUÊTES DE FRANCESCA CAHILL

1. UN ODIEUX CHANTAGE
N° 7899

2. UN SUSPECT EMBARRASSANT
N° 8705

3. UN CADAVRE SOUS LA NEIGE
N° 8820

4. UNE TERRIBLE MENACE
N° 8241

5. CARESSE MORTELLE
N° 8344

6. PROMESSE FATALE
N° 8450

BRENDA

JOYCE

Tendre abandon

Traduit de l'anglais (États-Unis)
par Francine André

J'AI LU

AVENTURES
& PASSIONS

Titre original
BEYOND SCANDAL

Avon Books, a division of The Hearst Corporation, N.Y.

Prologue

Comté d'Essex, Angleterre, 1852

Anne s'apprêtait à vivre la journée la plus sombre de son existence.

À cet instant, elle aurait voulu être à mille lieues et ignorer que l'on allait célébrer les fiançailles de sa cousine, Félicity Collins, avec le vicomte Lyons, Dominick Saint Georges. Mais comment oublier cet événement quand, sous ses yeux, Félicity virevoltait, fébrile et excitée, en prévision de la grande fête de ce soir à laquelle se presseraient le Tout-Londres et les meilleures familles du comté ? Anne avait demandé la permission de se retirer dans sa chambre, cette pièce sinistre et étriquée qu'elle détestait pourtant. Sa tante Edna avait refusé tout net, affirmant que l'on aurait besoin d'elle pour aider Félicity à s'habiller pour la cérémonie. En réalité, on n'avait pas fait appel à elle et Anne rongeait son frein, condamnée à assister à des préparatifs qui lui fendaient le cœur.

Félicity venait d'enfiler sa jolie robe bleu pâle. De ses doigts agiles, la femme de chambre française lui resserra la taille, lui dégagea les épaules par petites touches et abaissa le tissu du décolleté jusqu'à un point savamment calculé.

Devant la gorge voluptueuse, les hanches rondes et la taille de guêpe de sa cousine, Anne connaissait pour la première fois la jalousie. Aujourd'hui elle se sentait laide, détestable et terriblement seule. Elle ferma les yeux et s'écarta un peu, comme si elle pouvait échapper à cette torture.

Depuis des années, Anne était amoureuse de Dominick Saint Georges. À dire vrai, elle ne s'en était jamais cachée, mais son oncle, sa tante et ses cousins avaient toujours pris à la légère les sentiments de cette petite parente pauvre qu'ils avaient recueillie. Ils s'étaient contentés de sourire devant ce qu'ils considéraient comme un caprice de jeune fille romantique.

Loin d'éteindre sa passion, les fiançailles de Félicity rendaient plus douloureux encore son amour déçu. Elle avait l'impression que son cœur était sur le point d'éclater. Si seulement sa cousine avait pu s'arrêter de parler ! Au lieu de cela, elle ne tarissait pas d'éloges sur la richesse et la beauté de Dominick.

— Oh, maman, je suis si heureuse ! s'exclamait-elle pour la énième fois.

— Il y a de quoi, c'est un très beau parti. Quand je pense que tu as failli te fiancer à Lord Reed !

Félicity était la seule fille, et la plus jeune, des cinq enfants d'Edna. Cela faisait maintenant quatre ans qu'elle avait fait son entrée officielle dans le monde et depuis lors, elle avait reçu une bonne dizaine de demandes en mariage qu'elle avait toutes refusées. Au dernier conseil de famille, il avait été décidé qu'elle devrait convoler cette année. Le choix s'était à la majorité porté sur Lord Reed, un baron âgé... mais très fortuné. Puis Dominick s'était présenté. Il avait fait la cour à Félicity et tous les projets précédents avaient fondu comme neige au soleil devant ce parti plus flatteur.

Anne s'interrogeait... Devrait-elle aimer en secret le mari de sa cousine le restant de ses jours ? Ô mon Dieu !... Rapidement, avant qu'Edna et Félicity ne s'en aperçoivent, elle essuya d'un revers de main quelques larmes qui perlaient sur ses joues. Sa tante était d'ailleurs trop occupée à faire des recommandations à sa fille pour remarquer quoi que ce soit.

— Conduis-toi comme il faut, sois une bonne épouse, obéissante et docile, et tu ne manqueras de rien.

Les yeux bleus de la jolie Félicity s'éclairèrent et un sourire entendu se dessina sur ses lèvres.

— Voyons, je sais me tenir comme une dame, maman ! Je connais la réputation de Dominick Saint Georges, un homme qui a deux passions : les femmes et les chevaux. Ne vous inquiétez pas, je saurai mater son cœur de pierre.

Edna poussa un soupir.

— Soit, soit ! Mais s'il ne se laisse pas apprivoiser, s'il garde ses maîtresses et s'il te laisse seule la plupart du temps, tu devras l'accepter !

— Évidemment ! plaisanta Félicity. Croyez-vous que je sois assez bête pour perdre de vue qu'un jour je serai marquise de Waverly et duchesse de Rutherford, à la mort de son père et de son grand-père ?

L'espace d'une seconde, Anne imagina Dominick, ses cheveux bruns aux reflets d'un roux presque magique, son visage hâlé où se creusait, lorsqu'il souriait, cette petite fossette si caractéristique. C'était plus qu'elle n'en pouvait supporter. N'y tenant plus, elle traversa la chambre comme une flèche, manquant se prendre les pieds dans le tapis persan qui recouvrait le sol.

— Anne, où vas-tu ? Reviens immédiatement !

Pour la première fois de sa vie, Anne osa braver l'autorité de sa tante. Elle ne répondit pas et disparut par la lourde porte en chêne, emportant avec elle son amour-propre bafoué.

La somptueuse salle de bal de Waverly Hall, résidence principale du marquis de Waverly, Philip Saint Georges, père de Dominick, resplendissait sous les feux de cinq lustres de cristal. Adossée à un mur, Anne regardait la famille Saint Georges en grande conversation avec son oncle et sa tante. Surtout, elle ne pouvait détacher son regard de Dominick. Jamais elle ne l'avait trouvé aussi beau.

Il portait un pantalon noir bordé de satin et une chemise d'un blanc immaculé aux boutons de nacre. Il possédait cette élégance typique des Saint Georges qui provoquait immanquablement l'admiration. Sa chevelure attirait l'or et le scintillement des lumières, et le gris de ses yeux s'illuminait de reflets changeants.

Soudain, il se tourna dans la direction d'Anne et, contre toute attente, soutint son regard longuement, comme s'il était fasciné. Dans la profondeur de ses yeux, elle crut deviner une certaine frustration. Puis il reprit la conversation avec ceux qui l'entouraient, comme si de rien n'était.

Les fiançailles avaient officiellement été annoncées en début de soirée. Le silence s'était fait lorsque Dominick avait passé un magnifique saphir entouré d'une double rangée de diamants à l'annulaire de Félicity, puis la foule avait applaudi dans un joyeux brouhaha.

Félicity était ravissante. Pendue au bras de Dominick, elle riait en faisant de grands gestes. Son fiancé était beaucoup moins démonstratif, il semblait presque s'ennuyer. À nouveau, son regard croisa celui d'Anne, mais il se détourna rapidement. Enfin ce soir, pour la première fois, il l'avait remarquée. Elle avait tant rêvé de ce moment ! Elle regretta d'avoir encore les yeux rougis par les larmes qu'elle avait versées cet après-midi, et s'attrista de n'avoir eu à se mettre que cette petite robe bleu marine un peu flétrie qui venait de la garde-robe de Félicity.

Maintenant, Dominick et Félicity s'entretenaient avec le pasteur et sa femme. Telle une maîtresse possessive, Félicity enlaçait la taille de son fiancé et s'inclinait vers lui de temps à autre, révélant aux regards une gorge attirante. N'avaient-ils pas l'air du couple idéal ?

À cette pensée, Anne fit un geste si brusque qu'elle faillit heurter un homme à la haute stature. Lorsqu'il étendit la main pour la retenir, elle reconnut le rubis gravé aux armes des Rutherford qui ornait son doigt. Il s'agissait du grand-père de Dominick.

— Holà, Anne ! Où allez-vous comme cela ? Pourquoi ne vous êtes-vous pas jointe à votre famille et à la mienne ?

Bien qu'il eût toujours été très aimable à son égard, le duc de Rutherford intimidait Anne. Le simple fait de savoir qu'il était l'un des aristocrates les plus riches et les plus puissants du royaume l'impressionnait.

— Je... ne me sens pas très bien, bégaya-t-elle.

— Puis-je faire quelque chose pour vous ? demanda-t-il aimablement.

— Non... non, merci.

Plus loin, Félicity bavardait avec d'autres convives. À ses côtés, Dominick restait silencieux. Le duc de Rutherford surprit le regard d'Anne dans leur direction.

— Ils forment apparemment un beau couple, n'est-ce pas ? Quel dommage qu'ils soient si mal assortis !

Anne fronça les sourcils, se demandant si elle avait bien entendu.

— Vous voulez dire que vous n'approuvez pas cette union ?

— La lignée des Collins est très respectable. C'est une famille au sang bleu et qui – cela ne gâte rien – n'est pas désargentée comme le sont la plupart des nobles à notre époque ! J'aurais donc toutes les raisons de me réjouir du prochain mariage de mon petit-fils. Pourtant, j'ai comme l'intuition que Félicity n'est pas faite pour Dominick. Je le lui ai dit mais, voyez-vous, il est têtu comme une mule !

— Mais... ma cousine est très jolie.

— Qu'est-ce que la beauté par rapport au bonheur ? répliqua le duc avec un soupir.

Il s'interrompit un moment, rêveur, puis reprit soudain :

— Vous paraissez très pâle, Anne. Je vous conseille d'aller faire un petit tour dans le parc, l'air du soir vous fera sûrement du bien.

Sautant sur l'occasion qui lui était offerte, la jeune fille traversa la salle de bal, jouant des coudes au milieu des convives et prenant soin de ne pas glisser sur le superbe parquet ciré. Au moment où elle franchissait la porte-fenêtre, une servante passa près d'elle et lui saisit vivement la main. Le temps de réaliser qu'elle venait de lui glisser un billet, la domestique avait déjà disparu dans la foule...

Anne, intriguée, sortit sur la terrasse et déplia le papier. Son cœur manqua un battement lorsqu'elle comprit que le message venait de Dominick. Il lui demandait de le rejoindre dans les jardins. Aussitôt, elle pensa qu'il pouvait s'agir d'une mauvaise plaisanterie. Pourquoi choisissait-il le soir de ses fiançailles avec Félicity pour lui donner un rendez-vous secret ?

La nuit était belle et douce ; un croissant de lune et des myriades d'étoiles scintillaient dans le ciel. Rapidement, elle traversa la terrasse dallée en direction du parc. Au fur et à mesure qu'elle s'enfonçait dans l'obscurité des jardins, des senteurs entêtantes de lilas et de glycine lui chatouillaient les narines. Près de la fontaine de marbre blanc, elle s'arrêta et instinctivement posa la main sur sa poitrine. Elle avait besoin de calmer les palpitations de son cœur.

Combien de temps attendit-elle, immobile, près du vieux chêne ? Pendant quelques secondes, elle perdit conscience de l'instant présent, accablée sous le poids de la solitude qu'elle n'avait jamais ressentie aussi cruellement depuis la mort de son père...

Une présence à son côté la ramena soudain à la réalité. Dominick la fixait, l'air grave et tendu. Son regard était si pénétrant qu'elle se sentit transpercée jusqu'à l'âme.

— Anne...

Jamais il ne l'avait appelée par son prénom. L'émotion l'empêcha de répondre.

— Qu'est-ce qui ne va pas, Anne ?

— Je... je me sens mal à l'aise avec tout ce monde.

Il continuait à la regarder avec intensité, mais un sourire éclaira son visage.

— En général, on s'amuse lorsqu'on est invité à une fête !

— Pas à celle-ci, répondit-elle en se mordillant la lèvre.

— J'imagine en effet que cette soirée n'est pas drôle pour vous.

Anne se figea. Soupçonnait-il les sentiments qu'elle éprouvait pour lui ? Avait-il deviné qu'elle était prête à l'aimer jusqu'à la mort ? Non, ce n'était pas possible, il ne pouvait pas savoir.

— Je... je vous présente toutes mes félicitations, repartit-elle avec la brusquerie d'un compliment forcé.

Il enfonça ses mains dans ses poches. Les boutons nacrés qui ornaient sa chemise reflétaient les rayons de lune en mille petits éclats.

— Quel âge avez-vous ? demanda-t-il à brûle-pourpoint.

— Dix-huit ans... euh... enfin... dix-sept encore !

Elle aurait aimé parler d'une voix affirmée, comme Félicity savait si bien le faire. Mais le regard de Dominick, posé sur sa bouche depuis un moment, la paralysait.

— Dix-sept ans ! Vous êtes encore une enfant !

— Sûrement pas ! J'ai presque dix-huit ans, je vous assure.

Le visage de Dominick afficha une expression plus douce. Puis, aussitôt après, il sembla se raidir sous l'effet d'une lutte intérieure.

— Permettez-moi de vous raccompagner parmi nos invités. Notre absence pourrait susciter des commentaires désobligeants.

Anne aurait aimé le suivre sans protester, mais elle ne le put. Elle devait connaître la vérité.

— Aimez-vous Félicity ? se surprit-elle à demander.

Un « non » catégorique fusa, en même temps que la main de Dominick lui caressait la joue, faisant naître en elle la plus délicieuse des sensations. Elle ferma les yeux pour s'abandonner au plaisir de ce contact si doux. Soudain, la paume du jeune homme se raidit sur sa mâchoire.

— Il n'a jamais été question d'amour entre Félicity et moi, reprit-il.

Puis, lentement, il laissa glisser ses doigts sur les lèvres d'Anne.

— Vous a-t-on déjà embrassée ?

Incapable de répondre, elle se contenta de secouer la tête négativement.

— Alors, j'aurai l'honneur d'être le premier, murmura-t-il en se penchant vers elle.

Il posa délicatement ses lèvres sur la bouche de la jeune fille, l'effleurant à peine. Son souffle chaud avait la douceur d'une brise d'été. Elle lui enlaça les épaules et il se serra contre elle. Enfin, sa bouche se fit plus gourmande et il prit les lèvres qu'elle lui offrait.

Anne se soumit, se pressa contre lui, savourant ce plaisir nouveau du baiser d'un homme. Quand leurs langues se touchèrent, il se recula. Elle ne put réprimer un cri de déception tandis qu'il la regardait, haletant, presque hagard.

— Il faut que je vous raccompagne. Il le faut, il le faut, répéta-t-il comme s'il voulait s'en persuader.

— Non, je vous en supplie, murmura Anne.

Sans lui laisser le temps de protester, elle s'approcha de lui et ce fut elle cette fois qui l'attira, dévorant ses lèvres brûlantes avec sauvagerie, maladresse et passion.

1

Waverly Hall, 1856. Quatre ans plus tard…

En cet après-midi d'été, l'air était tiède et le soleil dardait de généreux rayons dans un ciel sans nuages. Une journée si belle qui contrastait avec les circonstances tragiques : les funérailles de Philip Saint Georges, marquis de Waverly.

Dans la fleur de l'âge et de robuste constitution, rien ne pouvait laisser présager qu'une étrange maladie l'anéantirait en quelques jours. Cette mort, aussi soudaine qu'inattendue, laissait le duc de Rutherford éploré. À soixante-quatorze ans, le pauvre homme maudissait l'injustice du destin qui avait emporté son fils avant lui.

Le marquis, personnage fantasque, avait émis le souhait d'être enterré à Waverly plutôt qu'auprès de ses illustres ancêtres dans le tombeau familial des Rutherford. De ce fait, seules une centaine de personnes s'étaient déplacées jusqu'à ce coin retiré pour assister aux obsèques. Au bord de la tombe s'était regroupée une foule hétéroclite. Ducs et comtesses côtoyaient hobereaux, fermiers et paysans du village de Dulton. Pour la plupart, ces gens n'étaient là que par devoir ou par respect ; rarement, en tout cas, par affection véritable pour le marquis. Philip s'était toujours comporté en étranger vis-à-vis d'eux. Les voyages lointains de cet homme discret, cultivé et passionné d'antiquités l'avaient tenu la majeure partie du temps à l'écart de son domaine.

Enlaçant affectueusement le duc de Rutherford, Anne faisait de son mieux pour soutenir le vieil homme envers qui elle éprouvait un sincère attachement et une réelle gratitude. Que serait-elle devenue s'il ne l'avait pas épaulée tout au long de ces dernières années si pénibles ? Des larmes vinrent brouiller le regard de la jeune femme lorsque apparut, porté par quatre hommes, le cercueil recouvert d'un drap mortuaire.

Le dernier enterrement auquel elle avait assisté était celui de son père. À l'époque, elle n'avait que dix ans, mais le chagrin et l'angoisse demeuraient dans son cœur. Dès que s'étaient dispersés les quatre ou cinq voisins qui y assistaient, Anne s'était retrouvée seule, sans famille, sans soutien, définitivement abandonnée par ce père marginal, à la dérive, qui n'avait jamais pu la dorloter comme les autres petites filles de son âge. Peu après, elle avait quitté l'Amérique pour ne plus jamais y revenir.

À quelques pas, l'épouse de Philip, Clarisse, maintenant marquise douairière, était pâle comme un linge et ses yeux bleus étaient embués de larmes. Son maintien restait cependant empreint d'une dignité rigide. Personne n'osait approcher cette femme au caractère distant. S'avançant au bord de la tombe, elle y jeta un œillet blanc.

Instinctivement, Anne serra le duc dans ses bras. Il avait été son seul ami pendant ces quatre dernières années. Grâce à lui, elle avait réussi à traverser la période la plus dramatique de sa vie. Il lui avait donné la force de supporter le mépris des gens. Même maintenant, leurs condoléances restaient teintées d'une réserve prudente. Anne ne se faisait aucune illusion : si elle n'avait pas été en compagnie du duc de Rutherford, la plupart l'auraient ouvertement ignorée.

Brusquement, un murmure s'éleva dans l'assistance. Comme les autres, Anne regarda en direction du chemin. Alors, elle eut l'impression qu'elle allait basculer dans le trou béant de la tombe. Une voiture laquée tirée par quatre chevaux venait de s'arrêter. Deux cochers en livrée noire brodée d'argent et deux valets de pied accompagnaient l'équipage. Le blason des Lyons ornait la portière...

Tétanisée, la jeune femme sentit son cœur s'arrêter de battre. Lorsque Dominick Saint Georges descendit, elle fut prise d'un tremblement irrépressible. Ainsi il était revenu. Il avait osé ! Sa silhouette, qui se détachait sur le bleu du ciel, lui paraissait plus majestueuse encore que dans son souvenir. Il était trop loin pour qu'elle pût discerner l'expression de son visage, mais sa mémoire gardait le tracé précis de ses traits. Elle éprouvait tant de haine maintenant pour cet homme qui, sans scrupules, l'avait fait souffrir quatre horribles années ! À cause de lui, tout le monde la considérait comme une aventurière, une intrigante. Par sa faute, elle vivait dans la honte.

Elle s'efforça de maîtriser sa respiration et les secousses nerveuses qui agitaient son corps. Si son émotion transparaissait, chacun pourrait imaginer qu'elle l'aimait encore. Depuis quatre ans, elle avait eu le temps d'apprendre à être forte. Tout au moins, à le laisser croire ! Après le scandale survenu le jour des fiançailles de sa cousine, sa vie n'avait été que souffrances. C'était elle qui avait été insultée et méprisée ; lui, pour s'en tirer, n'avait rien trouvé de mieux que de la trahir.

Dominick Saint Georges embrassa du regard la foule qui se tenait près de la tombe de Philip. Incrédule, il avait le sentiment qu'il allait se réveiller après un mauvais cauchemar. C'était à Paris, deux jours plus tôt, qu'un pli laconique l'avait informé de la maladie de son père sans autre précision. Il avait immédiatement quitté la France. Au terme d'un voyage éprouvant de deux jours et deux nuits, la terrible nouvelle l'avait abasourdi. « Mon père est mort », se répétait-il sans parvenir à le croire, se maudissant d'avoir disparu depuis quatre longues années. Des larmes lui montèrent aux yeux tandis que des images du passé revenaient à sa mémoire...

La vie ne lui avait jamais laissé la chance de bien connaître ce père avec qui les relations avaient toujours été réduites au strict minimum. Élevé par des nurses et éduqué par des précepteurs, Dominick avait le sentiment que cet homme lui était toujours resté étranger. À l'âge de douze ans, on l'avait envoyé faire ses études à Eton comme pensionnaire et il n'était revenu au domaine que lors des vacances, voyant son père encore plus rarement. Aujourd'hui, alors qu'il était trop tard, il se reprochait de n'avoir rien fait pour se rapprocher de lui.

Quand Dominick avait-il vu son père pour la dernière fois ? À son mariage... cet événement auquel il s'interdisait de repenser. Mais aujourd'hui n'était pas un jour comme les autres et les souvenirs étaient trop pressants pour qu'il pût les empêcher de remonter à la surface...

Il revoyait son père et son grand-père sur les marches de la petite église de Dulton, en train d'accueillir les invités réduits à une trentaine de personnes. Dominick avait décidé d'ignorer leurs regards insistants, leurs interrogations murmurées, et d'oublier le scandale qu'il avait lui-même créé.

— Tu pourrais au moins te montrer aimable, lui avait reproché Philip. Tu es seul responsable de ce qui t'arrive.

Le sang s'était mis à battre violemment aux tempes de Dominick.

— Vous ne me croirez peut-être pas, père, mais je me sens responsable de mes actes.

— Quel dommage que tu ne l'aies pas été avant ! Tu n'aurais pas été obligé de rompre tes fiançailles avec Félicity pour en épouser une autre.

C'était la première fois que Philip évoquait clairement cette nuit où, dans le parc de Waverly Hall, on l'avait surpris en compagnie d'Anne Stewart dans une position hautement compromettante.

— Bien sûr, cela ne me regarde pas, avait poursuivi Philip. Néanmoins, j'espère qu'un jour tu sauras enfin te conduire comme il sied à un homme de ton rang.

— J'ignorais que ma conduite était si importante à vos yeux.

— Elle ne l'est que parce que tu es mon héritier. Quand je serai mort, l'honneur de la famille reposera sur tes épaules.

Dominick avait gardé le silence. Qu'avait-il espéré pour le jour de son mariage ? Un signe d'affection paternelle ?

— N'est-il pas un peu tard pour me donner des conseils, père ?

— Sans doute, avait répliqué Philip d'une voix blanche.

Incroyable ironie du sort, le marquis avait parlé de sa mort lors de leur dernière rencontre !

En proie à de profonds sentiments de culpabilité et de honte, Dominick essaya de chasser ces images de son esprit. Machinalement, il balaya du regard les environs qu'il connaissait si bien. La journée était douce et sous le soleil il retrouvait ce petit coin de campagne anglaise tel qu'il l'avait quitté. L'herbe tendre déclinait ses tons verts dans un dégradé divinement orchestré, et l'air charriait de délicieux parfums de fleurs. Au loin, Waverly Hall dressait sa silhouette rosée, blottie dans un écrin de bois et de pelouses. Vers le sud, il suffisait de parcourir la lande parfumée d'embruns pour aboutir à la mer, à quelques kilomètres.

Dans cette nature chargée de souvenirs, le tombeau de Philip Saint Georges apparaissait comme une blessure ouverte.

Avec difficulté, Dominick se maîtrisa pour ne pas éclater en sanglots. Devant lui au milieu de l'assistance, un homme, reconnaissable à sa haute stature, pleurait à chaudes larmes, voûté sous le poids du chagrin. C'était le duc de Rutherford. À plus d'un titre, Dominick se sentait plus proche de son grand-père qu'il ne l'avait été de son père…

À présent, on descendait le cercueil en terre. L'acajou verni resplendit une dernière fois avant de disparaître. Le cœur serré, le jeune homme regarda sa mère. Sans doute avait-elle veillé à ce que tout soit fait dans le plus grand respect des convenances. Jamais on n'aurait pu imaginer en la voyant qu'elle n'était que la fille d'un humble pasteur. Toute sa vie, elle s'était appliquée à donner d'elle une image presque trop parfaite. La perte de cet époux avec lequel elle ne partageait plus rien depuis longtemps lui causait-elle une peine profonde ? Dominick n'aurait su le dire. Elle avait rabattu son grand voile noir, de sorte que son visage était totalement invisible…

Anne aurait tout donné pour oublier ce moment d'égarement dans les jardins de Waverly Hall, mais elle ne le pouvait pas. Jusqu'à son dernier soupir, ce souvenir reviendrait la torturer. Cette nuit-là, elle avait vraiment cru que Dominick l'aimait… pour découvrir, deux semaines plus tard, qu'elle n'avait été qu'une petite fille naïve.

Elle réalisa soudain qu'elle avait les yeux rivés sur lui. Vite, elle tourna la tête. Elle essaya de se rassurer en pensant qu'il ne resterait probablement pas bien longtemps…

Bientôt, elle ne résista plus à l'envie de jeter un regard vers sa cousine. Depuis quatre ans, elle n'avait pas revu

Félicity qui, toujours aussi belle, avait opté pour une robe d'un gris colombe plus seyant que du noir. Elle savait toujours se mettre en valeur au mieux. Sans gêne, elle fixait Dominick avec un air rusé. Avait-elle l'intention de le relancer ? De toute évidence, il lui plaisait toujours. Le passé revint à l'esprit d'Anne avec la force destructrice d'un ouragan. En dépit de son trouble, elle s'efforça de redresser la tête et de se tenir droite. Elle avait vingt et un ans maintenant. Après tout, elle ne devait plus avoir peur, ni se laisser intimider comme une enfant.

En son for intérieur, elle se mit à les maudire tous les deux, priant le ciel pour qu'ils déguerpissent au plus vite. Pourtant, au fond d'elle-même, elle savait qu'elle se mentait. Elle devait admettre qu'elle souhaitait le retour de Dominick. Depuis quatre ans, elle espérait qu'un jour sonnerait l'heure de la vengeance. *Jamais* elle ne lui pardonnerait.

Le duc de Rutherford se raidit et les traits de son visage se contractèrent : il regardait en direction de son petit-fils. C'est à cet instant qu'Anne réalisa que Dominick portait une veste de tweed, un pantalon de cavalier et de grandes bottes de cuir. Aux funérailles de son propre père, il avait le toupet de se montrer irrévérencieux !

— Il aurait vraiment besoin d'une bonne leçon, lui chuchota Rutherford.

Anne sentit le rose lui monter aux joues.

— Comment ose-t-il se présenter un jour pareil en tenue de chasse ? répliqua-t-elle.

— Il mériterait d'être cravaché comme ses chevaux. Allez chercher un fouet à l'écurie et chargez-vous de cette besogne, souffla le duc d'une voix qui trahissait l'affection qu'il éprouvait pour son petit-fils.

Anne n'eut même pas la force de sourire à cette plaisanterie. Dominick avait disparu sans crier gare et il n'avait pas eu le courage de lui envoyer le moindre message. Ce n'étaient pas des coups de cravache qu'il méritait. Pour un lâche de son espèce, il fallait une vengeance bien plus élaborée, bien plus douloureuse…

Bientôt, l'assistance commença à se disperser, les uns retournant à leurs calèches qui les attendaient, les autres s'arrêtant pour dire deux mots au duc de Rutherford. Avec l'assemblée qui se clairsemait, la présence de Dominick se faisait plus pesante. Anne décida de partir sur-le-champ.

Elle rejoignit sa victoria et, prenant elle-même les rênes, commanda à sa jument baie d'avancer. Au coup de fouet, l'animal obtempéra immédiatement. Après quelques instants, quand elle se fut éloignée, Anne osa un timide regard en arrière. La calèche aux armes des Lyons avait disparu. Elle incita alors la jument à passer au galop. La victoria se mit à tanguer sur le chemin poussiéreux, secouant sa passagère à chaque ornière. Les arbres défilaient, alignés comme des soldats à la parade. Enfin, la demeure de Waverly Hall apparut. De majestueux chênes centenaires encadraient cette belle résidence de style georgien. Sa façade de briques roses était ornée de six piliers que surmontait un fronton triangulaire. Quelques calèches stationnaient déjà sur l'esplanade, mais celle de Dominick n'était pas encore là.

Dès qu'Anne arriva, un garçon d'écurie se précipita pour tenir la jument. Elle descendit et, ignorant délibérément les personnes présentes qui discutaient par petits groupes devant le manoir, elle releva ses jupes pour monter quatre à quatre les marches du perron.

Dès qu'il l'entendit arriver, le majordome vint à sa rencontre.

— Bennett ! l'apostropha-t-elle, essoufflée. Lyons est ici. Ne le laissez entrer sous aucun prétexte !

— Milady, euh… excusez-moi, mais… répliqua le domestique au comble de la gêne.

Anne devint rouge de colère et répéta son ordre, martelant chaque syllabe afin d'être bien entendue.

— Sous aucun prétexte ! Le nouveau marquis ne doit pas mettre les pieds dans cette maison. Je ne veux pas le voir ici. M'avez-vous comprise, Bennett ?

Le majordome s'inclina, livide à l'idée de devoir refouler Dominick Saint Georges.

Après ce qu'il lui avait fait, il était hors de question qu'Anne le laissât entrer.

Elle se moquait royalement qu'ils fussent mari et femme.

2

La voiture de Dominick remonta la longue allée gravillonnée qui menait à Waverly Hall. Entre les arbres qui la bordaient de part et d'autre, les parterres de fleurs soigneusement agencés offraient aux regards un festival de couleurs. Plus loin, de somptueuses pelouses s'étendaient à perte de vue. À l'est, des allées cavalières, abritées au milieu des bois, cernaient les jardins, tandis qu'à l'ouest se profilait la campagne vallonnée où paissaient vaches et moutons. Bientôt, niché dans la verdure, se dessina l'élégant manoir, brillant comme un bijou sur le velours tendre du gazon.

Ces lieux familiers ravivaient en Dominick des souvenirs d'une enfance un peu triste où il avait manqué de chaleur et de tendresse. Mais tout cela, c'était le passé. Désormais, les choses avaient changé : la disparition prématurée de Philip Saint Georges faisait de lui le nouveau propriétaire du domaine. La pensée de son père provoqua encore une bouffée de nostalgie qu'il s'efforça de réprimer aussitôt. Il aurait été parfaitement malséant – presque indécent – de laisser paraître ses sentiments à la foule qui se pressait au manoir.

Le cocher arrêta la voiture juste devant la demeure, sur l'esplanade circulaire déjà encombrée de carrosses, calèches et carrioles.

Sur le perron, le nouveau marquis fit une halte de quelques secondes comme pour rassembler ses forces avant d'affronter une épreuve, puis il se décida à frapper. Ce fut le majordome qui vint ouvrir la porte. Derrière lui, Dominick aperçut la majestueuse entrée, dont l'envolée des plafonds mettait en valeur les somptueuses boiseries et les lambris artistiquement sculptés. Bien qu'il fût encore à l'extérieur, les conversations dans le grand salon parvenaient jusqu'à lui comme une rumeur continue. L'idée que, dans toute cette assemblée, seules quelques rares personnes déploraient sincèrement la disparition de son père le fit frémir l'espace d'une seconde.

Le jeune homme n'avait pas revu Bennett depuis quatre ans, mais il connaissait parfaitement bien ce domestique qui était au service des Saint Georges depuis une trentaine d'années. Dominick lui adressa un large sourire… jusqu'à ce qu'il réalise que le majordome, la mine contrariée, s'appliquait à tenir la porte tout juste entrebâillée, comme s'il était face à un intrus.

— Eh bien, Bennett, vous avez une drôle de façon de m'accueillir ! plaisanta-t-il.

— Milord, je suis réellement très heureux de vous revoir, protesta le majordome. Permettez-moi de vous présenter mes sincères condoléances. C'est affreux…

Quelques larmes voilèrent le regard de Bennett. Après de longues secondes, constatant que le majordome ne bougeait pas d'un pouce, Dominick s'inquiéta réellement de son attitude étrange.

— Vous voudriez m'empêcher d'entrer que vous ne vous y prendriez pas autrement, ma parole !

— Je… je… vous demande pardon, balbutia Bennett en rougissant. C'est… euh… c'est un ordre de madame la marquise.

Sur le moment, Dominick ne comprit rien à ces propos. Puis il réalisa que Bennett ne faisait pas allusion à sa mère, Clarisse, qui n'était que marquise douairière. La marquise en titre de Waverly était maintenant... son épouse, Anne. À cette pensée, tout son corps se contracta. Voilà que soudain il prenait conscience d'une réalité qu'il s'était efforcé d'oublier depuis quatre ans. Tôt ou tard, il lui faudrait bien revoir la femme qu'il avait épousée. Il lui avait donné son nom, son titre et, même avec la meilleure volonté du monde, il ne pouvait rien changer à ce passé regrettable. Tout cela parce que, sous l'emprise du désir, il avait perdu la tête en succombant aux charmes d'une gamine trop tentante ! Comment avait-il pu, lui qui se targuait de savoir garder son sang-froid en toutes circonstances, se laisser aller ainsi ? Jamais il n'oublierait la consternation horrifiée de ses parents et de sa future belle-famille quand on l'avait surpris allongé dans l'herbe avec Anne Stewart. Ni les sanglots hystériques de Félicity, ni les cris stridents d'Edna Collins, ni les pleurs d'Anne, étouffés, à peine audibles... Une honte teintée de colère envahit Dominick à l'évocation de ce triste jour.

— Où est-*elle* ? demanda-t-il à Bennett, se refusant à dire « mon épouse ».

— Milady est avec les invités dans le grand salon doré.

Une fois encore, l'image d'Anne lui revint à la mémoire. Non, il n'était pas possible que la jeune fille rangée, presque trop sage, qu'il avait connue quatre ans auparavant osât aujourd'hui l'éconduire comme un malpropre !

— Vous avez certainement mal compris, Bennett. Madame ne peut pas vous avoir donné un tel ordre. Ouvrez-moi, je vous prie !

— Madame la marquise a été formelle, répliqua le majordome, de plus en plus mal à l'aise. Elle a même précisé de ne vous laisser entrer sous aucun prétexte.

Dominick n'en croyait pas ses oreilles. Anne avait-elle changé à ce point ?

— Je suis le marquis de Waverly et, jusqu'à preuve du contraire, je suis ici chez moi. Écartez-vous et laissez-moi passer ! Voulez-vous que je vous congédie ?

Le ton était devenu menaçant et le pauvre Bennett pâlissait à vue d'œil.

— Bien sûr que non, milord ! murmura-t-il, tandis que des gouttes de sueur apparaissaient sur son front.

Au moment où Dominick s'apprêtait à le bousculer, Anne arriva derrière le majordome qui réprima un profond soupir de soulagement.

Le jeune marquis s'immobilisa, décontenancé par cette apparition soudaine qui n'avait rien de commun avec la jeune fille souriante et follement amoureuse qui, quatre ans plus tôt, s'était abandonnée dans ses bras. Dans ses yeux bleus brillaient maintenant des éclairs de rage. Elle s'approcha, écarta Bennett d'un geste vif et claqua la porte au nez de son époux. Dans la seconde qui suivit, Dominick entendit qu'on tirait le lourd verrou.

Le jeune homme resta sans réaction, à la fois choqué, incrédule et furieux. Il saisit alors la poignée et la secoua vigoureusement.

— Ouvrez-moi, je vous l'ordonne !

Derrière l'épaisse porte de chêne, la voix d'Anne lui parvint, assourdie :

— Disparaissez ! Vous n'avez rien à faire dans cette maison.

Il devait se rendre à l'évidence : Anne avait grandi ! Il avait gardé d'elle l'image d'une jeune fille timide, un peu gauche, serrée dans une petite robe bleu marine à la coupe sévère, avec des nattes enroulées autour de la tête qui accentuaient son air juvénile. Celle qu'il venait d'entrevoir était toute différente. C'était une jolie femme de vingt et un ans, au caractère déterminé. La chenille s'était transformée en superbe papillon.

— Ouvrez cette porte, répéta Dominick. Ce manoir m'appartient désormais.

— Vous n'avez qu'à aller dans votre résidence de Londres ou chez votre maîtresse, répliqua Anne.

Éberlué, le marquis ne trouva rien à répondre. Avait-il bien entendu ? Aucune femme n'osait parler à son mari sur ce ton !

Remis de sa surprise, il se mit à jurer furieusement, appuyant à nouveau sur la poignée. Il n'allait tout de même pas capituler et renoncer au plus élémentaire de ses droits : celui de rentrer chez lui !

Il décida de faire le tour de la maison pour trouver un autre moyen d'y pénétrer, mais en arrivant devant la première fenêtre ouverte, il comprit qu'Anne l'avait devancé. Sans lui laisser le temps d'amorcer le moindre mouvement, elle referma les deux battants. Il poursuivit son chemin jusqu'à la fenêtre suivante, qu'Anne bloqua également devant lui. Combien de temps allaient-ils poursuivre ce jeu stupide du chat et de la souris, elle courant à l'intérieur, lui autour de la maison ?

Ils restèrent un moment à se regarder de part et d'autre de la fenêtre close, s'affrontant, se provoquant. Aucun d'eux ne voulait baisser les yeux. Encore une fois, Dominick songea qu'Anne était devenue une bien jolie jeune femme. Ses formes s'étaient épanouies et son corps s'était paré de courbes séduisantes. Même le bleu de ses yeux semblait plus profond que par le passé.

Sous le regard insistant de son mari, Anne s'empourpra. Dominick ne put réprimer un sourire à l'idée qu'il pouvait encore l'émouvoir. Les mains sur les hanches, bien campé devant la fenêtre, il ne bougeait pas, attendant le moment où elle allait céder.

— Ouvrez cette fenêtre ! hurla-t-il.

Elle secoua la tête négativement, mais ne dit pas un mot. La détermination et l'entêtement de son époux commençaient à l'effrayer. Son regard obstiné, son sourire sans joie la troublaient. Elle n'eut guère le temps, cependant, de s'appesantir sur ses sentiments. Sans prévenir, Dominick envoya un coup de pied dans la fenêtre et la vitre se brisa. Anne poussa un cri lorsqu'elle le vit se glisser entre les éclats de verre avec l'agilité d'un félin. En un éclair, il se retrouva dans le manoir. Il la fit reculer et l'accula dos au mur afin de la défier, face à face, les yeux dans les yeux.

— Si vous voulez vous battre contre moi, vous ne gagnerez pas ! gronda-t-il.

Dès qu'il sentit les seins de la jeune femme frôler son torse, son cœur se mit à battre plus vite. Prudemment, il fit un pas en arrière : elle était trop attirante et il ne se sentait plus si sûr de lui.

— Regardez ce que vous avez fait ! cria-t-elle, horrifiée.

Elle se tenait devant lui, raide, presque figée. Sa poitrine se soulevait doucement à chacune de ses respirations. Un silence pesant s'installa. Ils étaient seuls, absolument seuls dans ce petit boudoir. Dominick aurait aimé lui demander pardon pour les souffrances qu'il lui avait causées, mais il n'osa pas. Un peu maladroitement, il se contenta d'une question banale qu'il débita sur un ton hésitant :

— Comment allez-vous ?

— Je vais bien, merci, répliqua-t-elle d'une voix polie et mesurée.

Elle avait acquis une assurance surprenante.

— Je suppose que vous vous attendiez à me voir aujourd'hui ?

— Non, dit-elle froidement. De votre part, je n'attends plus rien.

À son tour, le marquis se sentit rougir. L'allusion était trop claire pour qu'il ne la comprît pas.

— Je n'allais tout de même pas être absent aux funérailles de mon père.

— Tiens donc ! On aurait plutôt cru que vous étiez en route pour la chasse, remarqua-t-elle en le toisant d'un regard désapprobateur.

— La missive que j'ai reçue à Paris disait simplement que mon père était malade. Ignorant la gravité de la situation, je n'avais aucune raison d'emporter des vêtements de deuil.

— J'espère au moins que votre séjour à l'étranger vous a plu, repartit Anne, un brin caustique.

Dominick se demanda si elle savait que sa dernière maîtresse était une actrice française.

— Vous êtes fâchée, je le sais. Pourtant, j'ai toujours veillé à ce que vous ne manquiez de rien...

— Moi, fâchée ? Pourquoi diable le serais-je ? Toutes les femmes rêvent d'être séduites, puis abandonnées au lendemain de leur mariage. Quel merveilleux destin !

— Mais vous avez des compensations. Vous serez duchesse de Rutherford à la mort de mon grand-père.

— J'ai en effet beaucoup de chance, pouffa Anne, hésitant entre le rire et les larmes.

De crainte d'éclater en sanglots devant lui, elle tourna les talons, mais il lui saisit le bras au moment où elle allait sortir.

— Ne vous inquiétez pas, reprit-il. Je n'ai pas l'intention de m'immiscer dans votre vie. Je ne resterai pas à Waverly.

— Excellente nouvelle ! dit-elle en quittant vivement le boudoir.

Lorsque Dominick pénétra dans le salon doré où les invités s'étaient réunis pour une petite collation, toutes les têtes se tournèrent immédiatement vers lui. Il fit semblant de ne pas le remarquer.

Dans un coin de la pièce, il aperçut Anne en compagnie de son cousin, un beau jeune homme blond qu'il reconnut aussitôt. C'était Patrick, le frère de Félicity.

De l'autre, côté, sa mère Clarisse était au milieu d'amis venus présenter leurs condoléances. Elle ne broncha pas en le voyant entrer, et lui-même n'osa pas aller la trouver sans y avoir été convié.

Le pasteur Aimer fut le premier à lui adresser la parole. Il s'avança, lui prit la main et la serra chaleureusement.

— Quel plaisir de vous revoir, milord ! Si seulement ce n'était pas en de si épouvantables circonstances...

— C'est bien triste, en effet.

— Resterez-vous avec nous maintenant ? Vous devriez reprendre les rênes du domaine. Non que votre épouse ait fait du mauvais travail, mais...

Dominick soupçonna le pasteur d'avoir un peu trop bu. Pourquoi prétendait-il qu'Anne s'était occupée du domaine ? C'était insensé !

— Dominick, comment allez-vous ? souffla soudain une voix féminine derrière lui.

Le marquis se retourna et se trouva nez à nez avec Félicity. Elle était si près de lui qu'instinctivement il recula de quelques centimètres.

— Je vous remercie de vous être déplacée, dit-il avec froideur.

— Vous le savez bien, Dominick, j'aimerais être près de vous plus souvent, susurra-t-elle d'un ton boudeur.

Depuis la mort de Lord Reed, qu'elle avait fini par épouser, Félicity poursuivait ouvertement Dominick de ses assiduités. Fort heureusement pour lui, les occasions de la rencontrer avaient été plutôt rares. Tout de même, elle avait un sacré culot de venir l'aguicher jusque chez lui un jour pareil, au vu et au su de tout le monde ! Exaspéré, le jeune homme fit de son mieux pour l'éconduire poliment. Grand Dieu, il n'avait aucune envie de se retrouver au centre d'un nouveau scandale ! Il repoussa la main qu'elle venait de poser sur son bras, puis détourna le regard sans un mot lorsqu'elle se mit à minauder en battant des cils.

— Excusez-moi, je dois aller voir ma mère, coupa-t-il assez sèchement.

Depuis que Félicity l'avait abordé, Dominick avait remarqué que Clarisse ne le quittait pas des yeux.

— Mère, comment vous sentez-vous ? demanda-t-il.

Il se pencha vers elle et ils se donnèrent une accolade un peu froide.

— Comment pourrais-je ne pas être effondrée puisque ton père est mort ?

Clarisse tortillait son mouchoir entre ses doigts et un tremblement nerveux au coin des lèvres trahissait son envie de pleurer.

— Qu'as-tu l'intention de faire maintenant ? questionna-t-elle.

Le jeune marquis hésita un peu. La découverte de sa jolie épouse le troublait plus qu'il ne l'aurait voulu.

— Je m'en vais demain.

— Ne crois-tu pas que tu pourrais remettre ton départ à plus tard ? Il serait préférable que tu restes ici quelques jours.

Clarisse esquissa un sourire mélancolique, caressa la joue de son fils puis s'éloigna tristement. Dominick aurait voulu trouver les mots pour la réconforter. Mais comment l'aurait-il pu ? Il n'était guère plus proche d'elle qu'il ne l'avait été de son père.

Anne était au comble de l'énervement. Malgré tous ses efforts, Patrick ne réussissait pas à l'apaiser.

— Il est à peine revenu et déjà tu es dans tous tes états ! Calme-toi, voyons !

Il ne comprenait rien, son cousin ! Croyait-il vraiment qu'elle pouvait se maîtriser sur un coup de baguette magique ? Depuis quatre ans, elle avait reconstruit sa vie jour après jour, difficilement et dans la douleur. Au moment où elle commençait à retrouver un équilibre, le retour de Dominick venait tout chambouler.

Anne ferma les yeux un instant pour oublier ces regards pesants qui allaient sans cesse de son mari à elle. Elle ne supportait plus les mines faussement attristées de tous ces gens qui attendaient ; comme des requins affamés, qu'éclate un nouveau scandale croustillant.

— Je suis persuadée qu'en ce moment les ragots vont bon train sur Dominick et moi. Le pauvre Philip n'intéresse plus personne !

Patrick lui saisit la main et la caressa doucement. Heureusement qu'il était là ! Il était plus que son cousin ; il était son meilleur ami, son confident aussi.

— Tu as sans doute raison, mais il faut bien reconnaître que Dominick a tout fait pour cela. Un sauvage qui, à peine arrivé, se met à casser les carreaux comme une brute !

— Quoi ?... Mais comment le sais-tu ? demanda Anne nerveusement.

— J'ai surpris les paroles d'un convive qui a assisté à la scène.

Anne se sentit soudain totalement abattue.

— Seigneur ! Tout le monde doit être au courant maintenant ! J'ai été idiote d'imaginer que je pourrais empêcher Dominick d'entrer, je n'ai fait que l'exciter davantage.

— Ce n'était peut-être pas la meilleure des solutions, en effet ! répliqua Patrick en se forçant à sourire pour tenter de détendre sa cousine.

Par malheur, au même moment, Anne croisa par hasard le regard de son mari. Un regard direct qui la troubla. Son cœur se mit à battre plus fort.

— Plus vite il quittera Waverly et mieux ce sera ! s'exclama Patrick, rageur.

Anne feignit d'ignorer cette petite pointe de jalousie évidente. Patrick avait raison, ce serait un grand soulagement de voir Dominick quitter ces lieux. La journée avait été si pénible ! Elle rejeta ses cheveux de jais en arrière et soupira.

— Je ne connais pas vraiment ses projets, mais j'espère bien qu'il n'a pas l'intention de s'éterniser ici. De toute façon, je ne le lui permettrai pas.

Patrick lança à sa cousine un regard affectueux.

— Ma pauvre Anne, j'ai bien peur que tu ne te fasses des illusions. Tu oublies que c'est lui le maître ici !

— Tu te trompes.
— Hein ?
— Parfaitement, confirma Anne d'une voix ferme, tu as bien entendu ! C'est moi qui hériterai du manoir de Waverly, pas lui !

3

Dès que les derniers invités eurent quitté le salon, Anne, extrêmement lasse, se laissa tomber sur un sofa. Elle était à bout de nerfs. En sortant, Dominick n'avait pas manqué de lui jeter un dernier regard pénétrant qui avait achevé de la terrasser. Elle pencha la tête en arrière et ferma les paupières.
— J'espère que nous n'allons pas au-devant d'un nouveau scandale à cause de vous !
La remarque acerbe de Clarisse Saint Georges la fit sursauter. Elle n'avait pas entendu venir sa belle-mère qui se tenait debout sur le seuil, raide comme la justice, la main posée sur la poignée. Un de ses chats persans se frottait au bas de sa robe en ronronnant.
— Pardon ? fit Anne qui n'avait pas saisi ses propos.
— Dès que les modalités de l'héritage seront connues, Dieu sait ce que les gens vont encore raconter. Vous êtes responsable de nos ennuis, une fois de plus !
— Je suis désolée, mais je n'ai hélas pas le pouvoir d'empêcher les gens de jaser.
— Dites plutôt que vous vous en fichez éperdument. Rien ne vous touche parce que vous avez le cœur dur. Depuis votre mariage, je ne vous ai jamais vue verser une seule larme.
— Vous êtes profondément injuste, protesta Anne qui avait maintes fois pleuré dans le secret de sa chambre sur ses rêves déçus.

— Ce qui est injuste, c'est que vous ayez épousé mon fils.

Anne bondit sur ses pieds. Elle serra les poings pour tenter de se maîtriser. Depuis longtemps, elle s'était aperçue que Clarisse ne la portait pas dans son cœur, mais pourquoi venait-elle maintenant l'attaquer aussi méchamment ?

— Je crois l'avoir payé assez cher.

— À quoi faites-vous allusion ? lança Clarisse du même ton grinçant. Vous êtes devenue marquise... Vous allez hériter d'une rente qu'envieraient la plupart des princesses, et le manoir de Waverly Hall va vous revenir... Vous avez après cela le toupet de vous plaindre !

— Vous oubliez que j'ai vécu ici quatre années épouvantables, sans la moindre visite, sans le moindre réconfort. Même quand je me rends au village, je sais que l'on murmure des horreurs dans mon dos. Ma vie n'est pas facile.

— Et qu'espériez-vous donc, ma fille ?

Si Anne ne s'était pas retenue, elle aurait répliqué qu'elle espérait de l'amour de la part de son mari.

— Quand je pense que je me suis toujours efforcée de me conduire dignement ! reprit Clarisse alors que des larmes de fureur lui montaient aux yeux. Si un autre scandale éclate par votre faute, je ne vous le pardonnerai jamais !

— Mais enfin, qu'avez-vous à me reprocher ?

— Ce manoir appartient aux Saint Georges depuis trois cents ans. C'est à Dominick qu'il devrait revenir, pas à vous !

— Cette bâtisse ne représente pas grand-chose. Dominick héritera de toutes les terres de Waverly, et de tout le reste du patrimoine et de la fortune de son père.

La veille au soir, le duc de Rutherford avait réuni Clarisse et Anne pour leur révéler que Philip et lui-même avaient pris des dispositions particulières pour la succession du domaine de Waverly. À la surprise générale, il avait déclaré qu'Anne devenait l'unique légataire de cette maison et qu'elle recevrait aussi une rente annuelle tout à fait substantielle.

— C'est vous qui avez tout manigancé !

— Que voulez-vous dire ?

— Je veux dire que la mort de Philip a rendu fou ce pauvre duc et que vous avez profité de sa faiblesse. C'est vous qui l'avez convaincu de vous donner ce que vous convoitiez. Vous n'êtes qu'une sale petite intrigante ! Vous avez tout combiné depuis le début. Vous avez commencé par séduire mon fils dans l'espoir de devenir un jour marquise de Waverly, mais cela ne vous suffisait pas. Vous vouliez aussi cette demeure et vous avez tout fait pour parvenir à vos fins.

— La colère vous égare, rétorqua Anne, horrifiée par ces terribles accusations.

— Aurez-vous l'audace de nier que vous avez manœuvré pour vous attirer les bonnes grâces du duc de Rutherford ?

— Vous me prêtez des intentions machiavéliques ! J'éprouve une affection très sincère pour le duc.

— Sincère ! ricana Clarisse. Vous avez joué la comédie, oui ! Ah, je dois le reconnaître, c'était du grand art : la tournée à cheval avec le duc tous les matins, l'inspection des fermes, l'achat du matériel agricole. Et puis cette découverte d'une irrégularité dans les livres de comptes... Là, vous avez été géniale. Avec quelle maestria vous avez réussi à convaincre Rutherford de congédier son intendant pour prendre sa place et gérer vous-même un des plus riches domaines d'Angleterre !

— Cet intendant était un voleur et Philip était toujours absent. Il fallait bien que quelqu'un le remplace. Je n'ai fait que mon devoir.

— Et quand vous avez séduit mon fils pour le chasser le lendemain de vos noces, c'était peut-être aussi votre devoir ! S'il ne s'était pas laissé prendre dans vos filets, il ne vous aurait jamais épousée, vous, une moins-que-rien, une petite orpheline américaine sans le sou !

Sur le moment, Anne demeura silencieuse, tellement meurtrie par la cruauté de Clarisse qu'elle était incapable de se défendre. Pourtant sa belle-mère disait vrai sur un point : Dominick n'aurait jamais fait d'elle son épouse légitime s'il n'y avait été obligé.

— Après la journée pénible que nous avons passée, je crois préférable que nous reparlions de tout cela demain à tête reposée, déclara la jeune femme.

— Je ne vois pas pourquoi je vous jugerais différemment demain. Je sais qui vous êtes et, croyez-moi, tout le monde connaît la vérité !

Clarisse éclata d'un rire qu'elle espérait blessant.

— La vérité... c'est que j'aimais Dominick quand je l'ai épousé, répliqua Anne à voix basse. Ce n'est pas moi qui l'ai chassé. C'est lui qui m'a abandonnée.

— Menteuse ! Vous n'étiez qu'une petite arriviste qui cherchait à s'élever dans la société !

Cette dernière insulte laissa Anne sans voix. C'étaient exactement les mots que l'on murmurait dans son dos. Clarisse avait franchi un pas de plus : elle était la première à oser lui dire tout haut ce que les gens pensaient tout bas.

Certes son père, Frank Stewart, ne lui avait pas laissé un sou et elle ne possédait absolument rien lorsque les Collins l'avaient recueillie, à l'âge de onze ans. Mais pourquoi ne retenait-on que cette partie de sa vie ? Sa mère, qui était morte en la mettant au monde, était une Stanhope, descendante d'une famille noble et illustre. On ne gardait d'elle que l'image de la pauvre parente orpheline. Une petite ingrate sans morale qui n'avait pas hésité à séduire le fiancé de sa riche et généreuse cousine. Anne était certaine qu'Edna et Félicity s'étaient soigneusement appliquées à noircir sa réputation. La curiosité malsaine et l'amour des ragots d'une société bien-pensante, friande de scandales, avaient fait le reste.

— Vous avez réussi à ensorceler le duc de Rutherford comme vous avez ensorcelé Dominick. Mais moi, vous ne m'aurez pas !

À quoi bon protester ? Clarisse était fermée à toute discussion.

— Je me demande si Dominick réalise combien vous êtes sournoise, poursuivit-elle après un instant.

Ces paroles troublèrent Anne plus qu'elle ne l'aurait imaginé. Pour la première fois, elle venait de penser que Dominick avait peut-être d'elle la même opinion que Clarisse.

— Auriez-vous l'intention d'essayer de creuser un peu plus l'abîme qui nous sépare, Dominick et moi ?

— J'aimerais surtout que mon fils retrouve la propriété de cette demeure qui doit lui revenir. Mais il n'a pas dit son dernier mot...

À cette menace à peine voilée, Anne frissonna. Elle allait hériter de ce manoir en toute légalité, mais Dominick était un homme puissant. Trouverait-il un moyen de la déposséder de son bien ? Elle n'avait nul autre endroit où se réfugier.

— Vous devez me croire, expliqua-t-elle d'une voix faible. J'étais sincèrement amoureuse de Dominick il y a quatre ans, et aujourd'hui, je ne suis pour rien dans les décisions du duc de Rutherford.

— N'essayez pas de me convaincre. Je ne me laisserai pas prendre à vos petits airs cauteleux. Vous n'attendez plus qu'une chose afin de combler vos ambitions : la mort de Rutherford pour hériter du titre de duchesse. Vous avez tout prévu depuis le début. Sinon, pourquoi auriez-vous envoyé un mot à Dominick pour lui donner rendez-vous dans les jardins le jour de ses fiançailles avec Félicity ?

Anne, effarée, regarda fixement Clarisse.

— Mais... je ne lui ai envoyé aucun mot ! Ce n'est pas du tout comme cela que les choses se sont passées...

Clarisse ne sembla faire aucun cas des protestations d'Anne ; peut-être même ne les entendit-elle pas. D'un geste nerveux, elle serra si fort le chat qu'elle tenait dans ses bras que l'animal sauta à terre en poussant un miaulement aigu.

— Dominick a l'intention de s'en aller demain, reprit-elle. Vous aurez réussi à le chasser une fois encore, comme vous l'avez déjà fait il y a quatre ans.

Le voir quitter la maison au plus vite était le souhait le plus cher d'Anne. Cependant, cette nouvelle ne lui procura pas une joie aussi intense qu'elle l'aurait supposé.

— Tant mieux, dit-elle simplement. La situation aurait été invivable s'il était resté ici.

— Je vais le convaincre de prolonger son séjour : il est tout de même *chez lui*, malgré ce testament insensé.

— Non. Qu'il parte immédiatement !

— Auriez-vous l'intention de dicter sa conduite à mon fils, par hasard ?

La gorge nouée, Anne hésita, puis elle décida de ne pas répliquer.

Même si l'animosité de Clarisse à son égard n'était pas une découverte, jamais Anne n'avait mesuré à quel point elle la détestait. Cela lui paraissait si invraisemblable qu'elle mettait cette scène sur le compte du chagrin.

Ouf ! elle avait au moins appris que Dominick avait l'intention de quitter le manoir dès le lendemain. Quoi que fasse Clarisse pour l'en dissuader, Anne était bien décidée à ne pas se laisser faire. Pourtant, elle ne se sentait pas rassurée. Si le manoir était à elle, Dominick gardait la mainmise sur le domaine. Ce domaine dans lequel elle s'était complètement investie ces dernières années, avec l'aval du duc de Rutherford. Qu'adviendrait-il si Dominick décidait de s'en occuper lui-même ou d'engager un intendant ? Après tout, c'était son droit le plus strict.

Mais pour l'heure, Anne avait d'autres questions plus importantes à régler, qui attendaient une réponse depuis quatre ans !

De crainte de changer d'avis ou de n'avoir plus la force d'entreprendre cette difficile démarche, elle se dirigea d'un pas vif vers les appartements du maître de maison, autrefois réservés à Philip, dont Dominick avait naturellement pris possession. Ils étaient situés au rez-de-chaussée, dans l'aile ouest de la demeure.

Arrivée devant la grande porte en acajou verni, elle fit une halte. Elle était dans l'état d'esprit du dompteur qui, pour la première fois de sa vie, va entrer dans la cage aux lions. Mais elle n'avait pas le choix. Elle ne pouvait laisser repartir Dominick sans avoir la réponse aux questions qui la taraudaient depuis si longtemps.

Encore hésitante, elle ne parvenait pas à trouver le courage de frapper. Elle aurait peut-être rebroussé chemin si la porte ne s'était ouverte devant elle. Surprise, elle écarquilla les yeux. Dominick lui faisait face ; une lueur étrange éclairait ses yeux gris.

— Je vous ai entendue venir. Souhaitez-vous m'entretenir d'un sujet particulier ? questionna-t-il sur un ton formel.

— Votre mère m'a dit que vous projetiez de quitter Waverly demain. Si cela est vrai, il y a en effet quelques points que j'aimerais évoquer avec vous avant votre départ.

Il s'effaça poliment pour lui permettre d'entrer. Anne sentit que sa respiration s'accélérait, mais elle essaya de ne rien en laisser paraître. C'était la première fois qu'elle pénétrait dans cette partie du manoir. Curieuse, elle jeta un coup d'œil autour d'elle. Un tapis aux tons chauds recouvrait le parquet du salon, de charmantes moulures couraient le long du plafond, et les murs étaient ornés d'un tissu à fines rayures brun pâle égayées de motifs fleuris. De gros fauteuils et deux canapés moelleux, tapissés de pourpre, achevaient de rendre l'atmosphère de ce salon extrêmement confortable. La pièce jouissait d'une vue fabuleuse sur les pelouses qui se perdaient dans la profondeur des sous-bois en contrebas. À mi-distance, les eaux d'un lac scintillaient sous le soleil couchant. En son centre trônait une île qui avait autrefois abrité un château normand dont il ne restait plus que quelques romantiques vestiges.

Sur la droite du salon, la porte de la chambre était restée ouverte. Gênée, Anne tourna rapidement la tête dès qu'elle s'en aperçut.

— Puis-je vous offrir quelque chose à boire ?

La jeune femme sursauta. Dominick était si près d'elle qu'elle sentait presque la chaleur de son souffle. Il lui souriait d'un air de connivence qu'elle détestait. Elle hésita quelques secondes et finit par accepter un sherry.

Elle le regarda s'éloigner et ne put s'empêcher de remarquer combien ses jodhpurs moulaient parfaitement ses jambes musclées. Elle se reprocha aussitôt cette pensée qu'elle refoula sur-le-champ.

— Voyons, qu'avez-vous à me dire ? demanda-t-il en lui tendant un verre et en prenant place à son côté sur le canapé. Je vous écoute.

— Je viens d'avoir une conversation avec votre mère... commença-t-elle, pour s'interrompre aussitôt.

Elle venait de réaliser que Dominick ignorait peut-être encore tout des dispositions au sujet de l'héritage. De plus en plus mal à l'aise, elle sentit le rose lui monter aux joues et, pour éviter de montrer son embarras, elle avala d'un coup une gorgée de sherry. Ce n'était pas à elle d'annoncer à Dominick qu'il n'était plus le maître dans cette maison. Depuis des années, elle avait rêvé d'une vengeance, mais elle la voulait moins directe, plus subtile.

— Pourquoi êtes-vous si nerveuse, Anne ?

— Vous vous trompez, je me sens parfaitement bien, protesta-t-elle maladroitement.

Dominick esquissa un sourire.

— Vous êtes ma femme... Enfin, vous portez mon nom, veux-je dire... Il n'y a pas de honte à ce que vous soyez dans mes appartements, vous savez !

Anne fit un mouvement tellement brusque qu'elle renversa quelques gouttes de sherry. Son trouble était-il si évident ? Elle avait fait une bêtise en venant ici. Ces lieux trop intimes lui rappelaient les instants où elle s'était abandonnée dans ses bras.

— Je suis seulement venue vous parler de la gestion du domaine, corrigea-t-elle sèchement. Nous n'avons plus d'intendant ; M. Harvey a été congédié pour détournement de fonds il y a un an.

— Depuis un an ?... Qui s'est occupé du domaine, alors ?

Anne rougit jusqu'aux oreilles. Elle n'ignorait pas qu'il était inconvenant qu'une dame de la bonne société s'occupât de régler des questions aussi matérielles.

— C'est moi, avoua-t-elle du bout des lèvres.

L'impassibilité de Dominick renforça sa gêne.

— Votre grand-père était d'accord et votre père était bien content d'être débarrassé de ces corvées qui ne l'intéressaient pas, ajouta-t-elle pour se justifier. J'aimerais savoir ce que vous avez l'intention de faire maintenant.

— J'ai l'intention... de vous embrasser. J'ai été stupide de disparaître pendant quatre ans.

Anne essaya de se lever, mais déjà il l'enlaçait et la serrait dans ses bras. Sans comprendre ce qui se passait, elle se retrouva contre lui, les seins pressés contre son large torse. Dominick la fixait avec une intensité terrifiante.

— Non, arrêtez... Vous ne devez pas... Vous ne pouvez pas... protesta-t-elle d'une voix paniquée.

— Mais si, je peux ! Je suis votre mari.

Et il s'empara de ses lèvres. Affolée, Anne aurait voulu hurler qu'elle n'avait aucune confiance en lui, mais ce contact était si doux qu'elle ne trouva pas la force de le repousser. Il y avait si longtemps qu'on ne l'avait pas embrassée... Elle entrouvrit les lèvres et leurs langues se mêlèrent, tandis qu'instinctivement ils se rapprochaient l'un de l'autre. Elle sentit sa main qui descendait au creux de ses reins, puis sa jambe qui se glissait entre les siennes. Anne ne résista pas longtemps à cette force virile, à la fois réconfortante et effrayante. Le désir monta en elle jusqu'à la brûlure. La respiration lui manquait.

Après quelques secondes que la jeune femme aurait aimé voir s'éterniser, il se recula un peu et la regarda avec des yeux étonnés.

— Seigneur ! souffla-t-il en jetant un coup d'œil vers la chambre, dont Anne comprit immédiatement le sens.

Tremblante, à bout de souffle, elle resta immobile. Elle le désirait sauvagement, mais au fond d'elle-même, quelque chose la paralysait, l'empêchant encore de se donner. C'était l'homme qui l'avait abandonnée, et cela, elle ne l'oublierait jamais ! Elle se leva brutalement.

— Ça suffit, je vous interdis de me toucher ! cria-t-elle avec violence.

Il esquissa un sourire moqueur.

— Vous êtes ma femme. Il n'y aurait aucune honte à ce que nous couchions ensemble, répliqua-t-il avec un haussement d'épaules.

— Allez au diable !

Une telle dureté stupéfia Dominick.

— Vous me détestez donc autant que cela ?

Elle fit une moue résignée.

— Oui, je vous déteste.

— Vous n'auriez pas été si affirmative, me semble-t-il, il y a quelques minutes.

— Détrompez-vous !

— Oh non, madame... Je sais lire le désir dans les yeux d'une femme.

Cette remarque ne fit qu'accroître la colère d'Anne. Évidemment, il collectionnait les maîtresses ! Si elle s'était écoutée, elle aurait jeté son verre à la figure de ce mufle.

— Vous ne me prenez pas au sérieux, lança-t-elle sèchement. Vous ne m'avez jamais prise au sérieux, d'ailleurs !

— Que voulez-vous dire ?

Même si Dominick arborait maintenant un visage moins engageant, il était temps pour Anne d'aller à l'essentiel.

— Dites-moi pourquoi vous m'avez embrassée avec tant de fougue dans le parc de Waverly, cette nuit-là...

Le marquis éclata d'un rire nerveux.

— Quelle question ! C'est tout bête, j'ai perdu complètement la tête.

Cette réponse n'en était pas une. Tout au moins, elle ne satisfaisait pas Anne, qui reprit d'une voix à peine perceptible :

— Je vous aimais follement et vous avez fait de moi la risée de toute la société.

— Je le regrette.

— Vous mentez !

Il lui saisit le menton, l'obligeant à soutenir son regard.

— Maintenant, les choses ont changé. Vous êtes devenue une superbe femme, attirante et élégante, et personne ne se moque plus de vous.

— C'est ce que vous croyez ! Cet après-midi encore, quand Félicity flirtait avec vous, ils riaient tous de moi.

— Félicity flirtait peut-être avec moi, mais moi, je ne flirtais pas avec elle. Nuance !

Il n'était pas nécessaire de prolonger la discussion avec cet homme qui refusait de reconnaître ses torts. Au moment où elle allait sortir, Dominick lui posa la main sur l'épaule.

— Une minute !... Pourquoi n'osez-vous pas me poser la question qui vous brûle les lèvres ?

Elle hésita encore un peu, puis reprit la parole timidement.

— Pourquoi m'avez-vous abandonnée au lendemain de notre nuit de noces ? Comment avez-vous osé faire une chose pareille ? J'ai attendu votre retour pendant si longtemps… Je vous déteste, Dominick.

Les larmes aux yeux, elle se détourna.

— Je suis sincèrement désolé. Bien plus que vous ne l'imaginez.

— C'est trop tard, maintenant.

Dominick se dirigea vers la fenêtre et, le regard perdu dans le parc, murmura :

— Oui, vous avez raison. Il est bien trop tard pour avoir des regrets…

4

Le soleil se couchait. Les bosquets s'enveloppaient d'ombre sous la lueur des premières étoiles qui commençaient à scintiller dans un ciel pâlissant. Des nuages de brume flottaient déjà sur les pelouses. Bientôt, les abords du manoir seraient plongés dans une obscurité mystérieuse.

Dominick resta un long moment face à la fenêtre, à contempler le jour qui s'achevait. Il tournait le dos à Anne, semblant presque avoir oublié sa présence.

— Je crois qu'il serait plus raisonnable que vous partiez demain après la lecture du testament, dit-elle enfin pour conclure leur entrevue.

Il ne broncha pas. Après quelques secondes seulement, il daigna se retourner.

— Et que diriez-vous si j'avais changé d'avis ?

Anne ouvrit la bouche pour parler, mais aucun mot ne sortit. L'idée de devoir vivre sous le même toit que Dominick était totalement inconcevable. Le voir tous les jours, le rencontrer à chaque détour du manoir et jouer la comédie du couple uni en sachant qu'il entretenait des liaisons à l'extérieur était au-dessus de ses forces.

— Je veux que vous partiez. Vous ne pouvez pas rester ici, c'est impossible, dit-elle.

— Inutile de me le répéter, j'ai bien compris ! Mais je peux ne pas être d'accord avec vous, non ?

Le léger sourire qu'il arborait la fit bondir.

— Je me fiche que vous soyez d'accord ou pas !

— De quoi avez-vous peur, Anne ?

— Sûrement pas de vous, si c'est ce que vous sous-entendez !

Dominick croisa les bras et la regarda d'un air déterminé.

— Je reste ! Au moins pour quelques jours.

— C'est votre mère qui vous en a persuadé, sans doute ?

— Ma mère n'a rien à voir là-dedans. Apparemment, il y a beaucoup de choses à régler ici, à commencer par le recrutement d'un nouvel intendant et le rétablissement de mon autorité sur Bennett qui s'est conduit d'une façon inadmissible envers moi cet après-midi.

— Je ne veux pas. Allez-vous-en !

— Cette maison est la mienne et vous n'avez aucun droit de m'en chasser. Vous êtes ma femme, vous me devez obéissance.

— Non, murmura Anne dont le cœur s'affolait.

— Non ? Comment, non ? N'est-ce pas une alliance que vous portez à l'annulaire ?

— Ce n'est pas ce que je veux dire… Je sais bien que je suis votre femme. Vis-à-vis de la loi, tout au moins.

— Que voulez-vous dire, alors ?

Anne prit une profonde inspiration.

— Ce manoir ne vous appartient pas, Dominick. Il est à moi.

Elle venait de lui annoncer ce qu'elle avait pourtant décidé de taire. Mais pouvait-elle faire autrement ?

Dominick fronça les sourcils.

— Pouvez-vous me répéter cela ? Êtes-vous en train d'essayer de me faire croire que je suis déshérité ?

— Non. Il ne s'agit que de la demeure. C'est à moi qu'elle va revenir.

— Je n'ai jamais entendu une chose aussi absurde, rétorqua Dominick abasourdi. Je ne vous crois pas ! Qui aurait pu vous donner Waverly Hall qui appartenait à mon père ?

— Le duc de Rutherford.

Soudain, il se posta devant Anne qui recula de quelques pas. Son expression avait changé. Il la fixait d'un air furieux, comme s'il la tenait pour responsable des décisions du duc.

— J'ai été aussi surprise que vous de l'apprendre. Rutherford ne nous l'a annoncé qu'hier soir... Ne me regardez pas de cette façon-là, Dominick, je vous en prie. Vous me faites peur.

En effet, Dominick était furibond.

Il était le fils unique de Philip. Comment Waverly pouvait-il lui échapper ? Certes, il possédait d'autres domaines attachés à la vicomté Lyons, bien plus importants et bien plus rentables que Waverly. Mais ce n'était pas la fortune qui le préoccupait. Il en faisait une question de principe.

D'une démarche décidée, il se dirigea vers la bibliothèque, où il espérait trouver le duc de Rutherford. La porte était entrouverte. Il s'arrêta. Cette pièce était celle où, autrefois, Philip passait le plus clair de son temps quand il était à Waverly. C'est là aussi qu'à l'âge de huit ou neuf ans Dominick devait chaque soir venir rendre compte de ses résultats scolaires qui n'étaient jamais assez brillants aux yeux de son père. Il redoutait tant ces entrevues qu'aujourd'hui encore, il ne pouvait s'empêcher de ressentir un pincement au cœur chaque fois qu'il passait devant la bibliothèque.

Le duc de Rutherford était bien là, assis au bureau d'acajou, sur le gros fauteuil de cuir bordeaux où Philip avait coutume de travailler. Rien n'avait changé depuis des années : le même tapis aux teintes adoucies par les ans recouvrait le parquet mosaïque ; le même sofa et les mêmes fauteuils faisaient face à la cheminée de granit ; des centaines de livres, sagement alignés, gardaient leur précieux savoir sous des reliures en maroquin gravé d'or.

Rutherford se leva pour embrasser Dominick. C'était un homme mince, d'un mètre quatre-vingt-cinq. Sa chevelure, autrefois éclairée de superbes reflets roux vénitien dont avaient hérité son fils et son petit-fils, était devenue toute blanche. Dominick fut frappé de constater combien le duc avait vieilli. Lui qui avait toujours paru plus jeune que son âge semblait tout à coup prématurément usé. Il avait encore les yeux rougis d'avoir pleuré.

— Je suis heureux de vous revoir, grand-père. Comment vous portez-vous ?

— Pas très bien.

Cette réponse de la part d'un homme qui avait pour principe de ne jamais se plaindre stupéfia Dominick. Il fallait qu'il fût profondément affligé pour l'avouer.

Le duc se rassit à son bureau et cacha son visage dans ses mains. Bien que, par tradition, les membres de la famille Saint Georges se fussent toujours montrés peu expansifs, Dominick eut soudain envie de consoler son grand-père. Cet aristocrate respectable et impressionnant révélait brusquement qu'il n'était qu'un homme ordinaire, fragile, capable de souffrir comme le commun des mortels. Dominick hésita un peu, puis il s'approcha du duc, sans oser toutefois l'étreindre.

Dans un sursaut de fierté, Rutherford fit un signe de la main pour dire à son petit-fils de s'écarter. Celui-ci obtempéra et alla remplir deux verres d'un vieux brandy dont il y avait toujours une carafe pleine sur une des étagères. Quand il se retourna, le duc, qui s'était redressé, avait retrouvé sa dignité habituelle. N'eussent été ses paupières gonflées et ses traits tirés, on n'aurait jamais deviné qu'il venait de sangloter.

— Tenez, grand-père, ce petit remontant vous fera du bien. Moi-même, je n'arrive pas à croire que mon père n'est plus.

— La mort frappe là où on ne l'attend pas… Pourquoi n'es-tu pas venu plus tôt ?

— J'étais à Paris ; je suis venu dès que j'ai pu.

— Tu es parti si longtemps, Dominick ! s'exclama le duc d'une voix soudain lourde de reproche.

— Vous savez bien que je suis très occupé. La gestion de mes quatre domaines exige du temps. Je ne peux pas me reposer entièrement sur mes intendants.

— C'est une explication, pas une excuse ! Rien ne peut justifier que tu sois resté quatre ans loin de tes parents et de ton épouse.

— N'intervenez pas dans mon mariage, grand-père, je vous en prie, dit Dominick en se raidissant.

— Laisse-moi faire ce que j'ai à faire, mon enfant. Je vieillis et je ne veux pas attendre qu'il soit trop tard. Permets-moi de te dire que tu t'es conduit de façon criminelle envers Anne.

— J'ai fait d'elle une vicomtesse en l'épousant. Aujourd'hui, elle est marquise. Un jour, elle sera duchesse. Elle n'a pas de quoi se plaindre.

— Crois-tu sincèrement que l'on puisse acheter le bonheur avec des titres de noblesse ? Elle était amoureuse de toi et tu le sais parfaitement. Tu t'es conduit comme un gamin immature et mal élevé ! Si ton père n'était pas tombé malade, je suis sûr que tu ne serais même pas revenu.

— C'est vrai, admit Dominick en contenant sa colère.

— Vraiment, j'ai du mal à comprendre ton attitude ! Je sais que tu n'as épousé Anne que parce que tu l'avais compromise, mais un homme digne de ce nom assume ses actes. Pourquoi l'as-tu quittée ?

— J'avais de bonnes raisons pour cela.

— Ah bon ? Cite-m'en une seule !

— Peut-être me sentais-je honteux de ce que j'avais fait...

Le duc regarda Dominick dans les yeux et répliqua :

— Admettons ! Alors, tu as eu quatre ans pour regretter et expier tes péchés. Tu peux donc maintenant rester auprès de ton épouse et la traiter avec le respect et l'affection qu'elle mérite.

— Elle ne veut pas de moi, elle me déteste.

— Balivernes ! Elle t'aime encore, au contraire.

— Écoutez, grand-père. Avant tout, je voudrais vous poser une question. Est-il vrai que vous lui avez donné le manoir ?

Rutherford prit un air grave.

— Tout a été prévu en effet pour qu'à ma mort, Anne hérite de la demeure. Elle en sera l'unique propriétaire. En attendant ce jour, c'est elle qui en a l'usufruit, elle a le droit d'en disposer comme elle le souhaite. Toi, tu auras toutes les terres.

— Mais... vous n'avez pas le droit !

— Tout cela est parfaitement légal. Le partage a été fait par-devant notaire, signé par ton père et par moi-même.

— Comment pouvez-vous me faire cela ? tonna Dominick qui à présent ne se maîtrisait plus. Aimez-vous Anne à ce point ou avez-vous perdu la tête ? Si vous voulez lui faire un cadeau, donnez-lui une autre propriété, mais pas Waverly Hall, le manoir de mon père, la demeure où je suis né !

— J'aime beaucoup Anne, en effet. Elle est pour moi la fille que je n'ai jamais eue. Elle a de grandes qualités : elle est vive, intelligente et affectueuse. Il faut bien que quelqu'un te le dise puisque tu n'as pas eu l'occasion de t'en rendre compte par toi-même !

Au comble de l'exaspération, Dominick alla se servir un autre brandy.

— Je suis encore capable de juger ma femme sans votre aide ! Qu'espérez-vous de moi, maintenant ? Je vous en prie, rendez-moi Waverly. S'il le faut, je suis prêt à céder à Anne une propriété dix fois plus grande et plus belle.

— Je ne t'en demande pas tant. Je souhaite simplement que tu la traites avec les égards que tu lui dois.

— Et vous pensez que vous réussirez à me convaincre en lui donnant injustement l'héritage de mon père ?

— Un manoir et une rente ne sont que de maigres compensations pour les souffrances que tu lui as causées. Sois raisonnable, Dominick, jamais tu ne trouveras le bonheur à papillonner de maîtresse en maîtresse.

— Je n'aime pas que l'on me fasse la morale.

— Tu aurais pourtant intérêt à m'écouter si tu veux reconquérir Waverly Hall.

Surpris, Dominick fronça les sourcils. La décision du duc n'était-elle donc pas définitive ?

— Et que dois-je faire pour cela ? demanda-t-il, craignant d'avance la réponse de son grand-père.

— Ce ne devrait pas être très difficile. Si Anne te donne un héritier, Waverly te reviendra. Je veux un arrière-petit-fils avant de mourir. Hâte-toi ; à mon âge les jours sont comptés...

5

En sortant des appartements de Dominick, Anne était allée se réfugier dans sa chambre avec l'intention de ne plus en sortir. Dans cette jolie pièce à la décoration sobre et épurée, où un bouquet de fleurs fraîches exhalait d'exquises senteurs, elle se sentait enfin à l'abri de ses ennemis, Dominick et Clarisse.

Quand elle l'avait quitté, son mari lui avait fait part de son intention d'aller trouver Rutherford. Il était dans une telle fureur qu'Anne redoutait leur confrontation.

Le duc avait dû lui confirmer les détails de l'héritage. Cela l'avait-il au moins fait revenir sur sa décision de prolonger son séjour ?

Pour l'heure, la jeune femme se sentait en plein désarroi. Les événements s'étaient enchaînés trop vite, remettant en question la tranquillité précaire qu'elle avait réussi à se forger après quatre années de lutte. Elle aurait aimé revenir en arrière, se retrouver avant l'annonce de l'héritage, avant le retour de Dominick, et surtout avant... le baiser qu'ils avaient échangé. C'était sans doute la chose qui la troublait le plus. Comment pouvait-elle ressentir une telle haine pour son mari et, en même temps, avoir la vague intuition que son départ allait lui briser le cœur une fois de plus ? Aux prises avec ces sentiments contradictoires, Anne se demandait si elle n'était pas en train de basculer dans un dangereux délire.

Elle s'approcha de la fenêtre et jeta un coup d'œil au-dehors. L'humidité, qui avait étendu son voile de brume, donnait aux arbres l'apparence de spectres farouches et désolés...

Dire que pour éviter de revoir Dominick, elle en était réduite à rester dans sa chambre comme une prisonnière ! Ce n'était pas elle la coupable, tout de même ! Une promenade l'aiderait certainement à retrouver un peu de calme. Elle descendit le grand escalier qui menait dans le hall et sortit par l'arrière, retrouvant avec soulagement l'obscurité apaisante des jardins.

— Anne ?

Elle tressaillit et machinalement posa la main sur sa poitrine.

— Patrick ! Tu es fou, tu m'as fait une de ces peurs ! Qu'est-ce que tu fabriques ici ? Je te croyais parti avec les autres invités.

— Je suis inquiet pour toi. Avec Dominick dans les parages... Comment te sens-tu ?

— Pas vraiment au mieux de ma forme, admit-elle.

— S'est-il encore montré désagréable ?

Anne rassura son cousin, sans lui raconter le détail de ce qui s'était réellement passé. Elle lui prit la main et la serra affectueusement. La présence de Patrick lui faisait du bien. Elle devinait qu'il était amoureux d'elle, mais il ne lui en avait jamais rien dit et semblait se contenter de son amitié.

— Faisons quelques pas, proposa-t-il.

Ils traversèrent les pelouses et marchèrent jusqu'à la pergola où ils firent une halte. La rosée vespérale réveillait des senteurs de terre et d'herbe mêlées.

Patrick se plaça face à Anne et lui saisit les poignets, d'un air toujours aussi préoccupé.

— Est-ce qu'il est au courant pour l'héritage ? demanda-t-il.

— Oui, il est furieux.

Une lueur étrange, mi-joyeuse mi-inquiète, éclaira le regard du jeune homme.

— Il n'est pas habitué à ce qu'on s'oppose à sa volonté, commenta-t-il. Jusqu'à présent, il a toujours eu ce qu'il voulait. Ça a dû lui faire un sacré choc !

— On dirait que ça te fait plaisir.

— Pas du tout. Je ne dis que la vérité. À propos, quand part-il ?

— Je n'en ai aucune idée. Il m'a laissé entendre qu'il resterait quelques jours, mais c'était avant que je ne parle de l'héritage.

Anne observait son cousin qui, de toute évidence, était soucieux pour elle. Devait-elle, comme elle l'avait fait si souvent, s'ouvrir à lui ? Mais que lui dire ?

Il la prit dans ses bras. Comme une petite fille qui se laisse bercer, elle blottit sa tête sur son épaule.

— Ne permets surtout pas à Dominick de te toucher ! ordonna-t-il brusquement.

À cette remarque, Anne se crispa. Elle essaya de reculer, mais Patrick la tenait fermement.

— Écoute-moi bien, Anne, poursuivit-il sur un ton de mise en garde. Il a déjà abusé de ta crédulité une fois. Il recommencera, j'en suis sûr. À la façon dont il te regardait cet après-midi au salon, cela ne fait aucun doute. Il a des idées derrière la tête qui sont loin d'être honorables. Fais attention à toi.

Cette fois, Anne réussit à se libérer.

— Patrick... Là, tu vas trop loin ! Je suis assez grande pour régler ce genre de problèmes toute seule.

— Tu surestimes tes forces. Souviens-toi combien tu étais triste après ton mariage. Qui t'a consolée ? Qui t'a réconfortée des mois et des mois ?

— Tu as toujours été un très cher ami, je ne le conteste pas.

— Alors, écoute mes conseils une fois de plus. Tu es une proie facile pour un homme comme Dominick Saint Georges. Il ne fera de toi qu'une bouchée si tu lui en donnes l'occasion.

— D'abord, sache que je n'ai pas l'intention de lui permettre quoi que ce soit. Ensuite, je te trouve injuste envers lui. N'êtes-vous pas amis ?

— Nous l'étions surtout autrefois. Oui, nous en avons fait, des parties de chat perché dans le parc de Waverly quand nous étions hauts comme trois pommes ! Et puis, nous avons fréquenté Eton et Cambridge en même temps. Mais à l'université, nos chemins ont divergé. Aujourd'hui nous nous voyons peu.

— Ce n'est pas une raison pour lui jeter la pierre aussi facilement.

— Il a une maîtresse, quand même, et tu le sais bien ! répliqua Patrick, un peu pincé.

Anne se sentit faiblir. Oui, elle savait que son mari entretenait une liaison avec une célèbre actrice française – une beauté, murmurait-on –, mais elle ne voyait pas pourquoi son cousin prenait un malin plaisir à le lui rappeler.

— Beaucoup d'hommes ont des maîtresses. Si notre mariage était différent, cela pourrait me chagriner, mais ce n'est pas le cas : je m'en moque totalement.

Elle espérait par ce mensonge réussir à lui couper l'herbe sous le pied.

— Je suis désolé, murmura-t-il. C'est stupide de ma part de te dire tout cela.

— Ce n'est rien. Tant que cela n'entache pas notre amitié ! Si on rentrait au manoir, maintenant ?

Patrick attrapa sa cousine au moment où elle esquissait un demi-tour.

— Promets-moi d'abord que tu n'oublieras pas ce qu'il t'a fait il y a quatre ans. C'est tout ce que je te demande.

— Je te le promets, Patrick, rassure-toi. Non seulement je n'oublierai pas le passé, mais je ne pardonnerai jamais à Dominick.

Dominick sortit dans le parc et alla s'asseoir sur la balustrade qui bordait la terrasse. Dans le lointain résonnaient les bêlements de quelques moutons et le son des cloches qui tintaient au cou des vaches. Après l'entrevue avec son grand-père, il avait besoin de réfléchir.

Le jeu du duc était limpide. Tout d'abord, il avait prétendu que le manoir et la rente n'étaient que des « compensations » pour ces quatre années d'abandon. Oui, c'était bien ce terme qu'il avait employé, comme s'il voulait punir son petit-fils pour sa mauvaise conduite. Puis il avait laissé entendre qu'il pourrait se racheter... Non, mais pour qui le prenait-on ? Un enfant irresponsable ? « Tu as été méchant, mais si tu es bien sage à l'avenir... » Cette façon de manier la carotte et le bâton était scandaleuse et humiliante. Le duc n'ignorait pas que le meilleur moyen d'atteindre Dominick était de le déposséder de la demeure à laquelle il tenait tant. Il savait bien ce qu'il faisait !

Furieux de cet odieux chantage, le jeune homme avait failli sortir de chez Rutherford en claquant la porte et en hurlant qu'il abandonnait sans regrets Waverly à Anne. Mais à la dernière seconde, son attachement au manoir avait eu raison de sa colère et il n'avait rien dit.

Évidemment, à bien y réfléchir après coup, Dominick devait reconnaître que l'attitude de son grand-père se justifiait. Avoir un héritier était un souhait raisonnable. Les deux enfants adultérins – un garçon et une fille – qu'il avait eus de Julia Gaffney, qui avait été sa maîtresse pendant presque cinq ans, ne pouvaient remplacer un enfant légitime aux yeux de son grand-père. Honnêtement, il le comprenait.

Ce qu'il reprochait surtout au duc, c'était le moyen qu'il avait utilisé pour arriver à ses fins. Pourquoi avait-il préféré agir par la force plutôt que par la persuasion ? Lui tenir tête apporterait à Dominick une indubitable satisfaction, mais renoncer au manoir lui procurerait une souffrance insupportable. Que faire quand la solution consistait à choisir entre deux maux ?

Dominick en était là de ses réflexions lorsqu'il entendit des pas derrière lui. Il se retourna et cligna des yeux pour discerner à contre-jour une silhouette fine, presque éthérée, qui se tenait sur le seuil d'une porte-fenêtre. Il reconnut sa mère. Elle s'avança vers lui en resserrant le châle noir qu'elle portait sur les épaules.

— Vous me cherchiez, mère ?

— Oui, dit-elle, légèrement hésitante. Nous n'avons guère eu l'occasion de parler, avec tout ce monde, cet après-midi.

— J'aimerais pouvoir vous aider en ces moments difficiles.

Dominick s'approcha, tandis que Clarisse promenait un regard absent sur le parc.

— Je me fais tellement de souci, Dominick !

— Et pourquoi cela ?

— Pour tout… Pour toi… Pour moi… Es-tu au courant des décisions stupides de ton grand-père ?

Dominick acquiesça.

— Waverly Hall devrait être ta propriété, observa Clarisse d'un ton soudain plus véhément où perçait la rancune. Ton grand-père a dépassé les bornes. C'est à se demander s'il n'a pas complètement perdu la tête.

— Il a exagéré, c'est vrai, mais il est parfaitement sain d'esprit. Il sait très bien ce qu'il fait.

— Anne aussi ! renchérit Clarisse avec une amertume qui surprit Dominick.

— Que voulez-vous dire, mère ?

— Voilà des années qu'elle manipule le duc, répliqua Clarisse qui attendait de pouvoir déverser ce qu'elle avait sur le cœur. Tu ne crois tout de même pas que c'est par hasard qu'elle dirige aujourd'hui le domaine de Waverly ?

Dominick resta bouche bée. Les paroles de sa mère ne lui semblaient qu'une suite de mots incompréhensibles.

— Je suis désolé de devoir te le dire, mais ton épouse n'est qu'une friponne ambitieuse, poursuivit-elle. Depuis quatre ans, elle n'a cessé de tourner autour du duc ; une amabilité par-ci, un compliment par-là ! Quelle hypocrite ! Aujourd'hui, il l'adore. Pour lui, tout ce qu'elle dit est parole d'évangile. Voilà comment il lui a donné *ton* héritage !

Comme la plupart des gens, Clarisse considérait qu'Anne n'était qu'une coureuse de fortune. Si l'on s'en tenait aux faits, ce jugement pouvait paraître juste, mais Dominick était persuadé que sa mère se trompait.

— Anne n'est pas si noire que vous la dépeignez, mère.

— Elle a bien su s'y prendre tout de même pour t'attirer dans le parc le soir de tes fiançailles avec Félicity.

— Je suis autant à blâmer qu'elle. Peut-être plus ! Je n'aurais jamais dû aller la retrouver dans le parc. Et puis, je ne me suis vraiment pas conduit comme un gentleman !

— Ne fais pas rejaillir la faute sur toi, protesta Clarisse. Quel homme n'aurait pas succombé à une sirène aussi perverse !

Ces paroles fielleuses choquèrent Dominick.

— Avec tout le respect que je vous dois, mère, permettez-moi de vous rappeler que la personne que vous insultez est ma femme.

— Quoi ? Tu la défends, maintenant ? Il ne manquait plus que cela ! Tu ne te rends pas compte que c'est elle qui fait la loi ici. Sais-tu pourquoi elle a renvoyé l'intendant ? Simplement pour tout régenter.

— Elle aurait renvoyé George Harvey ? répéta Dominick incrédule. Vous devez faire erreur. C'est sûrement mon père qui s'en est chargé.

— Non, ton père a simplement entériné sa décision.

— Cela m'étonne... Comment une femme seule aurait-elle pu mener à bien la tâche monumentale que représente la gestion d'un domaine comme Waverly ?

— Mais... mais... tu l'admires, ma parole ! balbutia Clarisse.

— Je ne sais pas, mère... je ne sais vraiment pas, répliqua Dominick, l'air rêveur. En tout cas, je n'arrive pas à croire qu'Anne soit aussi vile que vous le prétendez. La nuit où je l'ai séduite, elle n'était qu'une jeune fille sincèrement amoureuse. J'ai sauvé son honneur en l'épousant, mais je n'ai pas su la rendre heureuse. Maintenant, si elle me hait, je ne peux lui en vouloir.

— Tu te trompes, Dominick, tu ne connais pas cette femme. Elle est dangereuse. Ne lui abandonne pas le domaine, reste encore un peu !

Comme Dominick ne répondait pas, sa mère poursuivit :

— Les choses vont empirer si Anne a les mains libres pour agir à sa guise. Si tu restes, tu pourras au moins contrôler la situation. En plus... elle me déteste. Que deviendrai-je si elle me chasse ?

Clarisse essuya quelques larmes. Son corps secoué de tremblements semblait encore plus fragile. Dominick la prit dans ses bras.

— Vous chasser ! Rassurez-vous, je ne permettrai jamais une chose pareille !... À moins que vous ne préfériez venir dans l'une de mes résidences où vous seriez la bienvenue. Tous les châteaux que je possède sont à votre disposition.

— Merci, Dominick, mais je me sens ici chez moi. C'est à Waverly que je veux vivre.

— Alors, ne vous inquiétez pas, vous y resterez.

— S'il te plaît, Dominick, ne pars pas ! implora Clarisse. Juste le temps de tout remettre en ordre. Si quelqu'un doit quitter Waverly, c'est cette maudite Anne, pas toi !

Dans l'espoir de persuader Dominick, Clarisse passait des suppliques aux imprécations.

— Vous êtes ma mère, elle est ma femme, et vous aimez toutes les deux ce manoir. Ne serait-il pas préférable de faire la paix ? Pour tout vous dire, je vous trouve injuste avec elle et je réalise à quel point sa vie a dû être difficile.

— Mais... je...

Clarisse était pâle comme un linge en entendant les reproches de son fils, qu'elle savait justifiés.

— Je ne doute pas que vous ferez en sorte, dorénavant, de soutenir Anne et de la faire accepter comme il convient par nos amis. En attendant, ma décision est prise : je quitterai Waverly demain.

Le ton de Dominick était calme mais déterminé, empreint de l'autorité nouvelle que lui conférait sa position de marquis.

Clarisse acquiesça d'un simple hochement de tête. Après un moment, elle reprit la parole :

— Je sais que je n'ai pas été une bonne mère pour toi et je le regrette sincèrement.

Un sourire nostalgique passa sur les lèvres de Dominick. Des souvenirs d'enfance remontèrent à sa mémoire. Combien de fois aurait-il aimé être consolé ou cajolé par une mère tendre et attentive ! Combien de fois avait-il souffert de la solitude, sans personne à qui confier ses chagrins d'enfant !

— Nous n'avons jamais été très proches tous les deux, mais il n'est pas trop tard pour apprendre à nous connaître. Mon père a disparu sans que je prenne le temps de savoir qui il était vraiment. J'aimerais ne pas faire la même erreur avec vous, mère.

Clarisse s'agita légèrement. Un tremblement au coin de sa bouche trahissait son émoi.

— Quand tu es né, j'ai refusé de te confier à une nourrice, mais ton père m'a forcée à le faire. Plus tard, j'ai voulu te reprendre pour m'occuper de toi, mais à nouveau, ton père a prétendu que c'était le rôle d'une gouvernante d'élever un enfant. Je lui ai arraché la permission de te voir une heure par jour. Il prétendait que c'était largement suffisant ! C'est pour cela que nous avons toujours pris le thé ensemble ; c'était l'heure qu'il m'avait accordée. Je n'ai même pas eu mon mot à dire sur le moment de nos rencontres. Rutherford non plus n'a jamais été tendre avec moi. Il ne m'a jamais pardonné mon mariage avec ton père. C'est un homme tyrannique, tu sais !

— Je sais, observa Dominick en songeant à l'héritage que son grand-père avait osé combiner.

— À quoi penses-tu ? demanda Clarisse qui avait remarqué l'air rêveur de son fils.

— À l'héritage... Savez-vous qu'il m'a proposé un marché ? Un enfant d'Anne contre la restitution de Waverly Hall.

Clarisse devint livide, totalement abasourdie par cette nouvelle.

— Il est fou... complètement fou... balbutia-t-elle.

— Oui, c'est absurde. Si je décidais de coucher avec ma femme, ce ne serait sûrement pas sur son ordre, remarqua Dominick d'un ton glacial.

— Tu as déjà un fils qui est un superbe garçon. Pourquoi essaie-t-il de te rapprocher de cette femme ? s'exclama Clarisse, au bord des larmes. Que veut-il, à la fin ?

— Il veut que je répare le mal que j'ai fait à Anne.

— Ton mariage a été une erreur.

— Oui, mais il est un peu tard pour le regretter !

Clarisse poussa un soupir.

— C'est vrai, hélas. Un divorce ruinerait notre réputation à tous… Je rentre, conclut-elle en embrassant son fils. Viens me dire au revoir demain avant de partir.

Dominick regarda Clarisse retourner vers le manoir. Grand Dieu, il n'aurait jamais imaginé avoir un jour une telle conversation avec sa mère ! Il en était à la fois heureux et désemparé.

Il soupira. Il lui fallait maintenant envisager l'attitude qu'il allait adopter vis-à-vis d'Anne, et le choix était plus difficile qu'il n'y paraissait. Pendant quatre ans, il l'avait non seulement négligée mais complètement oubliée, menant la vie d'un joyeux célibataire insouciant. Aujourd'hui, elle lui était apparue comme une autre femme, séduisante et attirante. Et c'est au moment où il réalisait qu'être son mari devait être bien agréable qu'elle lui déclarait sans ambages qu'elle le détestait !

Il songea au mariage froid et sans amour de ses parents. Toute sa vie, il s'était efforcé de reproduire le modèle qu'ils lui avaient donné, se jurant de garder lui aussi la tête froide et de ne jamais tomber amoureux. Globalement, il n'avait pas trop mal réussi, et voilà qu'à cause de sa propre femme, qui le troublait plus qu'il ne l'aurait voulu, il remettait ses beaux principes en question !

À l'instant où il allait rentrer, il entendit des chuchotements et aperçut deux personnes qui remontaient vers le manoir. En reconnaissant Anne, son cœur fit un bond. Un homme la tenait par les épaules. Ils marchaient serrés l'un contre l'autre.

La vertueuse Anne avait-elle un amant ?

À cette pensée, le pouls de Dominick s'accéléra. Pourtant, n'était-ce pas un juste retour des choses ? Quel droit avait-il de se montrer jaloux d'une femme qu'il avait abandonnée sans remords ?

C'est alors qu'il reconnut Patrick, son ami d'enfance.

6

Dès qu'il aperçut le marquis, Patrick lâcha l'épaule d'Anne.

— Que faites-vous ici, Dominick ? demanda la jeune femme.

Dominick ne répondit pas. Il luttait de toutes ses forces pour essayer de se raisonner et de calmer sa colère. Il finit par esquisser un sourire tellement forcé qu'il avait plutôt l'air d'un rictus.

— J'espère que tu as fait une promenade agréable en compagnie de ma femme, dit-il en s'adressant à Patrick, dont la raideur traduisait l'embarras. Tu as bien fait d'en profiter car ce sera la dernière.

— Serait-ce une menace, par hasard ? questionna Patrick qui ne comprenait pas la raison de cette agressivité.

— Non. C'est un fait objectif, répliqua Dominick, glacial.

— Qu'est-ce qui te prend ? Es-tu fou ? Anne est non seulement ma cousine mais mon amie. Si nous voulons encore nous promener ensemble, ce n'est pas toi qui vas nous en empêcher.

— Détrompe-toi !

— Ça suffit, Dominick ! s'interposa Anne. Vous savez bien que je connais Patrick depuis l'âge de neuf ans, quand je suis arrivée chez les Collins. Je ne vois pas à quel titre vous nous interdiriez soudain de nous fréquenter.

— C'est comme ça, un point c'est tout !

— Mais enfin, de quoi nous accusez-vous ? s'exclama Anne qui sentait la moutarde lui monter au nez.

Dominick ne regardait pas sa femme. Il gardait les yeux fixés sur Patrick.

— Toi, tu sais bien de quoi je t'accuse, n'est-ce pas ?

— Cette jalousie est pour le moins déplacée, riposta Patrick du tac au tac. Si tu n'avais pas disparu pendant quatre ans, Anne n'aurait peut-être pas eu besoin de mon affection !

L'ironie mordante du jeune homme ne fit qu'énerver Dominick. Avançant d'un pas, il vint se placer entre Patrick et sa femme. Pour résister à l'envie impérieuse de frapper son adversaire, il serra les poings, gardant les bras tendus le long du corps.

— Si Anne a eu besoin de ton affection, comme tu dis, avoue que ça t'a bien arrangé !

— Cette conversation est à la limite de la décence ! cria Anne, le visage rouge de colère. Patrick est mon cousin, rien de plus !

— Ne vous mêlez pas de ça, Anne ! C'est une affaire à régler entre hommes.

— Tu es mon ami, mais Anne l'est aussi, reprit Patrick. C'est trop facile de revenir après quatre ans pour jouer les redresseurs de torts ! Tu as abandonné ta femme, Dominick, souviens-t'en.

Dominick prit un air rêveur.

— Je t'ai sauvé la vie au péril de la mienne, Patrick. Cela, tu sembles l'oublier !

— Bien sûr que non.

Le regard surpris d'Anne passait de l'un à l'autre.

— Dominick t'a sauvé la vie ? Tu ne m'as jamais parlé de cela, dit-elle à Patrick.

Mais aucun des deux hommes ne parut l'entendre. Ils se faisaient face, s'observaient, uniquement préoccupés de leur rivalité.

— Maintenant, quitte ce manoir, ordonna Dominick.

— Voyons, reprenez-vous ! intervint Anne. Vous pourriez regretter des paroles lancées sous le coup de la colère.

Dominick se tourna enfin vers son épouse, avec un air étrangement nostalgique.

— Un regret de plus ou de moins dans une vie pleine d'erreurs !... s'exclama-t-il.

Gênée, Anne détourna les yeux.

— La journée a été éprouvante pour tous. Il serait peut-être mieux que tu partes, finit-elle par dire à Patrick. Nous nous verrons une autre fois.

L'hésitation du jeune homme acheva d'exaspérer Dominick.

— Il me semble que ma femme t'a demandé de partir. Adieu !

Patrick ne résista pas au plaisir de lancer une dernière pique à l'adresse du marquis.

— Bien sûr, je vais m'en aller, mais uniquement parce que c'est le souhait d'Anne. Puisque Waverly Hall lui appartient, c'est elle qui commande ici !

Un sourire menaçant apparut sur les lèvres de Dominick.

— Si le manoir est à Anne, c'est moi le marquis de Waverly. N'oublie jamais cela, Patrick.

Anne rattrapa son cousin qui s'était éloigné de quelques mètres.

— Ne t'en fais pas. J'essaierai d'arranger les choses, chuchota-t-elle à son oreille.

— À demain… j'espère ! répondit-il en lui pressant doucement la main.

Dominick et Anne regardèrent Patrick s'éloigner sans échanger un seul mot ni faire le moindre mouvement. Après quelques instants de lourde tension, le marquis rompit le silence.

— J'imagine que vous avez des choses à me dire, observa-t-il d'un ton glacial.

— Certainement ! J'ai à vous dire que vous nous devez des excuses… à Patrick et à moi.

Dominick partit d'un rire sarcastique.

— Ce serait plutôt le contraire, il me semble !

Anne était blême et pourtant ses joues lui brûlaient.

Elle n'avait pas le souvenir d'avoir ressenti une telle fureur depuis longtemps.

— Vous êtes absent pendant quatre ans et vous vous permettez de revenir pour me donner des ordres ! C'est une plaisanterie sans doute ? Mettez-vous bien dans la tête que je ne suis pas de celles que l'on reprend après les avoir rejetées !

— Vous êtes mon épouse légitime, pourtant.

Anne poussa un soupir d'exaspération.

— Notre mariage n'est qu'une bouffonnerie !

Dominick croisa les bras et se mit à observer sa jeune épouse qu'un sixième sens poussait maintenant au silence. Il la dominait de toute sa prestance, impressionnant, dangereux peut-être.

— Vous dirigez un vaste domaine, Anne. Mon grand-père vous donne tous les moyens de vivre plus que confortablement. Vous êtes marquise. Plus tard vous serez duchesse de Rutherford ; vous disposerez alors de la plus grande fortune du royaume après celle de la famille royale ; et vous osez appeler cela une « bouffonnerie » !

À son tour, Dominick avait élevé la voix. Anne s'efforça de se radoucir un peu pour ne pas envenimer la situation.

— La richesse et les titres m'importent peu.

— Mais posséder Waverly Hall vous importe, apparemment ! observa Dominick, l'air méprisant.

— Oui, confirma Anne sans hésitation. J'aime ce domaine que je gère depuis quatre ans et je me sens ici chez moi.

Le marquis émit un petit ricanement blessant.

— Sans moi, vous n'auriez rien de tout cela ! Enfin… j'imagine que vous y êtes aussi pour quelque chose…

— Soyez clair… qu'est-ce que cela veut dire ?

— Que vous avez manœuvré avec adresse pour convaincre mon grand-père de vous léguer Waverly.

— Ah, nous y voilà ! Votre mère est passée par là évidemment ! Elle me déteste depuis le début. L'idée que j'aie pu manipuler un homme aussi clairvoyant et aussi intelligent que Rutherford est parfaitement ridicule !

— Avouez que ses décisions ne vous déplaisent pas.

— Je n'ai rien fait pour les provoquer, mais après toutes ces années, j'avoue qu'elles me procurent un certain plaisir.

Anne détourna le regard afin de ne pas montrer qu'elle luttait pour rester maîtresse d'elle-même. Lui arborait un visage implacable.

— Soit ! J'ai décidé d'accepter les volontés de mon grand-père. Cette maison est la vôtre, admit-il froidement en désignant le manoir d'un large geste de la main.

Cette soumission, bien trop rapide pour être sincère, incita Anne à se tenir sur ses gardes. Son mari fomentait certainement quelque chose. Elle le considéra avec le regard que l'on jette à un ennemi qui vient d'avancer ses premiers pions.

— Bien sûr, j'attends de vous que vous soyez aimable avec ma mère et que vous la laissiez vivre ici, poursuivit-il.

— Mais je n'ai aucune intention de la chasser, répliqua la jeune femme, irritée par ces accusations gratuites. On raconte tellement de choses sur moi que vous me croyez peut-être capable des pires bassesses ?

— Si vous faites allusion à ces rumeurs prétendant que vous n'êtes qu'une aventurière américaine qui a fait un mariage d'intérêt, sachez que je n'en crois pas un mot.

— Alors vous aussi... vous avez entendu ces horreurs.

— Certains de mes amis font de tels efforts pour éviter de parler de notre mariage et de vos origines que c'en est comique. Nul besoin d'être grand clerc pour deviner leurs pensées !

Elle secoua la tête d'un air affligé.

— C'est injuste... Cette nuit-là, dans les jardins de Waverly... je n'avais rien prémédité... Vous savez bien, vous, ce qui s'est passé exactement...

Leurs regards se croisèrent et Anne regretta aussitôt d'avoir fait allusion à ces moments d'intimité.

— Je m'en souviens parfaitement, en effet. Maintenant, revenons à Patrick…

Soulagée que Dominick changeât de sujet de conversation Anne s'empressa de répliquer :

— Vous vous méprenez. Patrick est mon cousin et mon confident, pas mon amant.

— Anne, je suis assez intelligent pour admettre que vous ayez eu besoin de l'affection d'un autre homme pendant ces quatre années. Tout cela est ma faute. Mais dorénavant, je ne peux plus l'accepter.

— Nos relations ne sont pas celles que vous croyez. Comment un homme aussi amoral que vous peut-il se permettre de me soupçonner ?

— Oh, oh… seriez-vous jalouse de mes amitiés féminines ?

— Jamais de la vie ! Voilà belle lurette que je me moque de savoir qui vous fréquentez !

— Oh, le vilain mensonge ! s'exclama-t-il en riant. Mais votre fierté vous honore.

Animée d'une suprême envie de le gifler pour son arrogance, Anne décida de s'en aller. Mais elle n'eut pas le temps de se détourner ; Dominick l'avait saisie par les bras et la maintenait face à lui.

— N'en parlons plus. Tenez-vous éloignée de Patrick, c'est tout.

— Je vous le répète, il n'y a rien de répréhensible entre nous. Lâchez-moi maintenant.

La jeune femme se raidit. Au lieu de la laisser partir, Dominick la serrait de plus en plus fort. Ils étaient si proches qu'elle sentait sa cuisse contre ses jambes malgré l'épaisseur de ses jupons. Dans le regard du marquis, la colère avait soudain disparu.

— Laissez-moi partir, vous me faites mal, souffla-t-elle dans un soupir.

— Si quelqu'un doit être votre ami, c'est moi. Sûrement pas Patrick. Vous comprenez ce que je veux dire ?

Elle comprenait parfaitement ! Mais son cœur qui battait à se rompre l'empêchait de raisonner. Une inexplicable attirance, qu'elle n'avait pas la force de combattre, la poussait vers cet homme. Elle restait immobile, comme si un étau invisible maintenait leurs corps l'un contre l'autre. Plus Dominick la regardait, plus l'étau se resserrait. Son regard gris comme un ciel d'orage devenait de plus en plus profond.

Leurs visages s'étaient rapprochés. La bouche de Dominick, dangereusement tentante, frôlait la sienne. Il allait l'embrasser et elle ne bougeait pas... Comme s'il lisait dans les pensées de la jeune femme, il affermit son étreinte.

— Anne, chuchota-t-il d'une voix chaude et intense, je vous désire terriblement, et je sais que vous me désirez aussi...

La jeune femme fut incapable de répondre. Elle ne pouvait que constater, horrifiée, qu'il disait vrai. Le passé ne lui avait donc pas servi de leçon ! N'avait-elle pas assez souffert ? Elle finit par avoir la force de protester :

— Non, non, vous vous trompez...

Ignorant ses dénégations, il se pencha vers elle. Anne ne s'opposa pas longtemps à son baiser brûlant. Sous la pression de sa bouche, elle entrouvrit les lèvres. Elle aurait voulu trouver le courage de fuir, mais son corps paraissait en fusion. Les mains de Dominick étaient trop douces, trop chaudes. Il était trop fort pour elle.

Anne crut un instant que le monde explosait autour d'elle. Plus rien n'existait que cette violence, cette ardeur qui montait encore et encore... Mais brusquement, elle sentit que Dominick tressaillait imperceptiblement. Elle comprit qu'il se maîtrisait au prix d'un effort surhumain et en éprouva une profonde reconnaissance. Qui sait jusqu'où elle se serait laissé entraîner s'il n'avait pas eu ce sursaut de lucidité ?

Elle réussit à se détourner légèrement et leurs lèvres se quittèrent. Cette séparation la laissa haletante, épuisée, comme si une longue course l'avait menée au bord de l'épuisement.

Dominick s'inclina et enfouit le visage dans son cou. Son souffle chaud et irrégulier entretenait cette fièvre qui ne voulait plus la libérer, contre laquelle elle se battait pourtant furieusement. Les paroles de Patrick lui revinrent à l'esprit : « Il ne fera de toi qu'une bouchée. . », « ne lui permets pas de te toucher... », « n'oublie jamais ce qu'il t'a fait il y a quatre ans... » Mon Dieu, elle devenait folle, elle allait succomber et tout allait recommencer, exactement comme avant !

Avec une force dont elle ne se croyait pas capable, elle le repoussa.

— Ca suffit ! dit-elle.

Surpris, Dominick la dévisagea. Elle avait posé une main sur sa poitrine, comme si ce geste avait le pouvoir de modérer les battements de son cœur.

— Anne, vous êtes ma femme... Vous quitter est trop difficile.

— Quoi ? Je vous demande pardon ? dit-elle, persuadée qu'elle avait mal compris.

— C'est décidé. Je reste ici avec vous pour toujours.

Des éclairs traversaient le regard dévastateur de Dominick. Anne, comme hypnotisée, ne parvenait pas à détourner les yeux.

— Oh, non... chuchota-t-elle avec difficulté.

— Nous avons droit à un nouveau départ. Nous allons tout reprendre de zéro.

Ces phrases, qu'elle avait si souvent rêvé d'entendre, qu'elle avait appelées de tous ses vœux pendant de si longues années, venaient trop tard.

— Non, répéta-t-elle d'une voix plus forte.

Dominick s'assombrit et, sur un ton brusquement plus dur, il déclara :

— Je ne vous demande pas votre avis. Je vous fais simplement part de ma décision.

7

Anne quitta précipitamment Dominick. Elle espérait que, dans la solitude de sa chambre, elle pourrait réfléchir et surtout reprendre ses esprits.

Après quantité d'hésitations et de tergiversations, son mari avait décidé de s'établir définitivement à Waverly. Cette perspective la plongeait dans une profonde hébétude, lui mettait la rage au cœur et... la terrorisait.

Elle posait la main sur la rampe de cuivre du grand escalier lorsqu'elle entendit la voix du duc de Rutherford :

— Anne !... Où courez-vous si vite ? Vous semblez troublée...

Cette remarque anodine, preuve que l'émoi provoqué par le baiser de Dominick se lisait encore sur son visage, accentua son embarras. Néanmoins, elle fit tous les efforts du monde pour se maîtriser.

— Non, non... je vais très bien.

— J'aimerais vous dire deux mots, si vous avez quelques minutes à me consacrer.

Au même instant, Rutherford regarda ostensiblement vers la porte du jardin. Anne se retourna pour voir ce qui se passait. Dominick venait d'entrer à son tour dans le manoir. Il se tenait les bras croisés sur la poitrine, une épaule nonchalamment appuyée au mur. Mais l'expression tendue de son visage contredisait cette apparente désinvolture...

Dans la bibliothèque, le duc aborda sans détour le sujet qui le préoccupait :

— Y a-t-il la moindre chance que Dominick et vous puissiez vous réconcilier ?

Cette question abrupte décontenança Anne.

— Non !

Elle n'allait quand même pas se mettre à croire, les yeux fermés, aux allégations de Dominick. Il était impensable – et sans doute périlleux – d'envisager un nouveau départ avec lui. Leur mariage n'existait plus depuis quatre ans. Avait-il jamais existé, d'ailleurs !

Le duc alla s'asseoir dans l'un des fauteuils de velours damassé disposés devant la cheminée et invita Anne à faire de même.

— Et si c'était moi qui vous demandais de vous réconcilier ? reprit-il.

— Je vous en supplie, ne me demandez pas cela ! Vous savez comme cela me peinerait de devoir vous refuser quelque chose.

— Ce serait pourtant le plus cher de mes désirs que de vous voir heureux ensemble avant de mourir.

— Ne dites pas des choses pareilles ! s'exclama Anne en se levant brusquement. Vous n'allez pas mourir, il ne faut pas parler de cette façon.

— J'ai soixante-quatorze ans et, ces derniers mois, ma santé s'est dégradée. Un jour viendra, qui n'est sans doute pas si lointain, où le Créateur me rappellera à lui. Il faut être réaliste, Anne… Vous avez discuté avec Dominick, n'est-ce pas ? Que vous a-t-il dit ?

— Bien que j'y sois opposée, il a affirmé qu'il resterait ici.

— Vous savez bien que Waverly est votre domicile… à tous les deux.

— Je ne veux pas lui donner de seconde chance après ce qu'il m'a fait.

— Objectivement, vous avez raison, mais vous êtes une femme généreuse et intelligente. Donnez à votre mari une possibilité de se racheter ! (Derrière le ton suppliant du duc perçait son désir d'être obéi.) Qu'avez-vous à perdre ?

— Mon âme ! répliqua Anne sans l'ombre d'une hésitation.

— Mais vous pourriez peut-être y gagner !

Le sous-entendu du duc de Rutherford était clair : « Vous pourriez y gagner… le cœur de Dominick. »

Anne inspira longuement. L'entrevue était terminée et elle avait réussi à ne faire aucune promesse.

Quatre à quatre, elle grimpa l'escalier, heureuse de ne rencontrer personne sur son chemin, et s'enferma dans sa chambre. Bien que cela ne fût pas dans ses habitudes, elle donna un tour de clé. Cette affreuse journée s'achevait enfin ! Elle allait pouvoir se mettre au lit assez tôt. Pas question de s'habiller, comme tous les autres soirs, pour descendre dîner dans la salle à manger avec tout le monde. Elle n'aurait pas la force de bavarder poliment et de faire bonne figure. Par-dessus tout, elle ne se sentait pas de taille à affronter le regard de Dominick Saint Georges.

C'était la deuxième nuit qu'elle passait sous le même toit que son mari. Après sa désastreuse nuit de noces... À ce souvenir, elle ne put retenir ses larmes...

Elle avait attendu Dominick. Longtemps... Longtemps...

Elle s'était assise sur le lit, fébrile et impatiente. Ses longs cheveux noirs et soyeux retombaient en vagues sur ses épaules. Elle portait une jolie chemise de nuit blanche qui venait de Paris, incrustée de dentelle et ornée de rubans, au décolleté en forme de cœur. Elle l'avait choisie avec tant de soin pour plaire à Dominick !

Adossée contre ses oreillers, Anne avait fermé les yeux en songeant à son mari. Qu'il était beau lors de la cérémonie, avec sa chemise de soie et sa jaquette noire ! Élégant, prévenant, toujours courtois, charmant avec les invités. Un brin mélancolique, peut-être.

Le temps semblait long à la jeune mariée. Le carillon avait sonné une heure du matin. Était-il possible qu'elle attende déjà depuis deux heures la venue de Dominick dans la chambre nuptiale ?

À cause du scandale qu'ils avaient provoqué le soir des fiançailles de Félicity, leur mariage s'était déroulé dans l'intimité. Les convives n'étaient pas très nombreux, mais certains avaient dû s'attarder à la réception, retenant Dominick.

Anne avait essayé de se relaxer puis, trop nerveuse, elle s'était mise à arpenter la pièce. C'était une douce nuit d'été et, par la fenêtre de la chambre restée ouverte, se glissaient des souffles d'air parfumé. Elle s'était penchée pour regarder en bas, au rez-de-chaussée où avait lieu la fête : les lumières étaient éteintes et on n'entendait plus aucun bruit. Seul le cri-cri des grillons troublait le silence de la nuit.

Alors, elle était allée se recoucher pour attendre. Il allait arriver. D'un moment à l'autre. Il la prendrait dans ses bras et...

Elle avait attendu encore et encore. Autour du grand lit à baldaquin, toutes les bougies s'étaient consumées.

Et l'aube s'était levée. Quand elle avait rouvert les yeux, un soleil pâle incisait déjà le ciel mauve.

Dominick n'était jamais venu.

À quoi bon ressasser ce passé douloureux ? Son mari l'avait abandonnée de la même façon qu'un chat dédaigne la souris qu'il vient de tuer pour le plaisir du jeu. Recommencer sa vie avec un tel homme était suicidaire. Il fallait qu'elle fût folle ou la dernière des sottes pour croire à la possibilité d'une réconciliation.

Sans doute n'aurait-elle ni le courage ni la force de persuasion suffisants pour le convaincre de partir. Le mieux était probablement de refuser ses avances. À la longue, il se lasserait de ce manège.

Anne se sentait piégée. Elle avait la ferme intention de ne lui permettre aucune familiarité mais, s'il décidait d'user de son pouvoir de séduction, elle deviendrait extrêmement vulnérable. Il était maître en la matière. Aussi, mieux valait ne pas s'engager dans une partie qu'elle était certaine de perdre. C'était tout l'équilibre de sa vie qui serait menacé. Elle devait être forte face à lui.

Le plus inquiétant était de ne pas savoir ce que Dominick voulait réellement. Il avait une idée perverse derrière la tête, c'était sûr...

Une demi-heure plus tard, Anne était en train de se déshabiller, aidée par sa femme de chambre, Belle. Soudain, des pas retentirent dans le corridor. Un pressentiment l'avertit d'un danger. En sous-vêtements, elle se précipita vers son armoire pour attraper un déshabillé qu'elle enfila à la hâte au moment où on frappait à la porte.

— Anne ?

C'était bien lui, son ennemi mortel. Belle ouvrit la porte et Dominick apparut sur le seuil, tout sourires.

— Que me voulez-vous ? Pourquoi n'êtes-vous pas dans la salle à manger auprès de votre mère et de votre grand-père ? Il est huit heures, c'est justement l'heure du dîner.

— N'est-il pas préférable que je dîne avec mon épouse ?... Vous pouvez disposer, ajouta-t-il en se tournant vers Belle qui disparut sur-le-champ.

Anne s'élança pour claquer la porte au nez de son mari, mais déjà celui-ci était dans la chambre.

— J'aimerais vous parler. Puis-je entrer ?

— Il me semble que vous vous êtes passé de ma permission pour pénétrer chez moi ! De toute façon, vous pouvez faire demi-tour car je n'ai rien à vous dire.

Anne frissonnait d'appréhension. Réalisant que Dominick pourrait profiter de la légèreté de sa tenue, elle sentit sa gorge se nouer. Seul un fin voile de soie dissimulait ses sous-vêtements. Machinalement, elle rapprocha les pans du déshabillé qu'elle tint serrés à l'encolure.

— Pourquoi êtes-vous si récalcitrante ?

— Sortez d'ici ! Ce n'est pas convenable.

C'était la première fois qu'Anne se trouvait avec un homme dans sa propre chambre, en petite tenue qui plus est !

— Je ne vois pas qui pourrait trouver à redire à la présence d'un mari dans la chambre de son épouse.

— Moi !

Dominick arrondit les lèvres dans une moue étonnée. Lui, en revanche, en habitué des alcôves féminines avait l'air complètement à l'aise.

— Objection rejetée ! dit-il en plaisantant.

Plus il l'observait, plus Anne se sentait gênée. Elle avait le sentiment que son regard traversait le tissu de son déshabillé. Enfin, il fixa son attention sur le mobilier, l'air surpris.

La chambre d'Anne, en effet, était exempte de ces petits objets inutiles qui encombraient souvent celles des maîtresses frivoles de Dominick. Son seul luxe était de renouveler tous les jours les bouquets de fleurs dont les senteurs s'alliaient dans une délicieuse harmonie. Roses, lys et jacinthes du parc formaient le plus subtil des décors.

— Vous n'avez que le strict minimum ici, remarqua-t-il.

— Cela me suffit largement. Je suis une femme simple qui n'a pas de goûts de luxe.

— C'est une chambre originale.

— Vous avez suffisamment d'expérience avec d'autres femmes pour pouvoir comparer, lança-t-elle d'un ton accusateur.

Dominick se mit à rire.

— Pour quelqu'un qui prétend ne pas s'intéresser à ma vie privée, vous y revenez bien souvent !

Anne se sentit devenir rouge comme une pivoine. Elle se reprocha son impulsivité qui la poussait à parler toujours trop vite. Dominick, lui, n'en semblait pas contrarié. Il paraissait même amusé et continuait à la regarder en souriant.

— Voulez-vous que je demande à Bennett de vous monter à dîner ?

— Non ! s'écria-t-elle, désarçonnée par cette proposition.

— J'avais comme la prémonition que vous alliez refuser, railla-t-il.

Puis il s'avança vers Anne avec une lenteur calculée, comme s'il ne voulait pas l'effrayer. Lorsqu'il se trouva à quelques centimètres d'elle, il s'arrêta. Son sourire avait disparu.

Les membres engourdis par l'anxiété, Anne restait figée, la main crispée sur son déshabillé.

— Vous savez, j'étais très sérieux tout à l'heure quand je vous ai proposé de tout recommencer, vous et moi.

— Et moi, j'étais très sérieuse quand j'ai refusé.

Anne s'étonna elle-même d'avoir encore la force de s'opposer à lui. Dominick présentait le visage grave d'un homme qui vient de prendre une décision importante.

— Ne soyez pas si dure ! Permettez-moi au moins de vous prouver que je me repens sincèrement.

— S'il vous plaît, allez-vous-en ! Je voudrais me coucher.

Elle regretta aussitôt ces paroles en voyant le regard que son mari lançait vers le lit.

— Vous avez raison, il vaut mieux se coucher que dîner.

— Je veux me coucher *seule,* précisa-t-elle.

En guise de réponse, il lui prit la main avec laquelle elle tenait son déshabillé fermé et l'embrassa plusieurs fois. Le voile du vêtement s'ouvrit sur sa peau satinée.

Anne poussa un cri et s'écarta.

— Partez immédiatement ! hurla-t-elle. Cessez de me persécuter ! Pourquoi avez-vous décidé de rester ? Enfin, qu'est-ce que vous me voulez ?

Elle secouait la tête et s'agitait comme un beau diable alors que Dominick semblait au contraire maîtriser la situation.

— Maintenant que je suis revenu, j'ai compris bien des choses...

— Nous ne pourrons jamais nous entendre ! cria-t-elle de plus belle.

— Voulez-vous que je vous prouve le contraire ?

— Votre présomption m'exaspère. Je ne suis plus la petite fille d'autrefois, prête à vous croire sur parole. C'est vous qui m'avez forcée à grandir en détruisant mes rêves d'enfant. Vous avez pris mon innocence.

Dominick lui lança tout à coup un regard dur.

— Si je m'en souviens bien, je n'ai pas « pris votre innocence », comme vous le dites.

Anne s'empourpra quand elle comprit ce qu'il voulait dire.

— Je parlais d'innocence au sens large du terme, s'empressa-t-elle de rectifier.

— Je vous le répète, je regrette amèrement les souffrances que je vous ai causées. Je n'aurais pas dû vous quitter. Je ne suis qu'un sale égoïste, c'est vrai. J'implore votre pardon. Faut-il que je me mette à genoux ?

— Allons, vous ne feriez jamais cela !

— C'est vrai, j'ai trop de fierté, admit-il.

Cet aveu soulagea Anne. S'il s'était abaissé de la sorte, elle n'aurait peut-être pas pu lui refuser son pardon.

— Vous êtes une femme fascinante, Anne, et vous me troublez beaucoup. Avouez également que je ne vous suis pas indifférent.

Ce disant, Dominick l'avait rejointe à l'autre bout de la chambre et déjà il se penchait vers elle.

— Non... Vous ne me plaisez pas !

Le cœur battant, elle fixait sur lui de grands yeux apeurés. Il l'avait acculée au mur et elle ne pouvait plus se sauver.

Il lui prit les mains et les maintint fermement à plat contre, de part et d'autre de son visage. Dans cette position, il la tenait prisonnière, à sa merci.

Anne sentit son souffle chaud lorsque, tout près d'elle, il murmura :

— Je suis sûr que vous avez envie de moi autant que j'ai envie de vous.

— Je vous en prie... laissez-moi... Non, pas cela...

— Je vous promets de ne rien faire qui vous déplaise, dit-il en gardant le regard rivé sur sa bouche. Vos lèvres sont si douces...

Anne ne répondit pas. Elle détourna la tête au moment où il se baissait pour l'embrasser, et les lèvres de Dominick se posèrent sur sa joue.

— Arrêtez ! chuchota-t-elle d'une voix à peine audible.

Sous son vaporeux déshabillé, elle sentait la chaleur de son corps et la force de ses cuisses qu'il pressait contre elle. Elle marchait au bord d'un précipice... S'il ne partait pas immédiatement, elle ne répondait plus de rien.

Dominick se redressa, continuant à maintenir Anne clouée au mur, immobile.

— Que dois-je faire pour vous plaire ? murmura-t-il tristement. Je suis revenu ; je vous ai demandé pardon ; je veux faire de vous ma femme, et pas seulement par le nom ; je me sens capable d'assumer mes responsabilités désormais. Dites-moi ce que je peux faire en plus ?

— Il n'y a rien que vous puissiez faire. Il fallait me dire cela il y a quatre ans. C'est trop tard maintenant.

Puis elle fondit en larmes.

— Si je comprends bien, quoi que je puisse dire ou faire, vous ne me pardonnerez jamais ?

Entre deux sanglots, elle réussit à répondre :

— Non... jamais...

— Vous savez, Anne, il existe une réelle attirance physique entre nous. Pourquoi ne laissez-vous pas simplement parler la nature ?

Les mots de Dominick réveillèrent sa colère.

— Pour qui me prenez-vous pour me parler comme cela ? Je ne suis pas une de vos filles de joie habituelles !

— C'est sûr. Vous avez plutôt l'air d'une vierge effarouchée.

Dominick voulait la blesser. Plus grave, elle se sentit insultée.

— Fichez le camp !

Il lui lâcha enfin les mains.

— D'accord ! Je n'insisterai pas pour obtenir ce que vous me refusez si violemment. Seul un naïf pourrait encore patienter pour attendre votre consentement.

— Un naïf... ou un gentleman, ce que vous n'êtes sûrement pas ! répliqua-t-elle d'un ton sec.

— Vous cherchez la bagarre, on dirait.

— Parfaitement ! Je n'ai pas l'intention de me laisser faire, sachez-le. Maintenant, dehors !

Sur le pas de la porte, il se retourna.

— C'est bon, je m'en vais. Laissez-moi vous poser encore une question, une seule. Est-ce que Patrick est votre amant ?

— Je vous ai déjà dit que non ! lança-t-elle en le fusillant du regard.

Dominick pâlit soudain, comme s'il avait une révélation.

— Ne me dites pas que vous êtes encore vierge !

Le vase de fleurs était à portée de sa main. Sans réfléchir, elle l'attrapa et, de toutes ses forces, le lui jeta à la figure.

Dominick eut le temps de faire un écart et le beau vase de porcelaine bleu et blanc alla se briser en mille morceaux contre le mur de la chambre.

8

Incroyable ! Elle avait osé !

Anne la douce, Anne la calme, Anne l'impassible s'était transformée en la plus détestable des mégères. Elle venait d'envoyer un vase à la tête de son mari !

Dominick en resta bouche bée.

— Eh bien ! Tout cela pour une petite remarque de rien du tout ! finit-il par s'exclamer.

— Ne faites pas l'innocent, ce n'était pas une réflexion insignifiante. Et puisque vous voulez tout savoir ; oui, Dominick, je suis encore vierge. Vous voyez, je n'ai pas été aussi infidèle que vous.

Dominick ne put réprimer un sursaut.

— Seigneur ! Si vous dites vrai... murmura-t-il.

— Je dis ce qui est. Maintenant, filez donc retrouver Margaux Marchal, votre actrice française !

— Diable ! Comment la connaissez-vous ?

— Vous devriez plutôt vous demander comment je pourrais ne pas avoir entendu parler d'elle, alors qu'on vous rencontre ensemble dans tous les endroits à la mode, que ce soit à Londres ou à Paris.

— Mais comment savez-vous ce qui se passe en ville ? Avez-vous embauché des espions pour être au courant de tous mes faits et gestes ? On dirait que ma vie privée vous passionne.

— Quand on s'exhibe avec une actrice à la moralité aussi douteuse, on prête le flanc aux commérages.

— Ah, je vois ! Vous êtes de ces femmes qui aiment les cancans.

— Auriez-vous l'audace de nier vos relations avec elle ?

— Ça suffit ! tonna Dominick. Jusque-là, j'ai trouvé plutôt drôle l'intérêt que vous portiez à ma vie sentimentale. Mais maintenant, cela devient carrément irritant.

— Alors, faites en sorte de vous conduire un peu plus discrètement à l'avenir, répliqua Anne, radoucissant le ton.

— Vous êtes bel et bien jalouse !

— Moi, jalouse d'une… d'une…

— D'une actrice, souffla Dominick en éclatant de rire.

Anne serra les poings, furieuse.

— D'une traînée, plutôt !

— Calmez-vous, sinon vous allez bientôt en arriver à tenir des propos inconvenants.

— Pas de morale, de grâce !

Dominick la regarda d'un air soudain plus froid et déclara :

— Écoutez bien ce que j'ai à vous dire : quand vous serez ma femme – dans tous les sens du terme – vous pourrez me parler sur ce ton. D'ici là, épargnez-moi vos remarques déplacées.

— Même si je me tais, vous ne m'empêcherez pas de penser ce que je veux. Quant à devenir votre femme comme vous le sous-entendez, je peux vous dire que ce n'est pas demain la veille.

— Allons, vous êtes jalouse comme une femme amoureuse !

— Ça m'étonnerait bien ! Comment pourrais-je être amoureuse d'un homme que je méprise ?

— Vous ne me méprisiez pas tant que cela quand je vous ai embrassée !

À ces mots, Anne se sentit tressaillir, mais elle réussit à se ressaisir aussitôt.

— Tout simplement parce que vous avez une grande expérience dans ce domaine. Mais à partir de maintenant, vous pouvez garder vos baisers pour vos maîtresses.

— C'est ce que je vais finir par faire si vous persistez à me repousser de la sorte.

— Allez-y, ne vous gênez pas. Je m'en moque comme de ma première chemise.

Dominick s'adossa au mur, affichant un calme qui n'était qu'apparent.

— Comme c'est généreux de votre part de me donner la permission de mener ma vie comme je l'entends !

— Toutes les épouses ne sont pas aussi tolérantes que moi, répliqua Anne, vexée par les moqueries du marquis.

— Toutes les épouses ne refusent pas non plus d'accomplir leur devoir conjugal !

— Est-ce pour cette raison que vous êtes monté dans ma chambre ce soir ?

— Et si c'était le cas ? poursuivit-il du même ton railleur.

Tout à coup, Anne se sentit faiblir, incapable de continuer à fanfaronner.

— Je... je... bégaya-t-elle.

— Rassurez-vous, Anne. Je n'aurais tout de même pas l'outrecuidance de réapparaître après quatre ans pour exiger que vous vous soumettiez à mon désir. Je suis venu pour dîner avec vous, dans l'espoir d'une réconciliation. Si j'avais voulu vous séduire, nous ne serions pas là à nous disputer et à nous regarder en chiens de faïence. J'aurais déjà mis le feu en vous...

Un frisson incontrôlable tétanisa la jeune femme.

— Sortez ! ordonna-t-elle.

Sur le point de quitter la chambre, Dominick se retourna pour lui lancer un ultime avertissement :

— Réfléchissez bien ! Si vous voulez encore de moi, c'est maintenant ou jamais !

Puis il partit en claquant la porte, la laissant plus désemparée qu'avant.

Une odeur de brûlé troublait le sommeil d'Anne, qui s'agitait sans toutefois parvenir à se réveiller complètement.

Bien qu'épuisée, elle avait eu du mal à s'endormir, obsédée par la pensée de Dominick. Finalement, vaincue par la fatigue, elle avait cauchemardé et des rêves incohérents avaient ranimé ses angoisses. Elle avait revu son mari : elle l'adorait, non... elle le détestait ; il était sincère, non... il mentait...

Lorsque l'odeur de roussi vint lui chatouiller les narines, Anne s'enfonça par réflexe un peu plus sous ses couvertures. Progressivement, l'odeur se fit plus forte et plus désagréable, mais la jeune femme dormait maintenant d'un sommeil de plomb, le corps lourd, l'esprit paralysé. À nouveau, elle se mit à rêver... d'un incendie. Il faisait épouvantablement chaud, elle se débattait...

Elle s'éveilla en sursaut, aux prises avec une quinte de toux. Il y avait le feu dans sa chambre ! Elle se leva d'un bond et s'aperçut que la nappe de sa table de chevet flambait. Les flammes menaçaient de franchir les quelques centimètres qui séparaient la table du lit. Ses roses blanches se recroquevillaient les unes après les autres sous l'effet du feu.

Elle poussa un cri, attrapa son oreiller avec lequel elle essaya d'étouffer les flammes. D'un geste que l'affolement rendait maladroit, elle renversa la lampe à pétrole dont le pied de cristal éclata. Le joli vase de Waterford qui contenait ses roses blanches tomba aussi, sans se briser heureusement. De toutes ses forces, elle battait les flammes avec son oreiller. Sa table de chevet manqua de basculer, tous ses livres se retrouvèrent par terre et une jolie tasse à thé de porcelaine fine se brisa dans un bruit mat. Enfin, quand les flammes furent toutes éteintes, elle laissa échapper un soupir de soulagement.

C'est à cet instant que Dominick pénétra comme une bombe dans la chambre.

— Mon Dieu, que se passe-t-il ici ?

Il alluma la lampe à alcool du bureau et la rapprocha pour constater l'étendue des dégâts.

— Ce sont ces maudites bougies qui se sont renversées.

À la lumière, Anne mesura l'ampleur de la catastrophe. Elle se mit à trembler nerveusement, réalisant que si elle ne s'était pas réveillée, le feu aurait pris aux couvertures. Mieux valait ne pas songer à ce qui se serait alors passé ! Elle se baissa et ramassa son édition préférée de *Moby Dick*. La reliure de cuir était toute noircie, mais par bonheur le livre n'était pas autrement endommagé. Elle le serra sur son cœur comme un objet précieux que l'on retrouve après l'avoir égaré des jours durant.

Dominick alla reposer la lampe sur le bureau puis s'approcha de la jeune femme. Il la secoua par la manche, mais elle ne réagit pas. Les yeux fixes, elle observait ce spectacle d'horreur. Ce n'est que lorsqu'il lui caressa les cheveux qu'elle parut remarquer sa présence. Elle leva les yeux et leurs regards se croisèrent.

— Dieu merci, vous êtes saine et sauve ! dit-il.

Il la prit dans ses bras. C'était ridicule, elle avait envie de pleurer. Elle se laissa aller contre lui, heureuse qu'il fût près d'elle à cet instant. Sous sa veste d'intérieur en soie, il était nu.

— Chut, chut ! Ce n'est rien. Vous avez eu un choc, mais c'est fini maintenant. N'ayez pas peur.

Il la consolait d'une voix douce, laissant glisser sa main sur sa longue natte noire d'où s'échappaient quelques mèches désordonnées.

Une gratitude immense envahit la jeune femme. Elle gardait le visage appuyé contre sa poitrine, surprise par la douceur de sa peau.

En baissant les yeux, elle s'aperçut que la veste d'intérieur de son mari, s'arrêtant à mi-cuisses, laissait apparaître ses jambes nues. Elle ferma les paupières pour ne pas en voir davantage.

Puis, brusquement, elle se demanda par quel miracle il avait surgi dans sa chambre. Elle se dégagea. Sans lui laisser le temps de l'interroger, il anticipa sa question.

— J'étais dans la bibliothèque pour chercher un livre, expliqua-t-il. Comme votre chambre est située juste au-dessus, j'ai entendu un remue-ménage inquiétant qui m'a immédiatement attiré ici.

Dominick s'assit sur le bord du lit. D'un signe, il encouragea Anne à s'installer à son côté, puis il la berça contre lui.

— Tout va bien maintenant, chérie.

Chérie... Le cœur d'Anne bondit dans sa poitrine. C'était bon de le sentir si tendre, mais elle n'allait tout de même pas baisser la garde au moment où elle se savait en danger. Et c'était un danger encore plus terrible qu'un incendie !

— Je me sens mieux. Vous pouvez me laisser, à présent, dit-elle d'une voix qui manquait de conviction.

Elle avait une main posée sur le torse de Dominick. L'encolure de la veste de soie qui bâillait laissait voir des muscles fermes et virils, aux contours bien dessinés. Elle ferma les yeux, honteuse de l'émotion qu'elle ne pouvait dominer.

— Voulez-vous vraiment que je parte ? demanda Dominick en lui relevant le visage d'une petite pichenette sous le menton.

Elle rouvrit les yeux. Le sang battait violemment à ses tempes. Mon Dieu, qu'elle était bien dans ses bras ! Elle découvrait soudain qu'elle aurait voulu y rester pour l'éternité. Envolé, le passé...

Elle avait très bien compris la question qu'il venait de poser, mais elle était incapable de répondre. Comment lui ordonner de sortir alors qu'elle désirait ardemment sa présence ?

La nuit était emplie de cette magie qui va si bien à l'amour.

Du bout des doigts, Dominick jouait avec la natte de son épouse, la prenait, puis s'amusait à la lâcher avant de la saisir à nouveau. Lentement, il entreprit de la défaire. Les longs cheveux noirs d'Anne retombèrent en cascade jusqu'à ses reins, prenant, dans la quasi-pénombre de la chambre, des reflets presque bleu nuit. Et pendant tout ce temps-là, Dominick ne cessait de la contempler. Elle-même, malgré sa honte, ne réussissait pas à baisser le regard.

Il s'inclina et posa doucement ses lèvres sur les siennes. La jeune femme ne put retenir un soupir, long et profond. À la même seconde, il l'allongea sur le lit et se coucha sur elle, dévorant maintenant sa bouche avec passion.

Elle eut l'impression fugitive qu'elle regretterait cette nuit, qu'il fallait tout arrêter, tout de suite ! Puis cette pensée disparut comme par enchantement. Elle profitait simplement de l'instant présent... et c'était si bon.

Leurs langues, engagées dans la plus sensuelle des danses, se mêlaient avec délices. Dominick laissa descendre ses mains jusqu'à ses seins, dont il parcourut les rondeurs. Instinctivement, Anne offrit ce corps assoiffé d'amour qui déjà ne lui appartenait plus.

Elle le laissa faire lorsqu'il écarta le haut de sa chemise de nuit pour poser ses lèvres sur sa gorge. Avec une douceur experte, il passa sa langue sur les pointes de ses seins en feu. Alors, dans un soupir, Anne se cabra sous lui, comme pour s'abandonner plus encore.

D'une main, il erra sur sa hanche, en dessina le contour, descendit sur sa cuisse, puis s'aventura dans le creux brûlant de ses jambes qu'elle écarta légèrement. Il passait et repassait sur la colline de son sexe, encore protégée par le voile de la chemise de nuit. Le souffle court, Anne gémissait sous ses caresses.

En une fraction de seconde, il releva le fin tissu de la chemise. Anne se souleva un peu pour l'aider à la retirer. Elle était maintenant nue sous le corps puissant de Dominick.

De tout son poids il la dominait, tendu par le désir. Le contact de cette virilité acheva de mettre le feu en Anne. Elle ferma les yeux, tout à lui. À nouveau, il prit ses lèvres avec avidité. Elle sentit que Dominick était secoué d'un tremblement et comprit qu'il se dominait encore, retenant la montée du désir, remettant à plus tard l'explosion ultime.

Sans fin, il lui caressait les seins, les hanches, les épaules, le visage, l'embrassait avec la même fougue, comme s'il voulait garder le goût de chaque partie de son corps.

— Anne... Anne...

Il avait à peine murmuré. Elle gémit doucement de plaisir.

— Je te veux maintenant... tout de suite... dit-il d'une voix rauque. Tu n'auras pas mal...

Un sourire passa sur ses lèvres au moment où il prononçait ces paroles peu rassurantes. Était-il possible qu'un désir si violent se terminât dans la douleur ? songeait Anne. Mais bien vite, sous la sensualité qui l'enivrait, elle oublia ses craintes. Il entra en elle, doux et puissant à la fois. Une sensation fulgurante lui vrilla délicieusement le corps.

Elle l'agrippa violemment aux épaules. Quand il commença à bouger, sans même s'en rendre compte, elle enfonça les ongles dans sa chair. Comme si cette sensation procurait à Dominick plus de jouissance que de souffrance, il entraîna leurs corps mêlés dans une cadence régulière, puis de plus en plus rapide.

L'espace d'une seconde, Anne ouvrit les yeux sur le visage de Dominick où se lisait une extrême tension. Elle ne souhaitait qu'une chose : le suivre là où il l'entraînait, sombrer avec lui dans le même tourbillon impérieux. Alors, dans un gémissement plus fort qui ressemblait à un cri, il l'emmena sur les cimes du plaisir...

Comme un lion épuisé, il retomba à côté d'elle. Quelques secondes s'écoulèrent avant qu'Anne ne revînt sur terre après ces instants où elle avait complètement perdu conscience.

Lorsqu'elle rouvrit les yeux, Dominick somnolait. De crainte de l'éveiller, elle osait à peine respirer. Elle l'observa en silence : ses longs cils noirs ombraient son visage empreint d'une totale sérénité.

Anne resta encore un long moment dans les bras de son mari, la tête sur son épaule, savourant sa chaleur et sa force. Puis doucement, devinant à sa respiration plus lente qu'il sombrait dans un sommeil profond, elle se leva pour aller ouvrir la fenêtre. Quelques bouffées d'air estival la revigorèrent. C'était l'heure exquise où toutes les senteurs des jardins se déchaînaient dans la plus tumultueuse des bacchanales.

Dominick était parfaitement immobile. Les rayons de lune sculptaient son corps dans un jeu d'ombre et de lumière. Incontestablement, cet homme était... irrésistible.

Au lieu de rassurer Anne, cette réflexion la troubla au point de lui faire monter les larmes aux yeux. Seigneur, qu'avait-elle fait ? Elle avait donné son corps à un homme à qui elle ne faisait pas confiance...

Son corps, pas son cœur, heureusement !

9

Plongé dans la lecture du *London Times*, le duc de Rutherford sirotait son thé. Dominick pénétra dans la salle réservée au petit déjeuner et vint s'asseoir en face de son grand-père.

C'était la pièce la plus gaie et la plus chaleureuse du manoir. Des boiseries patinées agrémentaient deux de ses murs de leurs notes chaudes, un papier peint bouton-d'or habillait le troisième mur, et le quatrième était uniquement composé de vastes fenêtres qui ouvraient sur le parc. À cette heure de la matinée, le soleil éclairait les drapés soyeux des tentures et mettait le feu au miel des lambris.

— Bonjour, Dominick ! dit le duc en posant son journal. As-tu bien dormi ?

— Merveilleusement bien !

La réponse qui avait fusé aurait pu laisser croire à une parfaite décontraction. Ce n'était pourtant pas le cas, mais Dominick ne souhaitait pas trahir ses soucis.

En fait, les instants de plaisir qu'il avait passés avec Anne, bien que très agréables, lui laissaient le goût amer de la culpabilité. Pourquoi s'était-il laissé emporter par le désir ?

En attaquant son toast beurré, le jeune homme remarqua que le duc le regardait d'une drôle de façon. Depuis toujours, il avait eu des relations privilégiées avec son grand-père. C'était la seule personne ayant su lui prodiguer une affection et une compréhension qui avaient contrebalancé l'indifférence de son père. À l'adolescence, Dominick s'était rebellé contre la sévérité du duc, et ce n'est que plus tard qu'il avait compris le vrai sens de ce proverbe : « Qui aime bien, châtie bien », que son grand-père lui répétait chaque fois qu'il le réprimandait. De ces années passées, il resterait toujours entre eux une tendre connivence.

— Et Anne ?… A-t-elle également bien dormi ?

Le coin de l'œil malicieusement plissé, le duc continuait d'observer son petit-fils. Dominick lâcha les couverts qu'il avait en main.

— Décidément, on ne peut rien garder secret dans cette maison ! s'exclama-t-il. Oui, Anne dort encore.

La nuit dernière, tout avait basculé. Dominick n'avait eu aucune intention de séduire sa femme quand il était monté dans sa chambre. Ce qui s'était passé après l'incendie était comme une parenthèse de bonheur. Mais lorsqu'il s'était réveillé, au lieu de trouver Anne pelotonnée contre lui, il l'avait vue endormie sur un fauteuil à l'autre bout de la chambre. Il ne faisait aucun doute qu'elle regrettait déjà de lui avoir cédé…

— Je suis heureux de savoir que les choses s'arrangent entre vous.

— Ne vous réjouissez pas trop vite ! marmonna Dominick en reposant sa serviette.

Mais son grand-père, qui avait repris la lecture de son journal, ne l'entendit pas.

Pourquoi était-il si bouleversé ? Après tout, Anne avait aussi sa part de responsabilité dans les événements de la veille. En fait, il n'aurait su dire ce qui l'affectait le plus : la perspective de devoir subir les reproches de son épouse ou le regret de ne pouvoir renouveler avec elle une expérience aussi délicieuse.

L'idée qu'elle pût être enceinte lui procura une certaine satisfaction, mais il ne fallait pas vendre la peau de l'ours avant de l'avoir tué. Si au contraire Anne ne lui donnait pas d'héritier, il perdrait définitivement le manoir… et à cela il ne pouvait se résoudre.

— À propos, pourquoi avez-vous usé de ce stratagème, ou plutôt… appelons les choses parleur nom… de ce chantage ? demanda Dominick à son grand-père. J'aurais préféré un peu plus de franchise. Vous auriez pu me dire carrément que vous souhaitiez que je fasse un enfant à ma femme.

Le duc se mit à rire.

— M'aurais-tu obéi si je ne t'y avais pas un peu contraint ? Je crois plutôt que tu m'aurais rembarré ! Tu avais l'intention de filer dès les funérailles terminées, n'est-ce pas ? Il fallait que je tente d'infléchir le cours des événements.

— J'aurais bien eu un héritier un jour ou l'autre. Il vous suffisait d'un peu de patience.

— Les vieilles personnes n'ont plus le temps d'être patientes, Dominick !

Le marquis ne répondit pas. Il ne voulait pas l'avouer, mais il savait au fond de lui que son grand-père avait vu juste. Sans la promesse de restitution du manoir contre un héritier, Dominick n'aurait eu aucune raison de s'éterniser ici.

— Alors, reprit le duc de Rutherford, tu vas rester auprès de ta femme quelque temps, c'est bien cela ?

— Oui.

— Au fait, le notaire de ton père a sollicité un rendez-vous ce matin avec toute la famille pour l'ouverture du testament. Il devrait être là d'un moment à l'autre. Hormis l'héritage des terres et du manoir de Waverly qui a été réglé par acte séparé, le reste de la fortune doit être distribué.

— Que peut contenir le testament de mon père ?

— Rien de spécial, je suppose. Ce n'est qu'une formalité, mais la loi est la loi, et toute succession doit être faite dans les règles.

— Oui, il est sûrement mieux que les choses soient clairement établies... Dites-moi, grand-père, que s'est-il passé en mon absence pour que ma mère et ma femme s'entendent si mal ?

— Ta mère a un caractère spécial. Il est très difficile de maintenir de bonnes relations avec elle.

— On ne lui rend peut-être pas la tâche aisée non plus, remarqua Dominick avec une légère ironie. Elle m'a dit hier que vous ne l'aviez jamais acceptée.

Le duc parut étonné des révélations de Clarisse. Il ne répondit qu'après un moment.

— Philip a épousé ta mère sans mon consentement.

— Et après toutes ces années, vous lui en voulez toujours ?

— Oui, mais pour d'autres raisons que celles que tu imagines. Tout cela n'est pas l'essentiel pour le moment. Le devenir de tes relations avec Anne me paraît plus important.

— En clair, vous voulez dire que vous tenez à ce que je couche avec ma femme ?

— Parfaitement ! répliqua le duc en souriant. Rien ne pourrait me faire plus plaisir.

L'arrivée d'Anne interrompit brusquement leur conversation. Les traits figés, le visage cramoisi, elle se tenait sur le seuil.

— De quoi parliez-vous ? lança-t-elle.

— Bonjour, Anne ! dit Dominick en se levant d'un bond.

Le regard qu'elle lui adressa n'avait rien à voir avec celui d'une jeune femme pour son mari au lendemain d'une nuit d'amour ! Elle fixait le duc avec la même froideur.

— J'ai dû mal entendre vos propos, continua-t-elle d'un ton nettement furieux.

— Et qu'avez-vous entendu ? demanda Rutherford en se levant à son tour. Vous n'avez aucune raison de vous mettre dans un état pareil.

— Je n'ose même pas vous répéter ce que j'ai entendu ! cria-t-elle en direction du duc. Mais ce que je peux vous dire, c'est que vous n'avez pas à vous mêler de ce que Dominick et moi faisons en privé. Ce ne sont pas vos affaires !

— Vous avez tort, Anne. Je suis un vieil homme maintenant, et il est normal que je me préoccupe de ma descendance. Vous avez épousé mon petit-fils et, à ce titre, vous avez le devoir de partager son lit pour lui donner un héritier.

Anne se raidit encore plus.

— Vous pouvez bien espérer tout ce que vous voulez, vous n'êtes pas près de voir vos rêves se concrétiser !

Puis elle se dirigea vers la desserte et tourna le dos aux deux hommes qui échangèrent un regard désemparé. Dominick s'approcha d'elle et, avec la même précaution que l'on prend pour caresser un animal sauvage, il posa la main sur son épaule. Le duc en profita pour s'éclipser.

— Anne, il n'y a pas de quoi être si bouleversée, dit Dominick d'une voix qu'il voulait apaisante.

Mais elle repoussa sa main et s'écarta brusquement.

— Vous complotiez tous les deux sur ma vie privée et je devrais trouver cela normal !

— Essaie au moins de comprendre mon grand-père. Il est logique que l'avenir de son duché le préoccupe, tout de même !

— Ce n'est pas une raison pour que toi, tu fasses ses quatre volontés.

— Sache qu'il ne m'obligera jamais à faire ce que je ne souhaite faire moi-même, rétorqua Dominick, l'air soudain plus grave.

— Vraiment ? Quelle curieuse coïncidence alors que tu aies eu envie de coucher avec moi et qu'en même temps, cela ait comblé les désirs de ton grand-père ! Menteur, sale menteur…

Dominick l'agrippa par la manche pour l'empêcher de s'en aller.

— Je ne suis monté dans ta chambre que parce que j'avais entendu un bruit anormal. Tu dois me croire. Pour ce qui est arrivé ensuite… quoi de plus naturel entre deux personnes qui s'aiment ?

— À la différence près que tu ne m'aimes pas ! J'étais bouleversée à cause du feu et tu as lâchement profité de mon désarroi.

Le jeune homme ne pouvait nier que l'état de panique et d'abattement dans lequel se trouvait Anne avait largement facilité les choses.

— Mais qu'est-ce que cela change au fond de la question ? Mon grand-père a raison, il faut penser à l'avenir de notre nom et de notre famille. Nous devons accomplir notre devoir.

— N'oublie pas que je viens de Boston ! Les Américains n'accordent pas la même importance aux titres de noblesse que les Anglais. Tes soucis aristocratiques me laissent complètement froide. Faisons une croix sur ce qui s'est passé cette nuit et n'en parlons plus !

— Tu pourrais tout de même avoir l'honnêteté de reconnaître que tu étais consentante.

— Je n'étais plus moi-même, répliqua-t-elle en rougissant légèrement.

— C'est le moins que l'on puisse dire ! ironisa Dominick.

— Tu es un homme sans cœur et je ne te laisserai pas me détruire à nouveau…

Dominick posa son index sur les lèvres d'Anne pour la réduire au silence.

— Ne dis pas de sottises. Nous avons tous les deux éprouvé du plaisir hier… Tu as simplement peur de m'aimer.

— Tu te fais des illusions.

— Mais tout va changer, tu verras. Je serai un mari responsable, je te le promets.

— Puisque tu ne veux pas comprendre, je vais te dire clairement ce qu'il en est, poursuivit-elle sans réussir à dissimuler la douloureuse amertume qui tenaillait son cœur. Je ne t'aime pas... Je n'ai pas confiance en toi... Je n'oublierai jamais ce que tu m'as fait. Est-ce assez clair comme cela ? Tu peux aller *la* retrouver.

Elle n'avait pu prononcer le nom de Margaux Marchal, mais la lueur de dédain qui avait traversé le bleu de ses yeux était sans équivoque.

— Le passé est le passé, répondit-il. Maintenant, je te serai fidèle.

— Cela ne change rien !

Terriblement déçu, Dominick la regarda quitter la salle à manger.

Toute la famille, rassemblée dans la bibliothèque, attendait l'arrivée du notaire.

Canfield se présenta sans tarder. C'était un homme mince, grand, d'âge moyen, qui arborait l'air sérieux qui convenait à sa fonction. Il serra la main des hommes et s'inclina respectueusement devant les femmes. Tout le monde s'installa. Anne et Clarisse s'assirent sur le sofa, Dominick sur une chaise à côté d'elles et le duc au bureau.

Resté debout, Canfield toussota avant de commencer.

— Il n'y en aura que pour quelques minutes. Puis-je maintenant vous donner lecture du testament de feu le marquis Philip Saint Georges ?

Le duc de Rutherford donna son accord d'un signe de tête et Canfield s'exécuta aussitôt :

— « Moi, Philip Saint Georges, marquis de Waverly, comte de Campton et de Highlow, baron de Feldstone et héritier du duché de Rutherford, sain de corps et d'esprit, lègue toute ma fortune, s'élevant à quatre-vingt mille livres à mon meilleur ami, Matthew Fairhaven. Je lui lègue aussi ma résidence de Londres, murs et mobilier.

« À mon épouse, je ne lègue rien.

« À mon fils unique, je lègue mon journal intime.

« Signé devant le témoin Lord Charles Gurley, en l'étude de maître Canfield, ce 15 septembre 1852. »

Un silence angoissé suivit cette lecture.

Clarisse s'était levée, le visage aussi pâle que si elle était sur le point de rendre l'âme, mais elle ne dit pas un mot. Abasourdi, Dominick s'était également redressé.

— Mais qui diable est ce Matthew Fairhaven ? demanda-t-il dès qu'il eut retrouvé sa voix.

— Comme l'indique le testament, c'était le meilleur ami de votre père, observa Canfield avec une logique implacable.

Après quelques secondes de stupéfaction, une rage teintée de souffrance envahit Dominick. Grand Dieu, lui et sa mère étaient complètement déshérités au profit d'un ami inconnu ! Comprenant qu'il ne rêvait pas, il se mit à tituber comme un homme ivre et dut se rasseoir pour ne pas tomber.

Pendant ce temps, Clarisse était allée à la fenêtre. Elle regardait le parc, le dos raide et la tête haute. Anne fut la première à s'approcher d'elle.

— Je vais demander que l'on vous prépare un bon thé chaud au miel.

— Non, répondit simplement Clarisse.

Dominick aussi observait sa mère. Il avait mal pour elle. Comment son père avait-il osé lui infliger le plus grand camouflet qui se puisse imaginer ? Ses parents s'étaient tout de même aimés, autrefois, pour se marier sans le consentement du duc ! Certes, ils semblaient ne plus rien avoir en commun depuis des années, mais jamais Dominick n'avait supposé qu'une telle haine les habitait. Quelle détestable rancune avait pu pousser son père à cette horrible vengeance ?

Il apostropha le notaire qui rangeait ses documents :

— Canfield, je n'ai pas besoin de vous dire que tout cela doit rester strictement confidentiel.

— Bien entendu ! répliqua l'homme de loi de son ton officiel.

— Dominick, je suis sûr que maître Canfield gardera tout cela pour lui, intervint le duc qui n'avait pas encore pris la parole.

Rutherford avait l'air aussi consterné que le reste de la famille.

Finalement, Clarisse se détourna. Le trop-plein d'émotions rendait paradoxalement son visage aussi inexpressif qu'un masque de cire.

— Tout cela n'a aucune importance, dit-elle.

Dominick bondit vers elle et la prit dans ses bras.

— Je ne veux pas que vous vous inquiétiez, mère. Je vais prendre des dispositions pour que votre train de vie ne change en rien.

— Merci, Dominick...

— Eh bien, Canfield, vous nous avez tous sidérés, conclut le duc.

— J'ai essayé de dissuader monsieur le marquis de faire ce testament, mais il n'a rien voulu entendre... expliqua le notaire, embarrassé. Ceci est pour vous, Lord Waverly, ajouta-t-il en se tournant vers Dominick, c'est le legs de votre père.

Le jeune homme saisit l'épais paquet entouré de papier marron que Canfield lui tendait. Il ignorait que son père tînt un journal intime. Philip avait-il voulu lui donner enfin une chance de le connaître ?

— Il est temps que je parte, maintenant, déclara Canfield en jetant un coup d'œil à sa montre de gousset. Je suis désolé d'avoir eu à vous faire part de dispositions testamentaires aussi désagréables.

Dominick ne l'entendit même pas, plongé dans l'observation du paquet. Il était impatient d'en connaître le contenu et, en même temps, un pressentiment funeste le tenaillait.

Quelque chose ne tournait pas rond dans ce qui avait tout l'air d'une lugubre mise en scène !

Le duc et Clarisse raccompagnèrent le notaire, et Dominick se retrouva seul avec Anne dans la bibliothèque.

— Comment ça va, Dominick ? demanda-t-elle d'une voix douce.

Il était inutile de mentir. Anne était assez intuitive pour deviner combien son mari était bouleversé.

— Pas très fort, honnêtement ! Mon père nous a fichu un sacré coup, à ma mère et à moi. Maintenant, je suis certain qu'il ne m'aimait pas. De toute façon, je le saurai vite. J'ai l'intuition que cette lecture me le confirmera, dit-il en montrant le journal intime.

Sortie de la bibliothèque, Clarisse resta appuyée au mur du couloir. Elle n'arrivait pas à croire à ce qui venait de se passer. Ce n'étaient pas les quatre-vingt mille livres qu'elle regrettait, oh non… ça, ce n'était pas grave !

La sueur perlait à son front et l'inquiétude accélérait les battements de son cœur.

Philip tenait un journal. Le fou !

Rutherford était-il complètement inconscient pour avoir laissé à Dominick un document qui pouvait contenir des détails compromettants ?

Personne ne devait lire ce journal. Surtout pas Dominick.

Relevant sa lourde jupe de brocart qui entravait son pas, Clarisse se précipita dans le petit boudoir au bout du couloir. De là, elle pourrait voir le jeune homme sortir de la bibliothèque. Elle n'eut pas à patienter bien longtemps. Mais son sang ne fit qu'un tour lorsqu'elle le vit se diriger vers ses appartements, le paquet sous le bras.

Tapie dans le boudoir, elle attendit encore. Elle devait trouver le moyen de dérober le journal avant que

Dominick ne le lise. De longues minutes s'écoulèrent. Dominick ne réapparaissait pas. Était-il déjà trop tard ? Maudit Philip ! Maudit Rutherford !

Enfin, au comble du soulagement, elle l'entendit revenir, parler avec Bennett dans l'entrée puis sortir du manoir. Elle avait tellement eu peur qu'elle ne trouva pas la force de réagir tout de suite. Elle resta immobile quelques instants, jusqu'à ce que son pouls s'apaise.

La démarche un peu vive en dépit de ses efforts pour se maîtriser au cas où un domestique l'aurait vue, elle se dirigea vers la chambre de son fils. Elle poussa la porte, l'air faussement naturel. Un regard circulaire lui permit de découvrir aussitôt le journal, que Dominick avait simplement posé sur la table de chevet. Dieu merci ! Elle s'en empara sans l'ombre d'une hésitation.

Avant de sortir, elle s'assura que personne n'était dans les parages, puis elle dévala les escaliers avec un sentiment de crainte et de curiosité mêlées.

Si Philip avait découvert *la vérité*, il l'avait peut-être révélée… Si tel était le cas, aucun membre de la famille ne résisterait au scandale qui s'ensuivrait. Absolument aucun.

10

Après la lecture du testament, chacun était retourné vaquer à ses affaires, faisant semblant de croire pour se rassurer qu'il s'agissait d'un jour comme les autres.

Enfermée dans le bureau depuis un moment, Anne compulsait les livres de comptes et avait toutes les peines du monde à se concentrer.

Elle ne pouvait s'empêcher de ressentir de la tristesse pour Clarisse. Non seulement à cause de la situation matérielle déplaisante dans laquelle la plongeaient les dernières volontés de son mari, mais surtout pour l'humiliation que Philip lui avait infligée.

Pourtant déterminée à garder ses distances avec Dominick, elle songeait aussi au trouble bien compréhensible de son mari. Elle aurait presque eu envie de le consoler si elle ne s'était souvenue que cet homme méprisable avait couché avec elle dans l'unique but de procréer ! Il y avait de quoi se mordre les doigts de lui avoir fait confiance une fois de plus. Voilà la plus grosse bêtise qu'elle avait faite depuis quatre ans ! À sa décharge, il fallait bien reconnaître que l'état d'apathie dans lequel elle se trouvait après sa lutte contre les flammes avait brisé ses forces. Elle avait vraiment joué de malchance ! Comment le feu avait-il pu prendre sur la nappe ? Les fenêtres étaient fermées et il n'y avait pas le moindre courant d'air dans la chambre. Était-ce elle qui avait fait basculer les chandelles dans son sommeil ? Sacré coup du sort !

À nouveau, elle s'efforça de revenir à ses comptes, mais les chiffres dansaient sous ses yeux comme si, animés d'une vie propre, ils s'emmêlaient pour la narguer. Constatant qu'elle n'y arriverait pas, elle décida de remettre ce travail à plus tard et repoussa les registres. À cet instant, on frappa à la porte.

— Entrez, dit Anne qui s'attendait à voir Dominick.

Sa surprise fut grande de découvrir Félicity. Depuis quatre ans, elle ne l'avait revue qu'une seule fois, aux funérailles de Philip. À cette occasion, les deux jeunes femmes ne s'étaient même pas saluées.

Anne songea que Félicity venait peut-être pour faire enfin la paix. Son cœur bondit de joie à cette idée. De l'eau avait coulé sous les ponts depuis cette nuit fatale. Anne s'était mariée. Félicity aussi ; aujourd'hui elle était veuve, riche et libre. Malheureusement, le visage fermé de sa cousine balaya aussitôt les espoirs d'Anne.

Félicity portait une robe d'un rouge flamboyant qui aurait plutôt convenu pour une soirée aux chandelles qu'à cette heure du jour. Rehaussée par cette couleur vive, la blondeur de ses cheveux n'en était que plus remarquable. Les années semblaient la rendre de plus en plus belle.

— Je suis venue voir Dominick, annonça-t-elle sans s'embarrasser de formules de politesse. Où est-il ?

— Pourrais-je savoir ce que tu veux à *mon* mari ? rétorqua Anne sur le même ton.

— J'ai simplement envie de revoir un vieil ami.

L'instinct poussa Anne à se tenir sur ses gardes. Il n'était pas correct qu'une jeune femme vînt rendre visite à un homme, fût-il un « vieil ami » !

— Dominick n'est pas là, répliqua-t-elle assez sèchement.

Le bleu des yeux de Félicity se teinta de lueurs turquoise.

— Vraiment ? Tu l'as déjà fait fuir – si vite ?

— Ce n'est pas très gentil, Félicity !

Un sourire bizarre et peu engageant apparut sur les lèvres de Félicity.

— Ça te va bien de me faire la morale ! Était-ce gentil quand tu m'as volé mon fiancé ?

— Je t'ai déjà suppliée de me pardonner, mais s'il le faut, je suis prête à te redire combien je regrette ce qui s'est passé.

— Raconte ça à d'autres ! Tu es marquise de Waverly, comtesse de Campton et Highlow, baronne de Feldstone, vicomtesse de Lyons, et tu voudrais me faire croire que tu as des regrets ! En plus de tout, tu as réussi à avoir le manoir !

C'était Patrick qui avait probablement rapporté la nouvelle à sa sœur. Pendant une seconde, Anne se reprocha de n'avoir pas songé à lui demander de garder le secret. Elle releva fièrement la tête.

— Puisque tu le prends sur ce ton, tu as raison, je ne regrette rien ! Maintenant, j'ai du travail au domaine... Je ne te retiens pas.

— Tu n'auras jamais fini de m'étonner, lança Félicity qui n'avait pas l'intention de capituler si facilement.

Tantôt dans le rôle d'une coquette qui minaude pour séduire les hommes, tantôt dans celui d'un énergique et viril intendant... Que de cordes à ton arc !

Cette moquerie acide alla droit au cœur d'Anne.

Il était difficile d'imaginer deux personnes plus différentes que les deux cousines. Physiquement et moralement. Archétype de la femme tentatrice, jolie blonde aux yeux bleus, pulpeuse à souhait, Félicity avait pour unique préoccupation celle de séduire. Anne, en revanche, était aussi spontanée que sa cousine était sophistiquée. Sa chevelure d'un noir profond lui donnait un piquant naturel que Félicity n'aurait jamais avec toutes ses manières affectées. Ses yeux bleus aussi avaient un éclat plus chaleureux. Certes, elle prenait plaisir à des activités traditionnellement réservées aux hommes, comme celles de monter à cheval ou de gérer un domaine, mais cela ajoutait à son charme. Autant Félicity était froide et prévisible, autant Anne était passionnée et originale.

En dépit de tous ses atouts, Anne s'était toujours sentie complexée devant sa cousine. Ne lui avait-on pas répété pendant toute son enfance chez les Collins qu'elle n'était que « la parente pauvre » de la famille ? Et l'abandon de Dominick n'avait pas contribué à lui redonner confiance en elle !

Blessée par la remarque de Félicity, Anne resta muette. Félicity jugea bon de remuer le fer dans la plaie.

— Tu n'as pas changé, Anne. Je vois que tu es toujours une petite gourde.

Cette ultime attaque choqua Anne qui se rebiffa.

— Je peux te retourner le compliment ; toi non plus tu n'as pas changé. Je réalise combien tu es mesquine. Moi qui croyais que tu venais pour faire la paix !

— La paix ? Mais de quelle paix parles-tu ? demanda Félicity qui jouait la naïve. Je ne suis plus fâchée depuis longtemps. Il y a belle lurette que je ne ressens plus que de la pitié pour toi ! Dominick ne t'aurait jamais épousée si tu ne lui avais pas forcé la main, il se fichait pas mal de toi. La preuve, c'est qu'il t'a abandonnée tout de suite. Tout le monde t'a prise pour une froide calculatrice, moi je sais bien que tu étais amoureuse de lui. Je te plains, ma pauvre, bien plus que je ne t'en veux !

Anne décida à nouveau de ne pas répondre. Mais cette fois, son silence était calculé, non plus subi. Elle avait retrouvé sa force. Elle, qui avait surmonté l'épreuve de l'abandon de Dominick n'allait tout de même pas s'effondrer sous les piques assassines de sa cousine !

— Je crois que tu ferais mieux de rentrer chez toi, Félicity, reprit-elle après un moment. Dominick est parti à cheval et je ne sais pas du tout à quelle heure il reviendra.

— Alors, je vais à sa rencontre.

Dès que Félicity fut sortie, Anne se laissa tomber sur un fauteuil. Sa cousine avait apparemment la ferme intention de profiter avec Dominick de la liberté que lui accordait son veuvage !

Elle se mit à repenser aux promesses de vengeance que lui avait hurlées Félicity, quatre ans plus tôt…

Pour quelques secondes merveilleuses sur les pelouses de Waverly, le monde s'était écroulé autour d'Anne.

Dominick s'était soudain relevé d'un bond, la tirant par la manche en criant :

— Vite, Anne, debout, on nous a vus !

Elle avait défroissé sa robe et replacé son bustier déchiré, pendant qu'il glissait à la hâte les pans de sa chemise dans son pantalon.

Déjà des voix furieuses s'élevaient et des pas approchaient. Edna Collins était arrivée, suivie de Philip Saint Georges et du duc de Rutherford.

Sous leurs regards accusateurs, Anne avait trébuché en arrière, prise de tremblements incontrôlables. Dominick faisait front, rigide et muet.

— Ô mon Dieu, quelle horreur ! s'était écriée Edna.

Philip, lui, n'avait rien dit. Il s'était contenté de les fixer d'un œil incrédule.

Edna avait hurlé de plus belle. Elle avait attrapé les poignets d'Anne et les avait serrés jusqu'à lui faire mal, en vociférant :

— Ordure ! Sale petite ordure ! Tu n'as pas honte… après tout ce que j'ai fait pour toi !

Anne avait éclaté en sanglots, épouvantée.

À son tour, Félicity était arrivée en courant, suivie de son frère, Patrick. Clarisse avait rejoint le groupe quelques secondes plus tard.

— Je… regrette… Je te demande pardon, Félicity…

C'est tout ce qu'avait réussi à murmurer Anne entre deux sanglots.

— Ordure, ordure ! ne cessait de répéter Edna en levant un poing menaçant.

C'est alors que le duc de Rutherford s'était interposé.

— Anne est moins à blâmer que Dominick. Mon petit-fils est un homme d'honneur, il réparera sa faute. Maintenant, rentrons ! avait-il ajouté d'une voix autoritaire qui ne souffrait aucune discussion.

Il avait pris Dominick par le bras et l'avait entraîné vers le manoir. Tout le monde avait suivi. À la dernière seconde, Edna s'était retournée et avait giflé sa nièce.

— Tu n'es qu'une prostituée !

La violence du coup avait fait tomber Anne, mais personne ne l'avait aidée à se relever. Elle avait regardé le groupe s'éloigner.

Le dernier souvenir de ce cauchemar, c'était la voix de Félicity qui crachait sa haine :

— Tu as gagné, mais crois-moi, un jour ou l'autre tu me le paieras cher ! Très cher !…

Après avoir galopé sur des kilomètres à travers champs et bois, Dominick tira sur les rênes d'un mouvement à peine perceptible des poignets. Aussitôt, son étalon bai ralentit pour se mettre au pas. Il aimait ce cheval qui était le plus beau de son écurie. Cavalier émérite, Dominick adoptait instinctivement les allures de son animal, avec une grâce qui donnait à cette performance sportive des airs de ballet synchronisé.

Se penchant en avant, il flatta l'encolure de l'étalon et lui murmura quelques mots. Aussitôt, l'animal s'ébroua de contentement.

Sur le chemin du retour, Dominick traversa encore quelques prairies verdoyantes entourées de haies ou de murets de pierre. Paysages de son enfance, immuables et apaisants... Bientôt se dessina devant lui la façade rose du manoir avec ses six colonnes dressées vers le ciel, si caractéristiques. De part et d'autre, les communs dissimulés dans la verdure apparaissaient comme de petites taches blanches.

Le marquis se dirigea vers les écuries. Il était en train de détacher les sangles de son cheval lorsque son regard tomba sur une silhouette de femme vêtue d'une robe d'un rouge ardent. Elle traversait l'esplanade à pas pressés. C'est avec un vif mécontentement qu'il reconnut Félicity. Il confia l'étalon à un palefrenier, lui ordonna de le promener dix minutes au pas pour le détendre après la longue course qu'il avait faite, puis de le bouchonner soigneusement.

— Bonjour, Dominick ! lança Félicity sur le seuil de l'écurie. Je suis venue rendre visite à Anne et je ne voulais pas partir sans vous saluer.

— J'ignorais que vous étiez à nouveau en bons termes.

Félicity sourit et se rapprocha.

— Nous sommes cousines. Vous ne me croyez tout de même pas capable de lui tenir rancune éternellement de ce qui est arrivé autrefois ?

— Si !

— Oh, voilà une réponse qui n'est pas digne d'un gentleman ! plaisanta-t-elle d'une voix doucereuse.

— Je ne prétends pas en être un, rétorqua froidement Dominick.

Félicity fit plusieurs battements de cils séducteurs. Puis, sur le ton de la confidence, elle murmura :

— Hum, votre dédain des conventions est terriblement excitant !

— Allons, allons, je ne suis qu'un homme qui s'intéresse plus à la terre et aux chevaux qu'aux mondanités. Il n'y a rien là de très excitant, protesta Dominick qui ne voulait pas entrer dans son jeu.

— J'aimerais tant voir vos chevaux de course ! Voulez-vous me les montrer ?

Elle avait pris un air suppliant et s'accrochait maintenant au bras du marquis. Jusqu'où irait-elle ? Il n'était pas dupe ; il savait bien ce qu'elle attendait de lui ! L'insistance de cette femme était indécente et irritante. Honnêtement, il y avait toujours eu quelque chose en elle qui déplaisait à Dominick. S'il avait envisagé un jour de l'épouser, ce n'était que par intérêt : la perspective d'hériter du haras des Collins, unique en son genre, n'avait sûrement pas été étrangère à sa décision !

— Je ne peux pas vous montrer mes chevaux de course, ils ne sont pas là. Mon écurie sera transférée ici dans trois jours.

Dominick disait vrai, il avait pris cette décision le matin même.

— Je reviendrai une autre fois, alors !

— Vous risquez d'être déçue. Mon écurie est loin d'être aussi prestigieuse que celle de vos parents.

— Rien, venant de vous, ne peut me décevoir, minauda-t-elle en penchant la tête de côté.

Dominick allait répondre par une remarque un peu sèche lorsqu'il aperçut Anne qui attendait sur la terrasse, les bras croisés, le visage sévère. Elle les regardait remonter vers le manoir.

— Dominick va me montrer ses chevaux, annonça Félicity à sa cousine dans le but évident d'aiguiser sa jalousie. Il va les faire venir ici.

— Je vais m'occuper de leur transfert dès aujourd'hui, précisa-t-il. Je partirai quelques jours et je reviendrai le plus vite possible.

— Ah bon ! fit Anne en haussant les épaules comme si cela ne lui faisait ni chaud ni froid.

— Anne a bien d'autres soucis en ce moment avec la comptabilité du domaine, n'est-ce pas ? plaisanta Félicity en feignant d'être amicale.

Sans un mot de plus, Anne se retourna et regagna son bureau.

— Vraiment, Dominick, s'exclama Félicity dès que sa cousine eut disparu, je me demande comment vous pouvez supporter que votre femme s'adonne à des activités aussi masculines !

— Vous vous trompez complètement sur Anne. Mener le domaine ne l'empêche nullement d'être féminine.

— Vous trouvez cela bien qu'une femme s'occupe de vulgaires problèmes d'intendance ?

— Je ne trouve pas cela mal !

Pour être tout à fait franc, Dominick aurait même pu ajouter qu'il éprouvait pour Anne une certaine admiration.

— Vous ne lui en voulez même pas après ce qu'elle a fait ? Elle vous a ni plus ni moins volé le manoir !

— Et comment êtes-vous au courant ? demanda-t-il sèchement.

— Je suis désolée, Dominick... C'est mon frère qui me l'a dit.

Seigneur ! Il n'était pas difficile de deviner qui avait raconté cela à Patrick. Dominick était réellement furieux. Il avait bien fait d'exiger que Patrick ne fréquente plus Anne ! Tous les deux avaient dû chercher le meilleur moyen de le ridiculiser aux yeux du monde. Il était prêt à supporter beaucoup de choses, mais ça, jamais !

— Mon frère est amoureux d'Anne et je crois même que c'est réciproque, reprit Félicity avec un petit air innocent.

Dominick serra les mâchoires pour se maîtriser.

— Félicity, la vie de ma femme n'est pas votre affaire, décréta-t-il fermement.

La froideur de Dominick ne sembla pas du tout impressionner Félicity. Sur sa lancée, elle ajouta :

— Je ne connais pas beaucoup de célibataires de l'âge de mon frère qui s'enterrent à la campagne 365 jours par an ! Au minimum, ils passent quelques mois à Londres pour la saison. Depuis quatre ans, Patrick est toujours resté là. Il faut bien que quelque chose… ou quelqu'un l'ait retenu !

— Anne et Patrick sont des amis très chers, voilà tout.

— Enfin, Dominick, ne faites pas l'autruche !

Félicity aurait été piégée si elle avait pu deviner les pensées de Dominick. La nuit précédente, il avait eu la preuve de la virginité de sa femme. Mais il ne pouvait tout de même pas lui avouer cela !

— Ne croyez pas que je vais vous laisser porter sur Anne des jugements aussi médisants.

— J'ignorais que vous lui étiez si attaché… Ne le prenez pas mal, j'essayais seulement de vous rendre service !

— Maintenant, si vous voulez bien m'excuser… Je dois aller voir mon épouse.

Si les yeux de Félicity avaient eu le pouvoir de tuer, à cet instant Dominick serait mort sur le coup !

Anne était assise à son bureau, le nez dans ses registres. Elle laissa s'écouler plusieurs secondes avant de daigner lever les yeux vers son mari qui était entré dans la pièce.

— Tu veux me parler ? demanda-t-elle d'une voix détachée.

Elle gardait à l'esprit l'image de Félicity cramponnée au bras de Dominick, la tête légèrement inclinée et le sourire charmeur. Elle s'efforça de refouler cette vision et d'offrir une apparence de froide indifférence.

— J'ai décidé d'aller à Londres pour chercher mes chevaux.

— Cela veut sans doute dire que tu as la ferme intention d'emménager ici ?

Le visage de Dominick devint plus grave.

— Il me semble avoir été assez clair là-dessus... la nuit dernière.

L'émotion poussa Anne à se lever brusquement. Ses joues étaient roses comme si elle avait trop chaud.

— Tu vas perdre ton temps si tu restes à Waverly. Autant que je te prévienne tout de suite, je n'ai pas l'intention de renouveler l'expérience de la nuit passée. Considérons simplement que nous avons fait un mariage de raison.

Dominick demeura un instant silencieux, mais ses yeux qui brillaient plus que de coutume impressionnèrent la jeune femme. Son sourire avait disparu et il paraissait contracté.

— Je crois que tu ne comprends pas bien. Je...

Elle ne le laissa pas terminer sa phrase.

— Si ! Je comprends parfaitement ce que tu as derrière la tête, mais tu ne me forceras pas à coucher avec toi. Je n'en ai nulle envie.

— Qui essaies-tu de convaincre là ? demanda-t-il avec une pointe d'ironie.

— Assez ! Sors d'ici !

Comme s'il n'avait rien entendu, Dominick avança et vint se placer juste devant le bureau en prenant appui sur ses mains posées bien à plat. Ils étaient face à face, presque nez à nez. Anne se sentit soudain devenir plus petite.

— Comment peux-tu affirmer avec aplomb que tu n'as pas envie de moi ? Il suffit de te regarder pour voir que c'est un mensonge. Moi je n'ai pas honte d'avouer que je te désire… que je te veux… en ce moment même.

— Ne sois pas ridicule ! protesta Anne.

En un clin d'œil, Dominick fit le tour du bureau et enlaça sa femme.

— Lâche-moi ! ordonna-t-elle, le souffle coupé.

Dominick ne mentait pas, il avait vraiment envie d'elle. La tension de son corps pressé contre le sien en était la preuve flagrante. Une minute passa, puis il relâcha son étreinte.

— N'ai-je aucun espoir de te voir définitivement quitter Waverly ? questionna-t-elle avec un soupir.

— Faisons un pacte. Une semaine de ta vie contre la chance de me voir disparaître à tout jamais. Ça te va ?

— Je… je… ne comprends pas, balbutia-t-elle, angoissée.

— Partons ensemble une semaine. Donne-moi une semaine pour te convaincre.

— C'est une idée complètement absurde.

— Pourquoi ? Tu as peur ?

— Oui. Enfin non ! Si tu as des besoins sexuels aussi violents, tu n'as qu'à les assouvir avec d'autres femmes. Je suis sûre qu'il y en a qui ne demandent que cela. Tiens, Félicity par exemple !

— Je ne veux pas de Félicity. C'est toi que je veux.

Il avait presque un ton menaçant, mais Anne trouva encore la force de le contrer.

— Dommage que je ne partage pas tes désirs !

— Ne mens pas ! Tu aurais mille fois eu l'occasion de faire annuler notre mariage en quatre ans, si tu l'avais voulu. Dis-moi ce qui t'en a empêchée !

Anne serra les poings. Jamais elle n'avouerait qu'elle l'aimait encore.

— Je sais à quoi tu penses, mais tu te trompes complètement.

Elle jouait la comédie. Il la coinça entre le bureau et le mur et, la regardant droit dans les yeux, lui asséna ce coup fatal :

— Alors, si ce n'est pas l'amour qui t'a empêchée de demander l'annulation, il ne reste qu'une solution : tu n'en voulais qu'à ma fortune, comme le disent les ragots.

Anne sentit qu'elle chancelait. Elle était piégée.

— Non… Je t'en prie, va-t'en, murmura-t-elle d'une voix éteinte.

— Très bien. Je vais aller à Londres pour quelques jours. En attendant, réfléchis à ma proposition… Partons tous les deux une semaine, Anne ! Si, après cela, tu persistes à ne pas vouloir de moi, je te promets que je te laisserai tranquille pour toujours.

11

En entendant un grondement sourd retentir sur l'allée pavée, le duc de Rutherford s'approcha de la fenêtre. Le spectacle qui s'offrit à son regard lui procura un réel soulagement. Dominick était de retour à Waverly ! Pendant ses trois jours d'absence, le duc avait vraiment craint que son petit-fils ne revienne pas.

Il chevauchait un superbe cheval gris. À son côté, un autre homme montait un alezan. Le duc crut reconnaître le second fils du comte de Harding, ami de Dominick. Derrière eux suivait le carrosse laqué des Waverly, mené par cocher, postillon et valets en livrée. De magnifiques pur-sang à la silhouette altière, la tête dressée et les naseaux au vent, fermaient la marche. Un poulain noir au poil brillant trottait avec eux.

Le duc se demanda ce qui, de l'intérêt grandissant de son petit-fils pour Anne ou de son désir de récupérer le manoir, avait le plus contribué à son retour. Cette interrogation l'amusa et un léger sourire apparut sur ses lèvres.

Rutherford n'était plus tout jeune et le temps passait vite. Maintenant que Dominick était revenu, il allait pouvoir songer à régler sa succession pour mourir en paix le jour venu : quand son petit-fils aurait un enfant légitime, l'avenir du duché serait assuré. Le duc pourrait quitter cette terre sans laisser de regrets derrière lui. L'approche de cette heure fatale où il devrait rendre des comptes devant l'Éternel ramena des souvenirs à sa mémoire...

Il avait toujours eu une tendresse particulière pour Dominick, mais avait-il réussi à compenser le manque d'affection et la froideur de Philip ? Les circonstances de la vie pouvaient sans doute expliquer, au moins partiellement, cette attitude d'indifférence un peu surprenante de la part d'un père envers son fils.

Sarah, la mère de Philip, avait été emportée par une mauvaise fièvre à l'âge de trente et un ans. Philip n'en avait alors que dix. Le duc ne s'était jamais remarié. Peut-être aurait-il été bien inspiré de le faire pour le bien de l'enfant... Le manque d'amour maternel dont Philip avait probablement souffert avait provoqué chez lui un endurcissement compréhensible.

La mère d'Anne, Janice, la plus jeune des trois filles Stanhope, était la sœur de Sarah. Douze ans séparaient l'aînée de la benjamine et, du fait de cet écart important, Sarah avait toujours quelque peu materné sa « petite sœur ». C'est elle qui avait insisté auprès de son mari, le duc, pour qu'il accepte de lancer Janice dans le monde. Pour faire plaisir à sa femme, Rutherford avait offert à sa jeune belle-sœur, qui n'avait alors que dix-sept ans, le bal le plus grandiose du royaume. Mais l'année suivante, romantique comme on peut l'être à cet âge, Janice s'était enfuie en Amérique, la tête emplie de rêves.

Elle avait épousé là-bas Fred Stewart, un aventurier originaire de Philadelphie. Ensemble ils avaient sillonné le pays pendant six ans, passant d'une ville à l'autre. Quand Sarah était morte, Janice n'avait même pas été prévenue, car personne ne savait où elle se trouvait. Un beau jour, le duc avait reçu une lettre dans laquelle Janice lui annonçait qu'elle et son mari avaient enfin posé leurs valises. Ils avaient ouvert une petite pension de famille à Boston. À travers les lignes, Rutherford avait compris que Janice n'était pas pleinement heureuse. Lui-même était horrifié en imaginant cette jolie aristocrate anglaise réduite à l'état d'aubergiste. C'était la seule lettre qu'il avait reçue d'elle. Après quelques années, un autre courrier émanant de Fred Stewart lui avait appris que Janice était morte en mettant au monde l'enfant qu'elle avait toujours désiré, une fille prénommée Anne.

Une dizaine d'années plus tard, après le décès de Fred Stewart, une petite orpheline maigrichonne et mal fagotée avait débarqué chez sa tante Edna, sœur de Sarah et de Janice, avec pour toute richesse quelques effets jetés à la hâte dans un sac informe.

Pendant longtemps, le duc de Rutherford avait pris le parti d'ignorer cette enfant qu'inconsciemment, il tenait pour responsable de la mort de Janice. Puis, la curiosité aidant, il avait enfin accepté de la rencontrer. Aussitôt il s'était pris d'affection pour cette petite fille triste, dont la ressemblance avec sa mère était frappante. Il avait découvert peu à peu la richesse de sa personnalité : sa générosité, sa franchise et son enthousiasme.

Quand Anne avait grandi, intuitif et perspicace, le duc avait compris avant tout le monde qu'elle et Dominick étaient faits l'un pour l'autre. Mais il s'était toujours gardé de le dire à voix haute. Par la suite, lorsque Anne n'avait plus fait mystère de l'amour profond qu'elle éprouvait pour Dominick, les suppositions de Rutherford étaient devenues certitudes.

Son vœu le plus cher aujourd'hui était de les voir se réconcilier. Jusqu'à son dernier souffle, il œuvrerait pour le bonheur d'Anne. C'était le dernier devoir de sa vie qu'il accomplirait en souvenir de Janice.

Partagée entre regrets et plaisir, Anne reposa sur le bureau la lettre qu'elle était en train de lire. Dominick était revenu... Ce n'était pas un rêve, elle l'avait entendu !

Elle se leva pour regarder par la fenêtre. Elle ne le vit pas, mais entendit son rire chaud, profond, irrésistible comme toujours.

D'un geste machinal, elle lissa ses cheveux et rassembla ses mèches vagabondes dans son gros catogan de velours. Elle prit une profonde inspiration, le temps de retrouver ses esprits... Elle allait devoir à nouveau affronter son mari : il ne faisait aucun doute qu'il allait lui redemander de partir une semaine avec lui.

À quoi bon remettre à plus tard un face-à-face auquel elle ne pouvait se soustraire ? Elle décida de sortir à sa rencontre.

Elle l'aperçut tout de suite. Il était au milieu du paddock en compagnie d'un jeune homme. Autour d'eux tournait un superbe poulain noir mené à la longe. La tête en l'air, il galopait en hennissant. Anne connaissait suffisamment les chevaux pour deviner que cet animal avait une personnalité rebelle et fière. Il y avait de la graine de champion dans ce poulain, c'était évident.

— Oh, bonjour, Anne ! s'exclama Dominick en découvrant soudain son épouse appuyée à la barrière du manège.

Le regard sensuel qu'il jeta sur elle l'incita à remettre en place les plis de sa jupe, comme si elle était prise en flagrant délit d'indécence.

— Voici mon ami, Lord Théodore Blake, le fils du comte de Harding, ajouta-t-il.

Blake prit la main qu'Anne lui tendait et s'inclina profondément.

— Je suis tellement heureux de faire votre connaissance, Lady Saint Georges ! L'impatience de Dominick à retourner à Waverly Hall me laissait supposer que la plus jolie des femmes l'y attendait. Mais je constate que j'étais encore au-dessous de la vérité.

Anne se contenta d'une ébauche de sourire devant ces louanges un peu trop appuyées. Blake paraissait habitué à manier le compliment en présence des dames... C'était un bel homme au charme indéniable. La noirceur de sa chevelure offrait un contraste réussi avec la blancheur de sa peau et l'éclat de ses yeux bleus.

— Oh, oh ! Blake... s'interposa Dominick en plaisantant. N'essaie pas de séduire ma femme !

— Ma parole, tu es jaloux, mon vieux !

Dominick étouffa un rire en se tournant à nouveau vers Anne qu'il regarda avec insistance.

— Excuse-moi si j'ai mis un jour de plus que prévu, mais...

— Ah bon ? Je n'avais pas remarqué, l'interrompit sa jeune épouse avec un haussement d'épaules.

Avait-elle réellement déjà oublié les heures sans sommeil qu'elle avait passées à se demander où il était... ce qu'il faisait... et s'il allait revenir ou non ?

— J'ai invité Blake pour quelques jours. Il va m'aider à dresser Lucky. C'est le poulain le plus rapide que j'aie jamais eu.

— Quel superbe animal ! Je crois en effet qu'il a de l'avenir.

L'enthousiasme de la jeune femme ne manqua pas de surprendre Dominick.

— Tu t'y connais en chevaux ? s'étonna-t-il, les yeux écarquillés.

Un sifflement admiratif de Blake ne laissa pas à Anne le temps de répondre.

— Hé !... Qui est cette beauté ?

Dominick et Anne se retournèrent en même temps.

— C'est la cousine d'Anne, expliqua le marquis. Tu as sûrement entendu parler d'elle... Félicity Collins-Reed.

— La veuve de Harold Reed ? Mazette, elle est aussi jolie qu'on le dit !

Anne ne put s'empêcher d'épier le visage de Dominick qui regardait Blake en souriant.

— Pas de problème, Théo ! Si elle te plaît, je vais te la présenter et l'inviter à dîner. Pendant ce temps-là au moins, tu ne feras pas la cour à ma femme.

Ce n'était pas un hasard si Félicity réapparaissait le jour du retour de Dominick. Cette visite réveilla en Anne – bien malgré elle – colère et inquiétude. Elle pivota brusquement vers le poulain pour ne pas voir Dominick et Théodore partir au-devant de sa redoutable cousine.

— Tu es drôlement beau, dit-elle en s'adressant à l'animal qui l'écoutait, tête droite et oreilles dressées. Dis-moi, es-tu aussi coquin que tu en as l'air ?

Au même moment, un souffle chaud lui caressa la nuque. Elle tourna le visage. Dominick était revenu près d'elle, tandis qu'au loin Blake bavardait avec Félicity.

— Plutôt que de faire la conversation à mon cheval, il serait peut-être préférable que tu discutes avec moi ! As-tu réfléchi à ma proposition ?

Il lui faisait face dangereusement, la bloquant contre la barrière.

— Ta proposition ? Non... je n'y ai pas encore réfléchi.

Le beau mensonge ! Elle n'avait pensé qu'à cela pendant l'absence de Dominick.

Lorsque Anne descendit au salon, une demi-heure avant le dîner, toute la famille était déjà réunie. Près de la cheminée, un verre de sherry à la main, Dominick devisait amicalement avec Théo Blake et Félicity.

À grand renfort de mouvements amples et savamment orchestrés, Félicity frottait contre les jambes de Dominick le taffetas de sa jupe. Elle ne parlait pas, mais son regard en disait long. Elle paraissait littéralement boire les paroles de son ancien fiancé ! Sans en avoir l'air, elle se penchait vers lui de temps à autre, offrant une vue sur son profond décolleté.

Anne détourna le regard. De l'autre côté du salon, le duc de Rutherford était assis sur le sofa de soie or. Dès qu'elle reconnut l'homme qui se tenait près de lui, son cœur bondit de joie : c'était la première fois qu'elle revoyait Patrick depuis que Dominick l'avait mis à la porte. Elle s'approcha des deux hommes, le sourire aux lèvres. Après avoir poliment salué le duc, elle s'adressa à son cousin :

— Quelle surprise !

— C'en est une bonne au moins ? répliqua Patrick pour la taquiner. Félicity m'a demandé de lui servir de chaperon. Tu penses si j'ai sauté sur l'occasion !

— Ça fait une éternité que tu n'es pas resté dîner avec nous. Tu seras mon chevalier servant ce soir, veux-tu ?

— Bien sûr ! répondit Patrick en riant.

Il se leva et attrapa Anne par le bras.

Guettant Dominick du coin de l'œil, la jeune femme ne put réprimer un brin de satisfaction en constatant que ce geste n'avait pas échappé à son mari, qui affichait un air contrarié. Était-ce la réaction d'un homme amoureux ou simplement celle d'un mâle conquérant blessé dans son amour-propre ?

De son côté, Félicity poursuivait inlassablement son manège de séduction. Penchée vers Dominick, elle semblait lui murmurer des secrets à l'oreille, frôlait sa main et riait trop fort en le dévorant des yeux. Anne s'étonna de constater que ce spectacle la faisait souffrir plus qu'elle ne l'aurait voulu.

Le duc de Rutherford se leva à son tour et, prenant Anne par l'épaule, il l'attira à l'écart de Patrick.

— Votre émotion est bien trop visible, ma chère petite !

— Félicity est une rivale très jolie, répliqua Anne en retenant ses larmes. Moi, je n'intéresse pas Dominick.

— Ne croyez pas cela ! Il est profondément jaloux de votre amitié avec Patrick.

Cette remarque fit naître un espoir qu'Anna refoula aussitôt.

— C'est ce que j'ai cru aussi tout à l'heure, mais non... c'est une idée stupide.

— Cessez de vous dévaloriser ! Vous êtes magnifique, bien plus charmante que la frivole Félicity. Seigneur, vous me rappelez Janice, votre mère ! C'était une beauté ! Félicity, elle, ressemble à Edna, physiquement et moralement.

Le duc n'ajouta rien de plus, mais il n'était pas difficile de comprendre que cette dernière remarque n'était pas vraiment un compliment !

Anne ne savait plus que penser. Son regard croisa celui de Dominick et elle en éprouva un trouble profond.

— Je vais vous donner un conseil, reprit Rutherford. Oubliez Félicity, elle ne vous arrive pas à la cheville. Et... continuez à aiguiser la jalousie de votre mari !

— Vraiment ?

— Sans doute me trouvez-vous un peu direct, mais je n'ai plus de temps à perdre à mon âge.

— Vous savez bien que je n'aime pas vous entendre dire cela !

— Pourquoi ? Je n'ai pas peur de la mort, Anne. Je ne regrette rien, j'ai eu une belle vie, j'ai connu l'amour...

Le duc s'interrompit, les yeux dans le vague.

— J'aurais aimé connaître la duchesse Sarah, avoua Anne.

À cette remarque, le regard de Rutherford s'éclaira. L'évocation de ses souvenirs devait le rendre heureux.

— Sarah a été une femme merveilleuse, une bonne mère et une bonne épouse. Elle était d'une douceur et d'une générosité infinies.

— Elle ressemblait à ma mère, n'est-ce pas ?

— Terriblement ! Mais en même temps, je dois dire que votre mère était différente. Elle était plus vive, plus gaie. Elles s'adoraient toutes les deux. Sarah avait de grandes ambitions pour Janice. Elle espérait qu'elle ferait un beau mariage. Belle comme elle l'était, elle n'aurait eu que l'embarras du choix !

Anne resta un moment sans voix. Jamais le duc ne lui avait tenu un tel discours.

— Je ne savais pas... murmura-t-elle après quelques instants.

— Sarah a eu le cœur brisé quand Janice s'est enfuie, à dix-huit ans, laissant derrière elle un simple mot d'adieu. En Amérique, elle a rencontré votre père... Elle méritait mieux que la vie d'errance qu'il lui a fait mener.

— Mais... mon père l'aimait, protesta timidement Anne.

— Ce n'était pas difficile, tout le monde l'aimait ! soupira le duc.

Anne songea avec une pointe de tristesse à cette maman qu'elle n'avait pas connue. C'était réconfortant d'entendre parler d'elle en des termes si affectueux...

Enfin le pénible dîner prit fin.

Toute la soirée, Félicity avait fait les yeux doux à Dominick, apparemment insensible aux avances du pauvre Théo Blake. Maintenant, tout le monde était dans le hall d'entrée pour les adieux, à l'exception de Clarisse qui avait demandé au duc la permission de se retirer un peu plus tôt en disant qu'elle était lasse.

Comme les conversations s'éternisaient, Rutherford fut le premier à s'en retourner vers ses appartements. Par la porte entrouverte de la chambre de Clarisse, il aperçut en passant sa belle-fille assise au bord du lit, penchée en avant comme si elle était malade. Bien que cela ne fût pas dans ses habitudes, il frappa et poussa la porte.

— Excusez-moi... Quelque chose ne va pas, Clarisse ?

Celle-ci sursauta et se redressa, le visage blême. L'espace d'un instant, le duc la crut vraiment proche du malaise, jusqu'à ce qu'il réalise qu'elle était en train de lire. Il reconnut aussitôt le journal intime de Philip.

— Je l'ai emprunté, fit vivement Clarisse, sans laisser le temps à son beau-père de la questionner.

— Dois-je plutôt comprendre que vous l'avez pris sans permission ?

Le duc pénétra dans la chambre. Clarisse brandit le journal dans sa direction en criant :

— On dirait que vous vous fichez pas mal de ce que Philip a pu écrire là-dedans !

Certes, Clarisse n'aimait pas son beau-père, mais elle avait toujours su donner le change. Pour la première fois de sa vie, sa haine éclatait au grand jour.

— Vous dites n'importe quoi. Cela me préoccupe autant que vous, répliqua Rutherford.

— Philip savait la vérité ! Il ne me l'a jamais clairement dit, mais j'en suis sûre. Voilà pourquoi il détestait sa famille… et vous par-dessus tout !

— Je sais ! déclara simplement le duc qui gardait un visage impassible. Maintenant, vous allez rendre ce journal à son propriétaire. Il appartient à Dominick.

Cette injonction acheva de mettre Clarisse hors d'elle.

— Vous êtes complètement fou ! hurla-t-elle. Vous voulez que lui aussi apprenne la vérité ? Vous délirez !

Une telle véhémence parut ébranler le duc. Il hésita un moment. Peut-être valait-il mieux, en effet, ne pas remuer la boue. Comme il se taisait, Clarisse poursuivit :

— Philip s'est vengé. C'était un homme amer, froid et haineux.

— Rapportez le journal à Dominick, répéta le duc qui semblait avoir retrouvé sa détermination.

— Non, il faut le brûler.

— Allez rendre ce journal à Dominick. C'est un ordre, m'entendez-vous ? lança-t-il en martelant ses mots, puis il tourna les talons et sortit.

Clarisse fondit en larmes. Elle le détestait tellement ! Pourtant, elle devait se soumettre. Désobéir à cet homme omnipotent, c'était jouer avec le feu.

Un jour, elle aurait la revanche qu'elle attendait depuis tant d'années !

Anne remonta vers sa chambre, pas mécontente de ne plus avoir à supporter les œillades déplacées de Félicity en direction de Dominick.

Arrivée sur le palier, elle sentit une présence derrière elle. Un vague pressentiment l'encouragea à presser le pas et à refermer rapidement la porte. Mais à la dernière seconde, un pied dans l'entrebâillement l'en empêcha. C'était Dominick.

— Laisse-moi entrer, Anne. Il faut que je te parle.

La respiration de la jeune femme se fit brusquement plus difficile. Les idées défilèrent à toute vitesse dans sa tête. Cet homme sans scrupules allait l'embrasser... elle ne résisterait pas à la chaleur de son corps... elle se laisserait basculer sur le lit... encore et encore, il ferait d'elle ce qu'il voudrait...

— Non, va-t'en ! dit-elle d'une voix aussi affolée que si un bandit de grand chemin essayait de s'introduire de force dans sa chambre.

— N'aie pas peur ! répliqua Dominick, secrètement amusé par ses craintes. Je veux simplement que nous poursuivions notre conversation.

— Quelle conversation ?

— As-tu déjà oublié la proposition que je t'ai faite ? Tu ne m'as toujours pas répondu.

À quoi bon continuer à feindre l'ignorance ? Anne ouvrit la porte et ressortit sur le palier.

— Puisque nous devons simplement parler, cela peut se faire ici. Il n'est pas utile d'entrer dans ma chambre.

— Quelle pudeur ! s'esclaffa Dominick. Alors, ta réponse... c'est oui ou non ?

— Ta proposition n'est pas convenable.

— Tu ne trouves pas convenable qu'un mari demande à sa femme de partir huit jours avec lui ?

— Non pas cela, mais… ce que tu exigeras de moi ! balbutia-t-elle gênée. Je n'ai aucune confiance en toi.

— Je ne te toucherai que si tu es consentante, promis !

Le regard impudique de Dominick la fit rougir jusqu'aux oreilles.

— Tu sais trop bien y faire.

— Dois-je prendre cela comme un compliment ?

Décidément, rien ne pouvait jamais perturber cet homme ! Furieuse, Anne posa la main sur la poignée de la porte, mais il l'empêcha d'ouvrir.

— Alors, je veux une réponse claire, lui chuchota-t-il d'une voix profonde au creux de l'oreille.

Anne avait l'impression de se débattre au milieu de violents tourbillons contraires. Elle aurait bien aimé repousser cette offre indécente, mais les mots ne lui venaient pas.

— Je veux que tu quittes Waverly, réussit-elle à dire enfin.

— C'est bien dommage, parce que moi, je n'ai pas du tout envie de partir !

Sans prévenir, Dominick l'attrapa par la taille, la serra brusquement contre lui et l'embrassa avec passion. Avant qu'Anne ait pu émettre la moindre protestation, elle se retrouva prisonnière entre la porte fermée et le corps de Dominick plaqué contre elle.

Progressivement, son mari se fit plus tendre. Il s'amusait à lui mordiller la bouche et passait doucement la langue sur ses lèvres. Au bout d'un moment, il recula de quelques centimètres, la laissant haletante.

— Est-ce que Patrick t'a déjà embrassée comme ça ?

— Patrick ? répéta Anne, éberluée.

— Oui, Patrick ! Tu sais bien, l'homme avec qui tu as flirté toute la soirée pour me rendre jaloux !

Anne, qui avait suivi les conseils du duc de Rutherford, s'était effectivement montrée charmante avec son cousin. Mais elle imaginait que Dominick n'avait rien remarqué ! Son cœur se mit à battre la chamade. Elle entrouvrit la bouche, mais ne réussit pas à prononcer la moindre parole.

— Ne recommence plus. C'est très dangereux de me provoquer de la sorte, déclara-t-il, une lueur menaçante dans les yeux.

Puis il lâcha Anne qui le regarda, bouche bée, s'éloigner dans le corridor. Elle se sentait faible comme si ses jambes ne voulaient plus la soutenir. Seigneur ! S'il avait insisté un peu plus...

Elle s'engouffra dans sa chambre, claqua la porte derrière elle et s'adossa au mur sans bouger pendant quelques minutes. La pièce était faiblement éclairée par l'unique lampe à pétrole qu'avait allumée la femme de chambre.

Un jour ou l'autre, elle céderait de nouveau à son mari. Au jeu de la séduction, ce serait toujours lui le vainqueur !

L'idée de vivre en tête à tête avec lui pendant une semaine effrayait et fascinait Anne tout à la fois. L'image du corps de Dominick s'imposa à son esprit... Elle avait besoin de repos !

Elle s'avança vers le lit. Alors, son sang se glaça.

En plein milieu de l'oreiller blanc, quelqu'un avait déposé une rose calcinée...

12

Félicity était consternée. Dominick venait de monter pour rejoindre Anne, partie se coucher. Allait-il redescendre ou passer la nuit avec elle ?

Vexée de se retrouver ainsi plantée dans le hall, Félicity regrettait déjà les trésors d'ingéniosité qu'elle avait déployés pendant tout le dîner pour essayer de séduire le marquis.

Pour des raisons toutes différentes, Blake aussi commençait à s'énerver. Il n'avait pas l'habitude que l'on opposât autant de résistance à ses avances. Il se pencha vers la jeune femme et lui proposa à voix basse :

— Que diriez-vous d'aller faire un petit tour dans le parc avant de nous quitter ?

— Non, merci. Patrick m'attend pour me ramener à la maison, répliqua-t-elle d'une voix qui ne cachait pas son agacement.

Blake serra les mâchoires. Il n'était pas du genre à abandonner si facilement !

— Pas du tout ! Regardez-le, il est reparti prendre un brandy au salon.

Félicity se retourna. Par la grande porte du salon dont les battants étaient largement ouverts, elle aperçut Patrick qui sirotait en effet un dernier verre, installé sur le canapé.

— Ça ne change rien, j'ai sommeil et je veux rentrer chez moi.

— C'est étonnant comme la fatigue vous prend d'un coup, ironisa Blake. Vous sembliez en pleine forme jusqu'à ce que Dominick monte retrouver sa femme !

Des éclairs d'acier traversèrent le regard de Félicity.

— C'est exact. Je n'étais pas fatiguée tout à l'heure, mais je le suis maintenant.

Blake ricana discrètement, mais suffisamment fort pour être entendu de Félicity. Puis, comme si l'opinion de la jeune femme était le cadet de ses soucis, il cria en direction de Patrick :

— Hé ! J'emmène votre sœur se promener un petit moment !

— D'accord, je vous attends ici, répliqua Patrick, d'autant moins contrariant qu'il avait envie de déguster tranquillement son brandy.

— Vous alors, vous êtes incroyable ! s'exclama Félicity.

— C'est vous qui me poussez à insister. Vous êtes trop belle.

— Vous ne m'intéressez pas du tout, Lord Blake, affirma-t-elle en relevant le menton d'une manière hautaine.

— Cela reste à voir !

À la fois blessé d'être éconduit et stimulé par l'échec, Blake attrapa la jeune femme par le coude et l'entraîna derrière lui. Sans tenir compte de son indignation, il la força à dévaler les marches du perron.

— Lâchez-moi ! Allez-vous me laisser tranquille, enfin ! Quel toupet !

Lorsqu'il fut sûr que la brume empêchait quiconque de les apercevoir, il la relâcha.

— Ne vous a-t-on jamais dit qu'il était mal élevé qu'une femme fasse les premiers pas, avec un homme marié comme Dominick de surcroît ?

Félicity se mit à rire et, tournant le dos à Blake, se dirigea vers le manoir. Elle n'eut guère le temps d'aller bien loin. Théo la rattrapa aussitôt, comme on retient une gamine intrépide qui s'apprête à faire une bêtise.

Sans la moindre gêne, il la serra contre lui en écrasant sa crinoline.

— Puisque mes manières civilisées n'ont pas l'heur de vous plaire, vous m'obligez à avoir recours à des techniques plus frustes !

Sur ce, il étouffa les protestations de Félicity en posant sa bouche contre la sienne.

Elle se débattit, mais la poigne de fer de Blake la fit vite renoncer à s'épuiser en vain. En quelques secondes, elle céda sous ses lèvres exigeantes et le laissa prendre possession de sa bouche.

Profitant de cette soumission rapide, Blake glissa une main dans son décolleté et, du bout du pouce, lui caressa un sein. Elle poussa un petit cri et s'accrocha à lui.

Blake releva alors la tête et demanda, un sourire narquois au coin des lèvres :

— Et comme ça… je vous intéresse davantage ?

Furieuse, Félicity le gifla violemment.

Dominick n'avait pas sommeil. Une chandelle à la main, il se dirigea vers la bibliothèque.

Un calme profond s'était abattu sur le manoir et, au-dehors, les ombres de la nuit étendaient leurs tentacules. Chacun était dans sa chambre. Félicity et Patrick venaient de quitter Waverly.

Dans la bibliothèque, le marquis posa son bougeoir et alluma une lampe. Puis il se versa un whisky et alla s'asseoir devant la cheminée où quelques bûches se consumaient. Même en plein été, un petit feu était souvent le bienvenu, en raison de la fraîcheur des nuits. La flamme vacillante de la lampe à pétrole enveloppait la pièce d'une jolie lueur orangée et dessinait sur les murs d'étranges chimères.

— Dominick ?

La voix de Clarisse le surprit tellement qu'il manqua de renverser son verre.

— Mère, vous m'avez fait peur ! Je ne vous ai pas entendue venir.

Vêtue d'une longue robe d'intérieur de soie blanche, elle s'avança vers lui. Un sourire, si bref qu'il paraissait peu naturel, éclaira son visage.

— J'espère que tu ne m'en voudras pas. Je t'ai emprunté ça pour le lire, dit-elle en lui tendant un volume à la reliure de cuir rouge.

Immédiatement, Dominick reconnut le journal intime de Philip qu'il avait cherché partout.

— Je ne savais plus où je l'avais mis.

La vérité était tout autre mais, par respect pour Clarisse, il préférait la taire. Il se souvenait parfaitement de l'avoir posé sur sa table de chevet et se demandait bien qui avait eu l'audace de s'en emparer. Mentalement, il avait passé en revue tous les domestiques, les soupçonnant les uns après les autres, mais jamais l'idée que sa mère pût être la coupable ne lui avait effleuré l'esprit.

— J'aurais dû te demander l'autorisation, n'est-ce pas ?

— Cela n'a aucune importance. Vous avez tout à fait le droit de le lire aussi… Est-ce intéressant ?

— Non. Pas particulièrement. Pas très intéressant… Bonne nuit ! conclut-elle précipitamment.

Dès que sa mère eut quitté la bibliothèque, Dominick avala d'un trait son whisky. La chaleur de l'alcool dans sa gorge le réconforta… et il en avait bien besoin.

Il regarda l'épais volume posé sur la table, n'osant pas l'ouvrir. Son père allait-il enfin se révéler à lui ? Une petite voix intérieure lui soufflait de le lire, mais en même temps, il avait le sentiment que cet acte ressemblerait à un sacrilège. Finalement, il décida d'en lire une page au hasard, comme s'il préférait laisser au destin la responsabilité de ce qui allait arriver. Coïncidence troublante, la page commençait par « *Mon fils…* ».

Mon fils est passé nous voir sans daigner nous avertir au préalable. Comme d'habitude ! J'aurais préféré ne pas le voir. Devant lui, Clarisse et moi devons jouer nos rôles. Je la hais tellement, pourtant ! Une fois de plus, je maudis Rutherford. Si seulement cette comédie pouvait cesser…

Dominick referma violemment le journal. Ces quelques lignes avaient suffi à provoquer en lui un choc auquel il ne s'attendait pas.

Il découvrait d'un coup que Philip n'aimait ni son fils, ni sa femme, ni son père ! Seul un monstre pouvait détester tout son entourage !

Pourquoi ses parents devaient-ils mentir en sa présence ? Quel honteux secret cachait ce mot de « comédie » ?

Soudain ses repères basculaient, le sol se dérobait sous ses pieds. La grosse horloge à balancier égrena les douze coups de minuit qui résonnèrent d'une manière lugubre.

Dominick s'adossa sur le canapé et ferma les yeux, le temps de retrouver la force de prendre une décision. Enfin, après plusieurs longues minutes, il ouvrit la première page du journal. Son courage était revenu. Il fallait regarder la réalité en face, que diable !

Son cœur se serra aussitôt : le journal commençait le jour de sa naissance…

11 février 1828

J'ai peur. Les douleurs de l'accouchement ont commencé depuis dix heures. Clarisse souffre beaucoup. Je me sens impuissant et désemparé. Heureusement que mon père est là. Comme toujours, il est le rocher sur lequel je peux m'appuyer dans les moments difficiles. Mais je sais bien qu'il se fait autant de souci que moi.

Dominick releva les yeux. Qu'est-ce qui, en un peu moins de trente ans, avait pu faire passer Philip de la tendresse à la haine ?

La suite était écrite d'une autre couleur d'encre, ce qui prouvait que Philip s'était interrompu.

J'ai un fils. Je suis fou de joie. Merci mon Dieu.

Dominick se leva, incapable pour l'instant de poursuivre la lecture. Quelque chose n'allait pas ! Un grain de sable s'était glissé dans l'engrenage. Quand ? Pourquoi ?

Comment le mari amoureux qui avait écrit ces lignes et l'odieux personnage qui avait déshérité son épouse pouvaient-ils n'être qu'un seul et même homme ? C'était totalement invraisemblable.

Était-il vraiment utile de continuer la lecture ? De toute façon, on ne pouvait plus rien changer au passé, et Dominick *devait* savoir. Il se cala à nouveau dans le canapé et poursuivit.

15 décembre 1830

J'ai trouvé la preuve que je cherchais. J'ai tout fouillé, mais j'y suis arrivé. Toutes les lettres étaient cachées dans un tiroir secret et fermé à clé du secrétaire. Je sais maintenant que Clarisse m'a trahi. Que cette vipère aille au diable ! Et lui avec elle !

Comme j'ai été naïf ! J'aurais dû me méfier dès que j'ai eu des soupçons, peu après la naissance de Dominick et même avant. Je ne leur pardonnerai JAMAIS ! Ils m'ont trompé, souillé au-delà de ce qui est supportable.

Je me sens détruit. À quoi bon vivre encore ? Si j'en avais le courage, je me tirerais une balle dans la tête après les avoir tués tous les deux. Mais je ne suis qu'un pauvre lâche, un misérable.

Je vais m'enfuir en Inde. Peut-être ne reviendrai-je jamais…

Le jour naissait doucement. À l'est, quelques traînées roses ridaient déjà le ciel à cette heure indécise.

Dominick s'étira. Après plusieurs heures de lecture, la fatigue lui picotait les yeux. Il avait dévoré d'un trait le journal de son père, qu'il avait presque terminé.

Philip ne s'était pas suicidé. Pas plus qu'il n'avait tué Clarisse et son amant. Il était revenu des Indes pour repartir aussitôt dans les Balkans. En fait, après 1830, il n'avait cessé de voyager.

Pour Dominick, un coin du voile se levait, sans pour autant révéler l'essentiel du mystère. Ce qu'il pressentait lui causait une douleur bien plus profonde que toutes celles qu'il avait jamais connues.

Philip n'était peut-être pas son père…

Dominick avait de bonnes raisons de le croire, même si le texte du journal ne l'affirmait pas clairement, même si l'identité de l'amant de Clarisse n'était pas révélée. Bien sûr, Philip ne précisait pas non plus la date de la trahison de Clarisse. Avait-elle eu lieu avant ou après sa naissance ?

Dans ce dramatique imbroglio, une seule chose était certaine : c'était bien l'infidélité de Clarisse qui avait fait de son père un homme haineux. Dans ce cas, pourquoi Philip détestait-il autant son fils ? C'était écœurant de vouloir faire payer à un enfant les crimes de sa mère.

Dominick se sentait aussi bouleversé que s'il avait tout à coup perdu son identité. Ces révélations le rendaient malade. Physiquement malade. Lui donnaient presque la nausée.

Et s'il n'était pas un Saint Georges, après tout ?... Cette idée le fit frissonner et il sentit une sueur glacée lui couler dans le dos. Non... c'était une pensée stupide qu'il fallait vite chasser. Comment imaginer que son grand-père veuille faire d'un bâtard l'héritier du duché de Rutherford ? Et que dire de sa ressemblance familiale, de ses cheveux bruns aux reflets cuivrés si caractéristiques des Saint Georges ? Non...

Au bord de l'épuisement, il restait à demi allongé sur le canapé de la bibliothèque, n'ayant même plus la force de regagner sa chambre. Il aurait peut-être aimé aller trouver sa mère pour avoir une explication, mais il n'était même plus sûr de vouloir connaître la vérité. Et puis, que dire à Clarisse ? « Excusez-moi, mère, j'aimerais savoir si vous avez trompé Philip avant ou après ma naissance » ? C'était inconcevable !

Si Philip n'était pas son père, si Rutherford n'était pas son grand-père... alors, Waverly Hall n'avait aucune raison de lui revenir.

S'il n'était pas le fils de Philip, il ne pouvait hériter de ses titres de marquis de Waverly, comte de Campton et Highlow, et baron de Feldstone.

S'il n'était pas Dominick Saint Georges, sa vie n'était qu'une imposture. Une mystification monumentale.

13

Malgré son embonpoint, rien n'aurait pu pousser Edna Collins à renoncer à ses copieux petits déjeuners.

Assise à la table ovale de la salle à manger en compagnie de son fils Patrick, elle s'apprêtait à attaquer son assiette débordant de bacon, d'œufs, de tomates et de saucisses, lorsque Félicity entra dans la pièce, la démarche sautillante et l'air tout guilleret.

— Bonjour tout le monde ! claironna la jeune femme d'une voix joyeuse.

Elle était vêtue d'un léger déshabillé de satin bleu lavande et portait des petites mules assorties. Elle se pencha pour embrasser sa mère. Patrick, lui, n'eut droit qu'à une tape affectueuse dans le dos.

S'asseyant à côté de son frère, elle le regarda avec un air charmeur qu'il connaissait bien.

— Toi... je parierais que tu as un service à me demander, dit-il en riant. Attends, laisse-moi deviner ! Tu vas me prier de t'accompagner à Waverly... Je me trompe ?

— Bien vu !

— Si tu es à l'heure, je ne vois aucun inconvénient à t'emmener avec moi. Mais attention, je pars d'ici à neuf heures trente précises.

— Je serai prête ! J'ai déjà demandé à ma femme de chambre de préparer ma robe.

Félicity attrapa un gâteau dont elle se contenta de picorer quelques miettes. Autant la mère avait de l'appétit, autant la fille mangeait comme un oiseau !

— Qu'est-ce que tu mijotes ? questionna Edna de sa voix autoritaire.

— Je suis assez grande pour savoir ce que je fais, maman. Je suis une femme libre et indépendante. Dominick a besoin de réconfort après la mort de son père, pourquoi n'irais-je pas le consoler ?

Edna devint violette et faillit s'étrangler.

— Est-ce là l'éducation que je t'ai donnée ? Où as-tu appris que tu devais consoler les hommes mariés ?

Félicity ne se laissa pas impressionner par les cris de sa mère. D'un ton calme et ferme, elle rétorqua :

— Arrêtez, maman ! Je ne suis plus une oie blanche. Personne n'a le droit de me dicter ma conduite.

— Ton prochain mari aura intérêt à te tenir en laisse, ma fille ! Je serais bien étonnée que tu trouves un seul homme pour tolérer de telles incartades.

Félicity se leva et poussa un profond bâillement d'ennui qui acheva de scandaliser sa mère.

— Qui vous a dit que j'allais me remarier ? Je suis riche, jeune et belle, et j'ai bien l'intention d'en profiter. Il faudrait que je sois la dernière des idiotes pour me remettre un fil à la patte.

Edna était tellement outrée qu'elle ne trouva rien à répondre. Patrick gardait un visage impassible, les yeux baissés sur sa tasse de thé. Comme toujours en pareil cas, il évitait d'intervenir pour ne pas contrarier sa mère davantage.

Sur le point de quitter la salle à manger, Félicity se retourna et ajouta :

— Ne vous inquiétez pas, maman, je saurai être discrète. Et puis… il y a quatre ans, j'ai promis à Anne de me venger. L'auriez-vous déjà oublié ?

Anne venait d'avaler la dernière bouchée de sa tranche de cake quand Dominick arriva pour prendre son petit déjeuner. Il était tout juste huit heures. Le domaine de Waverly s'éveillait sous les premiers feux du soleil.

— Bonjour, Anne. Déjà là !

— Oui, j'ai une foule de choses à faire, dit-elle en se levant sans accorder le moindre regard à son mari. Où est Blake ?

— Qu'est-ce que ça peut bien te faire ? Il dort encore, je suppose. Mais… pourquoi es-tu si pressée ? demanda-t-il en la retenant par la manche.

— J'ai rendez-vous avec Charles Todd à huit heures et quart. Il vient pour la poulinière qui est sur le point de mettre bas.

— Et c'est pour soigner la jument que tu as revêtu une tenue de cavalière ? s'étonna Dominick qui soupçonnait son épouse de lui taire une partie de la vérité.

Gênée, la jeune femme hésita.

— Je dois aller faire une promenade à cheval avec Patrick à dix heures. Nous avons décidé cela hier soir au cours du dîner.

L'air aimable du marquis disparut en une seconde. Son sourire s'effaça pour laisser place à une moue pincée.

— Puisque tu as su prendre cette décision, tu sauras aussi l'annuler !

— Pourquoi t'obstines-tu à m'interdire de voir Patrick ?

— Parce que je ne veux pas que la conduite de ma femme soit l'objet des bavardages de toute la bonne société.

— J'aurais apprécié que tu aies le même souci quand on jasait sur mon compte à cause de toi, rétorqua Anne sans se démonter.

Dominick sentit que la situation se retournait contre lui.

— Bien envoyé ! admit-il, bon joueur. Il y a quatre ans, je n'avais pas les mêmes préoccupations, je l'avoue. À l'époque, je n'étais pas jaloux.

Jaloux... Ce mot fit tressaillir la jeune femme. Elle ouvrit légèrement la bouche, mais ne put prononcer la moindre parole.

— Écoute-moi bien, reprit Dominick. Si tu n'annonces pas toi-même à Patrick que votre rendez-vous est annulé, alors c'est moi qui m'en chargerai. À toi de choisir !

Sur ce, il marcha vers la fenêtre et tourna le dos à son épouse, manière peu courtoise de lui signifier que sa décision était prise et qu'il n'y avait pas à y revenir. Mais Anne n'aimait pas qu'on lui donnât des ordres, ou plutôt... que son mari lui donnât des ordres ! Elle s'approcha et lui tapota l'épaule. Dominick fit volte-face.

— Il est des circonstances où un peu de douceur n'est pas inutile, apprends-le ! lança-t-elle. Tu ferais bien de méditer ce vieux proverbe qui prétend qu'on prend plus de mouches avec du miel qu'avec du vinaigre.

Pas mécontente d'avoir pu rembarrer Dominick et sans lui laisser le temps de répondre, Anne fit demi-tour et quitta la pièce.

Après une longue auscultation, Charles Todd rassura la marquise. La belle jument aubère au ventre arrondi était fatiguée, mais elle se portait bien.

Une heure plus tard, dès qu'Anne fut certaine que la naissance du poulain se déroulerait normalement, elle sortit de la grange. La matinée était belle, douce et lumineuse. C'était une de ces délicieuses journées d'été où les rayons de soleil filtrent à travers les feuillées pour illuminer le velours des mousses. Anne respira l'air tiède et parfumé du parc. Elle se sentait bien.

D'un regard elle embrassa les jardins, si beaux à cette période de l'année. Une symphonie de couleurs cascadait sur les arches de la roseraie. Ce spectacle, qui un autre jour l'aurait comblée de bonheur, réveilla le souvenir de la rose calcinée qu'elle avait trouvée la veille dans sa chambre. Un petit tremblement désagréable la parcourut. Quel message véhiculait ce présent de mauvais goût ? Et surtout… qui en était l'auteur ? Essayant de se persuader qu'il ne s'agissait que d'une farce stupide, elle chassa ses inquiétudes.

Elle avait ordonné à Willie, le palefrenier, de seller Ouragan et déjà, elle se réjouissait de la belle promenade qu'elle allait faire avec lui. La vue de Dominick qui l'attendait à l'écurie lui gâcha son plaisir. Il finissait de sangler son cheval, s'apprêtant visiblement à accompagner Anne.

— Je n'ai pas besoin de chaperon, annonça-t-elle avec un air contrarié.

— J'ai pourtant cru comprendre que la compagnie de Patrick ne t'aurait pas déplu, remarqua Dominick, la mine tranquille et presque indifférente.

Cependant, les traits contractés de son visage, son sourire figé et la lueur de son regard démentaient ce calme apparent.

— Je veux bien me promener avec Patrick, mais pas avec toi.

On ne pouvait être plus direct ! Dominick serra les mâchoires pour ne pas répondre à la provocation.

— Anne, je ne veux pas me disputer avec toi. Au contraire ! La journée est superbe, pourquoi ne pas chevaucher ensemble à travers la campagne ? Ce serait tellement agréable...

Anne n'eut pas le loisir de répliquer car Patrick venait d'apparaître. Derrière lui marchait... Félicity. Encore ! Comme d'habitude, elle portait une robe à la couleur criarde, d'un vert tirant sur le jaune.

— C'est toi ou moi qui préviens Patrick ? chuchota Dominick.

Anne ne daigna pas répondre et laissa les Collins s'avancer vers eux. Patrick arriva devant Anne, un large sourire aux lèvres, mais il se rembrunit en voyant la mine contrite qu'elle affichait.

— J'ai bien peur de ne pouvoir me promener avec toi ce matin comme je te l'ai promis, avoua-t-elle.

— Et pourquoi ? Que se passe-t-il ?

— Il se passe que ma femme se promène avec moi, intervint sèchement le marquis.

Patrick et Dominick échangèrent un regard glacial.

— Oh, Dominick ! J'espérais que vous me montreriez vos écuries ! s'écria Félicity d'une voix plaintive. Vous me l'aviez promis !

— Je suis désolé, mais ce n'est vraiment pas possible. Comme vous le voyez, je suis sur le point de partir avec Anne.

— Dois-je attendre votre retour ?

Cette fois, Félicity exagérait vraiment. Tant de pugnacité confinait à la grossièreté ! Grossièreté pour grossièreté, Anne lui tourna le dos brutalement et se mit en selle sans l'aide de quiconque.

— Attends-moi, Anne ! cria Dominick en sautant à son tour sur son cheval.

Immédiatement, Anne sentit qu'Ouragan n'était pas dans son état normal. Il piaffait et s'agitait nerveusement en hennissant sans raison. Mais la jeune femme voulait avant tout s'éloigner de Dominick. D'une pression légère des mollets, elle commanda à son cheval de se mettre en route. Elle aurait tout loisir de s'arrêter plus tard dans un champ si cela s'avérait nécessaire.

Aussitôt Ouragan s'élança, mais après quelques foulées il partit dans une série de brusques ruades. Anne ne réussit à rester en selle que grâce à son assiette particulièrement remarquable. Depuis des années qu'elle montait Ouragan, jamais il n'avait eu un tel comportement. De caractère plutôt paisible, il obéissait en général docilement aux ordres.

— Tout doux, Ouragan, tout doux ! l'encourageait Anne en lui flattant l'encolure.

Mais sa voix n'eut aucun effet apaisant sur l'animal qui, sans avertir, se mit à bondir dans un galop effréné.

Plus Anne lui criait d'arrêter, plus le cheval accélérait la cadence. Elle tenta vainement de le ralentir en tirant sur les rênes puis, voyant qu'Ouragan ne voulait rien entendre, elle relâcha la pression. Il ne lui restait plus qu'à attendre que le cheval daignât se calmer de lui-même.

Une telle vitesse était totalement incompatible avec la monte en amazone. Anne regretta de n'être pas à califourchon, comme elle se le permettait lorsqu'elle était seule. C'était peut-être une attitude plus masculine, mais en l'occurrence, elle lui aurait permis de garder un meilleur équilibre.

Elle paniqua vraiment quand elle réalisa qu'Ouragan était devenu fou. Cramponnée au pommeau de la selle et à la crinière, elle tentait d'éviter la chute qui serait probablement mortelle à cette allure.

Elle entendit Dominick l'appeler. Sans doute essayait-il de la suivre. Elle n'osa pas se retourner, de crainte de basculer.

Pour une raison inconnue, Ouragan vira soudain à angle droit, se précipitant vers un muret de pierre d'un mètre de haut. À vitesse normale et bien positionnée, Anne n'aurait pas craint de passer un tel obstacle. Mais au galop, le corps de travers, il y avait de quoi se briser les reins.

Elle entendit encore les cris de Dominick. Il avait dû gagner du terrain et se rapprocher un peu.

Devant le mur, Ouragan pila brutalement. Il arrondit le dos et sauta plusieurs fois, dans le but évident de mettre à terre sa cavalière. En quelques secondes, Anne tomba violemment, la tête la première.

Ouvrant les yeux, elle vit se rapprocher au-dessus d'elle les lourds sabots d'Ouragan. Il allait la piétiner... elle allait mourir... Un poids énorme oppressa sa poitrine. Une douleur fulgurante la déchira...

Elle resta inerte sur le sol.

Dominick transporta Anne dans ses bras à travers les pâturages jusqu'au manoir. Il tenait dans une main les rênes de son cheval qui suivait au pas. Ouragan avait poursuivi sa course folle et disparu.

Patrick arriva en courant à leur rencontre.

— Mon Dieu, comment va-t-elle ?

— Elle a reçu un coup sur le crâne et elle a peut-être aussi les côtes enfoncées.

Anne entrouvrit les yeux. Son visage était collé à la poitrine de Dominick et elle s'agrippait à sa veste de laine. Elle essaya de sourire, mais n'y parvint pas.

— Je vais bien, murmura-t-elle d'une voix presque inaudible. Je crois que je n'ai rien de cassé.

Dominick accéléra le pas, laissant Patrick en arrière. Au manoir, la nouvelle de l'accident s'était répandue comme une traînée de poudre. Les garçons d'écurie étaient tous sortis et regardaient, l'air affolé, la marquise dans les bras de son mari.

— Mon Dieu, mon Dieu ! Lady Anne !... Dois-je aller chercher un médecin ? demanda Willie.

— Faites vite, ordonna Dominick.

À cet instant, le duc de Rutherford et Blake se précipitèrent sur le perron. Dominick leur relata ce qui s'était passé.

— Je n'ai rien, chuchota Anne d'un ton qu'elle souhaitait rassurant, mais il était clair qu'elle-même ne croyait pas à ce qu'elle disait.

Sa poitrine lui faisait terriblement mal.

— Je vais faire abattre Ouragan, lui dit Dominick.

— Oh non, je t'en prie. (Elle sembla retrouver un peu de vitalité.) C'est un bon cheval. Je ne sais pas ce qu'il a eu, il est si gentil d'habitude !

— D'accord, mais tu ne le monteras plus jamais. Tu te rends compte, tu aurais pu mourir, Anne !

La jeune femme ne se sentait pas de taille à discuter. Elle était si lasse qu'elle s'abandonna dans les bras de Dominick.

En entrant dans le manoir, elle entrevit le visage inquiet de Clarisse puis, derrière elle, celui de Félicity.

— Oh, quelle catastrophe ! s'exclama sa chère cousine d'une voix tellement fausse que c'en était choquant.

— Je vais faire monter du coton et des compresses dans la chambre de madame la marquise, déclara Bennett, encore plus pâle que la blessée.

— Voulez-vous que je vous apporte du thé ? demanda à son tour Mme Riley, la gouvernante, qui arrivait tout essoufflée.

— Oui, et un peu de brandy pendant que vous y êtes, répliqua le marquis. Blake, peux-tu raccompagner les Collins ?

— Bien sûr, acquiesça le jeune homme.

Dans la chambre, Dominick posa Anne sur le lit aussi doucement que possible, comme si elle pouvait se casser en morceaux. Il avait eu si peur qu'il n'en était pas encore remis. Il se pencha sur elle et, délicatement, commença à lui enlever sa veste. Anne ne put réprimer une légère grimace en sortant son bras droit de la manche. Puis il déboutonna son chemisier et délaça son corset.

— Où est Belle ? demanda Anne en réalisant que son mari était en train de la déshabiller.

Cette question n'empêcha nullement Dominick de poursuivre ce qu'il avait entrepris.

— Je suppose qu'elle va monter d'un moment à l'autre, répliqua-t-il.

Lorsqu'il souleva sa petite chemise de soie, Anne observa son mari, gênée. Apparemment, il n'y avait aucune arrière-pensée dans son esprit à cet instant précis. Il paraissait soucieux, concentré, et fronçait les sourcils. D'une pression de la paume qui s'apparentait à une caresse, il tâta ses côtes endolories.

— Ça fait mal ?

— Oui, ouille !

— C'est une belle ecchymose, mais ç'aurait pu être pire, conclut-il avec un soupir de soulagement.

Il se leva et fit quelques pas rapides dans la chambre, comme pour se défouler. Puis, sans doute un peu apaisé, il revint s'asseoir près d'elle et ils échangèrent un long regard en silence. La tendresse de Dominick était si inattendue que quelques larmes montèrent aux yeux de la jeune femme.

— Dire que tu aurais pu te tuer ! Il faut que je sache ce qui s'est passé.

Au ton de sa voix, il était évident qu'il était sincèrement bouleversé.

Après avoir longtemps cherché Ouragan dans la campagne, on l'avait retrouvé et ramené sans difficulté à l'écurie. Le cheval épuisé s'était laissé faire sans broncher.

Il était maintenant solidement attaché à un anneau, précaution inutile compte tenu de l'état d'abattement dans lequel il se trouvait. Sa tête pendait lamentablement, ses naseaux étaient dilatés et ses paupières à demi fermées. Une sueur blanchâtre recouvrait ses flancs qui se soulevaient au rythme de sa respiration irrégulière.

Dominick s'approcha et lui caressa le museau.

— Alors, mon vieux, qu'est-ce qui t'est arrivé ?

Ouragan ouvrit une paupière, puis se remit à somnoler.

Willie entra dans le box, un seau d'eau et des éponges à la main.

— D'après vous, que s'est-il passé ? lui demanda Dominick.

— Je ne sais pas, milord, Ouragan est tellement obéissant d'ordinaire. Il est blessé, il s'est froissé un tendon, précisa le palefrenier en montrant l'antérieur droit tout gonflé.

Du bout des doigts, Dominick se mit à caresser l'encolure d'Ouragan, tâtant chaque centimètre de peau jusque sous la crinière, avec lenteur et méthode, comme s'il cherchait quelque chose. Il recommença la même exploration de l'autre côté. Tout pâle, Willie le regardait faire. Il avait déjà compris. Soudain, les doigts de Dominick s'immobilisèrent.

— Qu'avez-vous trouvé ? questionna le palefrenier, inquiet.

— Ce que je cherchais en espérant me tromper ! Qui a pu approcher de ce cheval aujourd'hui ?

— N'importe qui peut rentrer dans l'écurie. La porte est toujours ouverte.

— Mais tout le monde n'est pas capable de faire une piqûre pour droguer un cheval !

Dominick croisa le médecin qui sortait de la chambre d'Anne. Sa visite était terminée.

— Votre épouse a eu beaucoup de chance. Elle n'a rien de cassé. Un peu de repos et cette chute ne sera plus qu'un mauvais souvenir.

Anne était assise dans son lit, adossée à une montagne de coussins. Ses joues avaient retrouvé leurs couleurs habituelles. Elle portait une petite chemise de nuit toute simple, dont la teinte rose allait à merveille avec sa peau d'ivoire et ses cheveux noirs comme l'encre.

— Est-ce qu'on a retrouvé Ouragan ?... Dominick, tu me fais peur, pourquoi fais-tu cette tête ? Dis-moi la vérité.

— Il est à l'écurie, ne t'inquiète pas. Il va bien. Il n'a qu'un tendon froissé, ce n'est pas grave.

Anne poussa un soupir de soulagement.

— Je ne comprends vraiment pas ce qui a pu se passer. Je n'ai jamais vu Ouragan dans cet état.

— Tu n'as rien de grave, ton cheval non plus. Tout est bien qui finit bien ! dit Dominick avec un sourire forcé.

Anne se sentait heureuse. Se pouvait-il qu'enfin il tînt à elle... après toutes ces années ?

Comme s'il lisait dans ses pensées, Dominick se pencha et s'appuya sur le lit en posant une main de chaque côté de ses hanches. Anne crut qu'il allait l'embrasser et son cœur se mit à battre plus fort. Mais il ne la toucha pas et lui dit simplement :

— Partons demain tous les deux en Écosse pendant une semaine.

— Oui.

Sans savoir pourquoi, elle n'avait pas hésité.

14

Lorsque Félicity apprit que Dominick emmenait sa femme dans sa résidence de chasse en Écosse, elle devint livide. Elle se réfugia dans sa chambre, au bord de la crise de nerfs.

Elle s'assit sur une chaise face à son lit, agitée de tremblements. Elle roulait des yeux exorbités et agitait la tête de droite à gauche sans pouvoir se contrôler. Dans son délire, elle voyait devant elle Dominick et Anne enlacés sous les draps…

Poussant un hurlement dément, elle se précipita vers le lit, attrapa les coussins qu'elle envoya valser les uns après les autres à travers la pièce et jeta le couvre-lit au sol. Puis elle saisit les draperies du baldaquin et tira sauvagement dessus. Le tissu céda dans un crissement déchirant.

En larmes, échevelée, l'air hagard, gesticulant en tous sens, elle se mit à piétiner les tentures avec une force décuplée par la rage, imaginant qu'Anne, au sol, était en train de mourir sous ses trépignements furieux…

Contrairement à son père et à son grand-père qui avaient toujours voyagé en voiture à cheval, Dominick préférait le train, dernier moyen de transport à la mode.

Ils embarquèrent à Dulton. Anne monta dans le wagon de première classe que Dominick avait réservé pour eux seuls. D'un bout à l'autre, le sol était recouvert d'un long tapis rouge. Elle alla s'installer sur un siège de velours, près d'une fenêtre qu'encadraient deux rideaux de damas carmin. Elle entendit Dominick qui discutait avec son valet Vérig et avec Belle, qui les accompagnaient, mais elle ne se retourna pas.

Depuis qu'ils avaient quitté Waverly, ils n'avaient d'ailleurs échangé que quelques mots, limitant leur discussion au strict nécessaire. Anne se demandait quelle folie avait pu la pousser à accepter ce voyage. Pour une petite manifestation de tendresse de la part de son mari, pour un peu de douceur, elle avait bêtement cédé à ses suppliques. Si, encore une fois, il en profitait pour lui briser le cœur, elle n'aurait à s'en prendre qu'à elle-même. Elle s'était jetée de son plein gré dans la gueule du loup.

— Vérig et Belle s'installent dans le wagon suivant, annonça Dominick. Si nous avons besoin d'eux, nous n'aurons qu'à les appeler.

Anne leva les yeux vers cet homme que la nature avait doté d'un pouvoir de séduction hors du commun. C'était trop injuste, cela faussait la partie ! Elle opina de la tête sans un mot.

Dominick croisa les bras sur sa poitrine et prit une expression franchement agacée.

— Qu'est-ce qui te contrarie encore ? Qu'est-ce que j'ai bien pu faire ?

— Tu m'as forcée à t'accompagner.

— Ça, c'est un comble ! Je n'ai pas le souvenir de t'avoir forcée !

— En tout cas, je... j'ai dit n'importe quoi.

— Ah, si tu ne sais plus ce que tu dis, c'est inquiétant ! se moqua-t-il. Si je comprends bien, nous allons recommencer à nous disputer alors que nous ne sommes même pas partis.

— Non, non ! Ne crois pas que j'aie l'intention d'engager les hostilités. Au contraire. Tu m'as bien promis que tu me quitterais définitivement si, après ces quelques jours ensemble, je persistais à te repousser, n'est-ce pas ?

Les yeux gris de Dominick devinrent soudain aussi noirs que deux éclats de charbon.

— Tu n'as qu'un but : te débarrasser de moi. Je comprends mieux tes intentions, maintenant ! s'écria-t-il, furieux.

— C'est plus fort que moi, que veux-tu, je ne te fais aucune confiance.

— Au moins, avec toi, les choses sont claires et nettes !

— La réciproque n'est hélas pas vraie. Toi, tu ne pèches pas par excès de franchise.

Elle regretta aussitôt ces paroles, mais c'était trop tard. Les mots blessants étaient dits et Dominick venait de les prendre en pleine figure. Sa voix claqua comme un fouet :

— C'est ça ! Tant que tu y es, dis que je suis un fieffé menteur, un égoïste qui dissimule ses intentions perverses... Allez, ne te gêne pas !

— Arrête, Dominick... Ne te fâche pas...

— Si tu ne veux pas que je me mette en colère, la prochaine fois, essaie d'avoir un peu plus de tact et de mesurer tes propos. Mais sans doute considères-tu que je ne suis pas digne de ton affection ? Jusqu'au bout, tu me feras payer cette regrettable erreur que j'ai faite en t'abandonnant...

Brusquement, il tourna les talons et changea de wagon.

Anne ne le revit pas avant leur arrivée en Écosse. Seule Belle vint rompre sa solitude à l'occasion du service des repas.

Le lendemain soir, le train s'arrêta enfin dans un petit village. Anne jeta un coup d'œil par la fenêtre du wagon. Le paysage avait changé et la région semblait beaucoup plus rude que l'est de l'Angleterre. Au premier plan, des maisons au toit de chaume se serraient les unes contre les autres et des rubans de fumée montaient en volutes de leurs cheminées. Dans la rue principale, une enseigne rouillée qui se balançait au vent annonçait en lettres à demi effacées par l'âge et les intempéries : *Auberge du Cerf Rouge.* Un homme enroulé dans une grande cape de tweed traversait le village en tirant une carriole remplie de fagots de bois. À quelque distance, un berger faisait paître son troupeau sur les pentes vallonnées. Plus loin, il semblait ne plus y avoir âme qui vive. À perte de vue s'étendaient des montagnes aux teintes violettes.

La porte du wagon s'ouvrit. Anne se crispa en voyant Dominick.

— Nous sommes arrivés ! annonça-t-il.

— Où sommes-nous ?

— Dans un petit village qui s'appelle Falkirk. Ma résidence de chasse se trouve à vingt-cinq kilomètres d'ici, en direction de la mer. Nous y serons juste avant la nuit.

Anne réprima un soupir. Elle avait vraiment hâte de pouvoir dormir dans un vrai lit douillet. Mais Dominick la laisserait-il tranquille ? songea-t-elle avec inquiétude.

Vérig et Belle, déjà sur le quai, supervisaient le déchargement de la montagne de bagages nécessaires au séjour de leurs maîtres.

Un grand coup de vent obligea Anne à retenir d'une main son chapeau à voilette. Elle leva les yeux vers le ciel : il était sombre et menaçant. Des nuages moutonnants dansaient une étrange sarabande.

— Est-ce l'annonce d'un orage ?

— Probablement. Le temps est très changeant par ici.

Dominick l'invita à grimper dans une vieille calèche qui les attendait. C'était une voiture terriblement démodée qui avait dû être pimpante au siècle passé. À l'intérieur, le siège, qui avait perdu son rembourrage depuis bien longtemps, était recouvert d'un tissu usé, presque transparent. Dès qu'ils furent installés, Dominick demanda au cocher de partir et la calèche s'ébranla dans le gémissement des essieux fatigués.

Sous la capote à soufflet, que d'innombrables trous faisaient ressembler à une passoire, Anne se serra contre Dominick sans rien dire. Elle ressentait sa force physique comme une sécurité et comme un danger tout à la fois. Chaque cahot les jetait l'un contre l'autre, et leurs cuisses se frôlaient.

Progressivement, le village devint plus petit derrière eux, pour finir par disparaître complètement. Cahincaha, la voiture poursuivait sa route, gravissant parfois des chemins si étroits qu'Anne se cramponnait au siège. Alentour, il n'y avait plus un champ cultivé, plus le moindre cottage, plus aucune trace de civilisation. Seules les montagnes couvertes de bruyère et d'ajoncs offraient un décor sauvage.

Comme la nuit commençait à tomber, une rumeur s'éleva peu à peu. Anne se redressa et comprit qu'ils approchaient de la mer en voyant une mouette solitaire voler dans le ciel. Elle échangea un regard avec Dominick, puis se détourna aussitôt pour contempler à nouveau le paysage. Ils étaient probablement arrivés à un col car la route semblait redescendre. Plus bas, le paysage se fondait avec l'horizon en une vaste tache noire.

L'ombre d'une grande bâtisse se profila soudain.

— C'est la fin du voyage, dit Dominick. Bienvenue au château de Tavalon !

Anne écarquilla les yeux de surprise. Au lieu du modeste relais de chasse qu'elle s'attendait à voir se dressait devant elle une imposante demeure de brique rouge qui dominait la mer comme une fière sentinelle.

Vieux de cinq ou six siècles, le château avait appartenu au célèbre clan des Campbell. Un donjon central de forme carrée, flanqué de quatre tourelles rondes et massives, s'élevait majestueusement. De vieux murs percés de barbacanes l'entouraient. Plus bas, la mer mugissait sur le chaos des rochers.

Dominick descendit de la calèche et tira sur une grosse corde qui pendait d'une meurtrière. Immédiatement, les sons graves d'une cloche retentirent.

La lourde porte sculptée du donjon s'ouvrit et un petit bonhomme voûté apparut. Il portait une peau de mouton jetée sur ses épaules.

— On ne vous attendait pas, milord ! dit-il, l'air surpris.

— Je sais bien, Thomas. Je vais vous aider à abaisser le pont-levis pour que nous puissions pénétrer dans la cour.

Dominick suivit le vieux domestique qui n'avait plus la force de manœuvrer seul les rouages. Anne attendait dans la voiture. Elle plissa les yeux pour observer les abords de cette demeure étrange. De part et d'autre du château, elle distingua des communs de pierre au toit de chaume. Elle remarqua qu'une lumière brillait au rez-de-chaussée du donjon et que de la fumée sortait d'une de ses cheminées. Ces signes de confort la rassurèrent un peu et elle s'adossa au siège de la voiture.

Une main sur son épaule la fit sursauter.

— Je crois avoir senti quelques gouttes, dit Dominick. Descends vite avant que la pluie ne tombe trop fort.

Tandis que la calèche pénétrait en cahotant dans la cour mal pavée du château, Dominick entraîna sa femme vers la tour nord. Lorsqu'ils arrivèrent au bout du chemin, Anne laissa échapper un petit cri de surprise. À leurs pieds, il n'y avait plus qu'un abrupt précipice au fond duquel la mer grondait avec fracas. La jeune femme réalisa alors que le château de Tavalon était littéralement perché sur un piton rocheux. C'était un miracle si, depuis des siècles, il n'avait pas dévalé les pentes déchiquetées qu'il dominait. Sans même s'en apercevoir, elle agrippa le bras de Dominick et se serra contre lui, tétanisée et subjuguée par ce paysage sublime. Une goutte de pluie sur son cou la fit revenir à la réalité. Elle prit conscience du regard insistant que Dominick posait sur elle.

— C'est vraiment magnifique ! s'exclama-t-elle. Viens-tu souvent ici ?

Anne ne pouvait s'empêcher de faire un parallèle entre ce lieu sauvage et la personnalité de Dominick. Le propriétaire d'un tel endroit devait, par certains côtés, ressembler à un loup solitaire.

— Non, je viens peu à Tavalon. Comme tu l'as vu, ce n'est pas très commode d'accéder jusque-là et je n'adore pas la chasse. Pourtant, je dois admettre que ce domaine me fascine irrésistiblement. Ici, on est face à soi-même, on ne peut plus se mentir…

Anne se sentit troublée par cette remarque. Oui, dans cette solitude profonde, la vérité des sentiments devait immanquablement éclater.

Un coup de tonnerre interrompit leur discussion. En une seconde, la pluie se mit à tomber violemment et des éclairs zébrèrent le ciel. Ils se précipitèrent en courant vers le château, et Dominick tira derrière eux les lourds verrous de la porte de chêne.

Anne se sentait légère, comme si cette pause au bord de la falaise avait effacé les fatigues du voyage. Elle jeta un regard curieux sur l'immense hall d'entrée. Au-dessus de sa tête, le plafond s'envolait en une succession de voûtes gothiques. Un pan de mur était orné d'oriflammes aux couleurs passées. Diverses armes médiévales – des arcs, des masses, des épées – décoraient un autre mur. Un tapis agrémentait les dalles du sol et deux armures impressionnantes étaient disposées de part et d'autre d'un grand escalier de pierre. Enfin, un feu crépitait dans une cheminée de brique, si vaste qu'on aurait pu y faire rôtir un animal tout entier. Anne, trempée par sa course sous la pluie, s'approcha des flammes bienfaisantes.

— Notre chambre est en haut, murmura Dominick.

Anne était déconcertée, peut-être plus encore : contrariée. Elle avait sincèrement espéré que son mari aurait la courtoisie de prévoir deux chambres séparées. Plantée au milieu de la grande chambre de maîtres, elle restait immobile, le visage fermé.

C'était une vaste pièce carrée aux murs de pierre brute. Le sol était couvert de tapis rustiques dans des tons de vert, tissés par les artisans de la région. Une table de bois, deux chaises bancales, une armoire et une ottomane de velours étaient disposées autour d'un lit à colonnes torsadées. Un plaid de laine rouge était replié sur d'épaisses couvertures bleues. Dans l'âtre, des flammes rougeoyantes dévoraient de belles bûches rondes, tandis qu'au-dehors la pluie continuait de battre les vitres et que le vent provoquait des craquements sinistres.

— J'ai presque fini de trier vos vêtements, milady, dit Belle qui s'affairait auprès des bagages posés sur le sol. Voici la malle de monsieur le marquis et voici la vôtre.

Anne la remercia, puis elle alla s'asseoir sur une chaise qui, au moment où elle y prenait place, se balança légèrement sur ses pieds.

Depuis que Dominick lui avait annoncé qu'ils partageraient la même chambre, elle se sentait tendue. Puisqu'elle avait encore quelques heures de répit devant elle, elle devait s'efforcer de retrouver son calme.

— Mais, milady... vous êtes toute mouillée ! s'exclama la femme de chambre en passant près d'elle.

Anne avait oublié que ses vêtements étaient trempés. Le rappel à l'ordre de Belle la fit frissonner.

— Vous avez raison, je ferais bien de me changer avant de tomber malade.

Au moment où elle se levait, un coup de tonnerre éclata au-dessus du château et, presque en même temps, un éclair illumina la pièce. Les deux femmes sursautèrent.

— Ce n'est qu'un orage, ça va passer, dit Anne, pas vraiment rassurée.

La chambre replongea dans une pénombre animée seulement de quelques lueurs dansantes.

— Est-ce toujours comme cela dans ce satané pays ? demanda Belle en posant sa main sur son cœur.

— Honnêtement, je n'en sais rien. C'est la première fois que je voyage aussi loin vers le nord.

— Je n'aime pas beaucoup cet endroit. On dit qu'il y a des fantômes par ici.

— Mais non, Belle, les fantômes n'existent pas.

— Si, si, milady ! Les vieux châteaux sont hantés, insista Belle, sûre de son fait. Bon... Laissez-moi vous trouver quelques vêtements secs.

Elle se baissa, fourgonna quelques instants dans la malle et en sortit une robe bleu marine qu'elle tendit à la marquise.

Anne manifesta un temps de surprise. Si le bleu marine était une couleur appropriée pour cette période de deuil, le tissu et la forme ne convenaient pas du tout. C'était une superbe robe de satin, à la coupe légèrement osée, qu'Anne aimait beaucoup mais qu'elle n'avait jamais eu l'occasion de mettre. Un dîner avec Dominick ne justifiait pas une tenue si élégante.

— Pourquoi avez-vous emporté cette robe, Belle ?

La femme de chambre lui jeta un regard complice.

— Je suis sûre que monsieur le marquis aimerait vous voir porter des vêtements moins sévères... si je peux me permettre de vous donner mon avis, milady.

— Non, gardez vos avis pour vous ! rétorqua Anne sèchement. Passez-moi quelque chose de plus convenable... une robe avec des manches et qui ne laisse pas la poitrine à demi découverte.

Belle soupira ostensiblement puis replongea la main dans la malle.

— Eh bien, Belle, ma robe ? Ça vient ?

La femme de chambre se releva. Elle tenait une lanière de cuir déchirée qu'elle venait de trouver au fond de la malle.

— Je vous assure, milady, que ce n'est pas moi qui ai mis cela dans les bagages ! s'écria-t-elle de peur d'être réprimandée.

Mais Anne était bien incapable de lui dire quoi que ce soit. Les yeux fixes, elle regardait ce morceau de cuir au bout duquel était accroché un étrier.

Depuis une heure, Anne était montée dans la chambre et elle ne redescendait pas. Dominick, qui faisait les cent pas dans le grand hall, commençait sérieusement à s'impatienter. Des idées lui trottaient dans la tête, le mettant dans un état d'énervement qui grandissait au fur et à mesure que le temps s'écoulait.

Après son accident de cheval, Anne avait semblé plus docile, plus douce et, réellement, il avait cru qu'une relation nouvelle allait s'établir entre eux, qu'ils allaient enfin pouvoir faire table rase du passé pour tout rebâtir. Lorsqu'elle avait accepté de venir en Écosse, il avait été fou de joie. Mais il devait se rendre à l'évidence... une évidence qu'elle n'avait même pas pris la peine de lui cacher : elle ne l'avait accompagné que pour mieux l'évincer au retour ! De l'irritation ou de la déception, Dominick n'aurait su dire ce qui l'emportait.

Il se passa une main dans les cheveux. Il était fatigué. L'esprit agité, il avait passé une nuit presque blanche dans le train. Il ne se reconnaissait plus. Lui qui avait eu toutes les femmes qu'il avait voulues, pourquoi s'obstinait-il à ne plus en désirer qu'une seule ?

Si Anne s'entêtait à le repousser, Dominick savait qu'elle avait besoin de lui. Maintenant, il n'avait plus le droit de la laisser tomber. Encore moins à un moment où quelqu'un de son entourage cherchait à lui nuire. On avait administré une drogue à son cheval. Certains propriétaires peu scrupuleux utilisaient ces mêmes drogues en doses infinitésimales pour améliorer les performances de leurs chevaux de course. Il avait fallu injecter une quantité énorme de produit pour amener Ouragan aux confins de la folie. Le coupable ne voulait sans doute pas se contenter d'impressionner Anne. Il avait souhaité la blesser, peut-être même... la tuer.

Dominick soupçonnait Félicity. Bien qu'elle fût médiocre cavalière, elle connaissait les chevaux, et surtout elle gardait beaucoup de rancœur envers Anne. Sous le sceau du secret, il en avait parlé à Blake qui avait promis de surveiller Félicity, quoiqu'il ne la crût pas responsable de cet acte odieux.

Depuis cet accident, Dominick avait repensé à l'incendie qui avait pris dans la chambre de son épouse peu de temps avant. N'était-ce que pure coïncidence ? Une main diabolique se cachait-elle derrière ces deux attentats ?

Si Dominick avait proposé à Anne de partir en Écosse, c'était bien sûr dans l'espoir de reconquérir son cœur, mais aussi pour l'éloigner des dangers qu'elle courait à Waverly…

Encore une fois, il regarda vers l'étage. Anne ne semblait pas vouloir se décider à descendre.

Deux à deux, il grimpa les marches du grand escalier et se dirigea sans hésiter vers la porte de la chambre. Il frappa et entra presque aussitôt. Anne se figea sur place. Elle était en chemise et jupon. Une robe noire à crinoline, triste et sévère, était posée sur le lit.

— Eh bien, qu'est-ce que tu fais ici ? demanda-t-elle après quelques secondes, gênée par le regard de Dominick sur sa chemise en dentelle transparente.

— Je suis venu te voir, tout simplement !… Laissez-nous, Belle, madame n'a plus besoin de vous.

La femme de chambre sortit en rougissant, un petit sourire aux lèvres.

15

— Mais enfin, qu'est-ce qui te prend de congédier Belle alors que je n'ai pas fini de m'habiller ?

— Pourquoi t'habiller puisque je m'apprête à te déshabiller ?

Le ton ironique de Dominick et le sourire imperceptible qu'il arborait ne laissaient rien présager de bon.

D'un geste nonchalant, il ferma le verrou de la porte et donna un tour de clé. Puis, avec la même décontraction, il sortit la clé de la serrure et s'amusa à la faire rebondir plusieurs fois dans le creux de sa main. Anne le regardait faire sans bouger, se sentant énervée comme un animal qui, d'instinct, perçoit l'approche de l'orage.

Sans un mot, il alla ensuite ouvrir la fenêtre. La pluie avait cessé mais le vent, vibrant et farouche, gémissait encore. Une bouffée d'air glacial envahit la chambre. Anne frissonna.

— Tu vas nous faire mourir de froid !

Dominick ne répondit pas. Anne eut le temps de le voir sourire avant de réaliser – trop tard – qu'il venait de jeter la clé par la fenêtre. Puis il referma vivement celle-ci et tira les lourdes tentures.

— M... mais... tu as jeté la clé ?

Elle ne parvenait pas à le croire.

— Exactement !

— Comment allons-nous sortir maintenant ?

Dominick s'appuya contre le mur, l'air complètement insouciant.

— Qu'est-ce que ça peu faire puisque tu m'as promis de me consacrer une semaine ?

Anne se cramponna au bord du lit en tremblant.

— Nous n'allons tout de même pas rester enfermés... pendant une semaine entière !

Il ne répondit pas et se contenta d'afficher un air ravi.

C'était bien plus la colère que la peur qui agitait Anne. Une colère teintée de désir, certes. Dieu du ciel, sous le regard de Dominick, elle se sentait complètement nue ! Respirer lui faisait presque mal tellement elle était tendue. Chaque fois, sa poitrine se soulevait en ouvrant un peu plus sa petite chemise de soie déjà lâche. Dans un réflexe de protection, elle croisa les bras.

Dominick gardait les yeux rivés sur elle, sans mot dire. Au bout d'un moment, il se redressa et avança de quelques pas. Il enleva sa veste de tweed et la balança sur une des chaises. Puis, sur sa lancée, il commença à déboutonner sa chemise.

— Qu'est-ce que tu fais ? murmura Anne.

— Je me déshabille. Ça ne se voit pas ?

Le ton de sa voix était si naturel que la jeune femme eut le sentiment de se trouver face à un comédien qui maîtrisait parfaitement son rôle.

— Arrête ça tout de suite ! hurla-t-elle.

Pour toute réponse, Dominick lui fit un clin d'œil et ouvrit sa chemise à demi, dégageant une épaule et une partie de son torse musclé.

— Calme-toi, dit-il avec ce flegme qui ne le quittait pas.

Pouvoir se calmer en un moment pareil était aussi réalisable que de grimper sur la lune ! Sous les yeux ébahis de son épouse, il fit glisser la deuxième manche de sa chemise et, doucement, se dénuda jusqu'à la taille. Ce strip-tease, exécuté avec un art certain, troublait la jeune femme.

— Je ne peux pas me calmer ! s'écria-t-elle en lui tournant le dos. C'est impossible !

En vérité, c'était elle-même qu'elle redoutait. Elle craignait que son corps n'échappe à sa volonté.

— Tu m'as déjà vu tout nu, non ? lança-t-il d'un ton amusé.

Au même moment, il posa une main sur son dos. Elle sursauta, le corps aussi rigide que si son sang s'était glacé dans ses veines : elle ne l'avait pas entendu approcher.

— Doucement, Anne, doucement. N'aie pas peur, je ne mords pas !

Sous les mains chaudes de Dominick qui caressaient ses épaules nues, Anne luttait pour ne pas réagir. Soudain, il se pencha pour lui mordiller le lobe de l'oreille.

— Enfin, je veux dire que je ne mords pas… sauf si c'est toi qui le désires ! souffla-t-il d'une voix basse, au timbre profond et séducteur.

Vaincue, à bout de résistance, elle se retourna enfin pour faire face à son mari.

— Je ne suis qu'un jouet entre tes mains, dit-elle avec plus de regret que de hargne.

— C'est si bon de s'amuser, tu verras ! Viens près de moi, rapproche-toi…

Désemparée, Anne ne savait plus que faire. Sans le vouloir vraiment, répondant plutôt à un réflexe, elle fit un pas vers lui.

Dominick posa l'index sur sa joue et s'amusa à y dessiner des courbes.

— Je t'en prie… arrête…

Il y avait si peu de conviction dans le ton de sa voix que Dominick se mit à rire et murmura :

— Il est temps de rendre les armes.

Anne regarda les lèvres qui venaient de chuchoter ces paroles et elle repensa à ses baisers qui lui faisaient si vite tourner la tête. Comment parvenait-il à la bouleverser avec quelques mots, un regard, une simple caresse ?

Il promena ses doigts plus bas, sur son cou et sur son décolleté. De grâce, qu'il continue ! pensait Anne. Il longeait le tracé de la dentelle fine et s'attardait sur le sillon profond de sa gorge. Au moment où elle sentit ses doigts sur sa poitrine, la jeune femme laissa échapper un soupir d'impatience.

— Je sais que ça te plaît, Anne. Oseras-tu me dire le contraire ? murmura-t-il.

Elle fut incapable de lui répondre. Elle fit seulement un vague signe de tête qui ressemblait aussi bien à un acquiescement qu'à un démenti.

Les caresses de Dominick allumaient en elle un feu qui irradiait jusque dans son ventre. Soudain, il posa sa paume entière sur sa chair et saisit sa poitrine d'une manière possessive. Une vague de plaisir la submergea tandis qu'encore et encore il la caressait, et qu'elle entendait sa respiration devenir de plus en plus vive.

Il tira brusquement sur sa chemise dont la soie légère se déchira sans résister. Il s'abandonna alors à l'envie irrésistible d'embrasser ces seins au contour parfait. Anne ferma les yeux. Plus rien n'existait autour d'eux, ils avaient quitté le monde terrestre à la recherche du paradis. Ou de l'enfer, peut-être ? Dans la sérénité de cette chambre, leurs respirations confondues vibraient comme une tempête lumineuse et rayonnante.

— Oui... je te désire... balbutia Anne en renversant la tête en arrière.

Du bout de la langue, Dominick remonta jusqu'à son cou et prit sa bouche dans un baiser sans retenue. Puis il la souleva dans ses bras et la porta sur le lit.

— Caresse-moi, Anne, je t'en prie, dit-il, haletant.

Anne ouvrit les yeux et découvrit son regard de braise au-dessus d'elle. Elle posa la main sur le torse puissant de Dominick qui s'écarta un peu pour lui donner une plus grande liberté de mouvement. La dureté de ses muscles engageait à des caresses plus fortes. Ses mains épousèrent les contours de ses épaules carrées, glissèrent le long des bras, revinrent sur le torse pour descendre jusqu'au ventre, terriblement doux et chaud.

— Oui... encore... plus bas, murmura-t-il en ouvrant les yeux quelques secondes.

Anne croisa son regard. Elle comprenait ce qu'il voulait. Elle hésita puis, lentement, laissa descendre sa main. L'évidence du désir de Dominick lui apparut alors comme une délicieuse indécence. Sans doute était-ce le diable qui guidait sa main à cet instant, mais elle acceptait de lui donner son âme en échange de ce plaisir-là. Un plaisir indescriptible, exquis, ravageur.

En une seconde, Dominick dégrafa son pantalon et le jeta au sol, puis il fit de même avec les jupons et les sous-vêtements d'Anne. Imperceptiblement, il glissa une jambe entre celles de la jeune femme. Du plus profond d'elle-même, elle le désirait, sous l'empire d'un appel sauvage auquel elle n'aspirait qu'à se soumettre.

Mais Dominick, repoussant le moment de l'extase, s'adonnait à des baisers de plus en plus intimes. Hors d'haleine, Anne se cabrait, l'accueillait par des murmures de gourmandise, se redressait légèrement en s'agrippant aux épaules de son mari pour retomber presque aussitôt.

— Dominick... viens...

— Non, pas encore.

Cette attente exacerbait la violence du désir. Elle glissait les doigts dans ses cheveux, lui griffait le dos et les épaules et répondait à ses baisers avec la même ardeur. Puis Dominick redressa un peu le visage et, prenant appui sur ses avant-bras, frotta son corps contre le sien. La jeune femme esquissa un voluptueux mouvement de reins et poussa un cri.

Alors Dominick pénétra en elle, mettant fin à cette exquise torture. Ce fut presque aussitôt qu'ils atteignirent les sommets d'une jouissance inconnue...

16

Dans le ciel lavé par l'orage de la nuit brillait un soleil radieux. Sans pitié pour la coiffure d'Anne, la brise légère défaisait les mèches qu'elle avait soigneusement nouées dans un joli chignon. Elles s'enroulaient en boucles brunes autour de son visage, retombant parfois jusque dans ses yeux. D'un geste gracieux, Anne les repoussa en arrière, puis remit les mains dans les poches de sa veste et poursuivit sa marche.

Il était près de midi. Elle avait dormi très tard... et pour cause ! Quand elle s'était réveillée, Dominick avait déjà quitté le lit. Thomas lui avait dit que le marquis était parti se promener à cheval. Où était-il maintenant ?

C'est en se levant qu'elle avait réalisé que la porte de la chambre n'avait jamais été fermée à clé ! Une domestique lui avait appris que la serrure était cassée depuis fort longtemps. À dire vrai, Anne se sentait plutôt heureuse d'avoir cru à cette farce. Grâce à ce stratagème, Dominick lui avait procuré des plaisirs qui resteraient à jamais gravés dans sa mémoire. Il avait montré une attention et une délicatesse dont elle ne le croyait pas capable. Le don juan conquérant avait fait place à un homme amoureux. Enfin, c'est ce qu'elle croyait... Mais une petite voix la tourmentait déjà. Si elle s'était fait des illusions ? Si Dominick avait simplement joué la comédie ?

Elle décida de ne pas laisser son esprit vagabonder. Hypothèses, espoirs, suppositions ne menaient à rien. Il fallait s'en tenir à la réalité concrète. Cette nuit avait été un moment délicieux, certes, mais ce matin était un autre jour. Elle ne devait pas perdre de vue les motifs qui l'avaient poussée à venir au château de Tavalon. Tout ce qu'elle voulait, c'était que Dominick quitte Waverly Hall à leur retour.

Elle fit une halte près d'une prairie où deux chevaux broutaient une belle herbe verte. Ils levèrent la tête et dressèrent les oreilles lorsqu'ils la virent s'approcher. Anne regretta de ne pas avoir laissé traîner une pomme ou un morceau de sucre au fond d'une poche. Au moment où elle se penchait sur la barrière pour les contempler, un frisson la traversa. Elle venait de repenser à l'étrivière que quelqu'un avait subrepticement glissée dans sa malle. Était-ce un acte de pure méchanceté pour lui rappeler son accident ? À moins que...

À moins que... cet accident ne soit pas le fruit du hasard... Et si l'étrivière découpée et la rose calcinée étaient de sinistres avertissements ?

Mon Dieu, elle délirait. Elle s'efforça de se raisonner, se disant que ce n'étaient que des plaisanteries de mauvais goût.

Elle jeta un regard autour d'elle dans l'espoir d'apercevoir Dominick. En vain. Vers le sud, la mer dans son immensité miroitait de reflets changeants, jouant avec le soleil qui la faisait passer du vert au bleu indigo. Ailleurs, le regard s'arrêtait sur les montagnes dont les pentes pourpre et mauve barraient l'horizon. Des éboulis de roches, encore humides de la pluie récente, formaient des taches plus sombres où dansaient parfois des fils d'argent.

Puisque Dominick ne revenait pas, pourquoi ne pas le rejoindre ? En songeant au plaisir d'une promenade à cheval, Anne n'hésita pas très longtemps. D'autant plus que, dans ce coin sauvage, elle ne serait pas obligée de monter en amazone ! Elle se précipita au château pour se changer.

Quelques minutes plus tard, vêtue d'une tenue de cavalière gris sombre, elle trottait sur un hongre gris, laissant derrière elle la grande forteresse balayée par les vents du large.

À la croisée de deux chemins, Anne s'arrêta une nouvelle fois. S'était-elle complètement égarée ? Au départ, elle avait simplement décidé de passer sur la colline d'en face, mais bientôt elle s'était aperçue qu'il n'y avait aucun moyen direct d'y parvenir. Les pentes étaient trop raides ou trop rocheuses pour les emprunter à cheval, si bien qu'elle avait dû bifurquer de nombreuses fois pour contourner ces passages impraticables.

Elle essaya de retracer mentalement son parcours, mais elle ne parvint pas à s'en souvenir avec précision. Ces petits sentiers pierreux et sinueux se ressemblaient tous... À l'horizon, la mer scintillait sous le soleil. Hélas, le donjon de brique rouge, tapi derrière une des montagnes, avait totalement disparu. De Dominick, pas de trace non plus ! C'était vraiment stupide d'avoir imaginé le retrouver dans ces landes immenses. Anne ne savait même pas dans quelle direction se diriger. En réalisant soudain l'imprudence qu'elle avait commise, elle eut froid dans le dos.

Tout à coup, elle se figea. Une drôle de sensation s'était emparée d'elle. Elle avait le sentiment d'une présence proche. Son cheval se mit à hennir, comme si lui aussi avait la même impression. Elle lança un regard circulaire sur la montagne environnante. Rien ! Cette idée était ridicule. S'il y avait quelqu'un dans les parages, ce ne pouvait être que Dominick qui n'aurait pas manqué de l'appeler. Par acquit de conscience, elle fit faire une volte à son cheval. L'horizon restait désespérément vide. À l'heure qu'il était, Dominick devait être rentré au château et la chercher partout. Elle relança l'animal au trot.

La même intuition que quelqu'un l'observait la reprit aussitôt. Elle s'arrêta. L'espace d'une seconde, elle crut entrevoir un cavalier, puis cette vision s'évanouit aussi vite qu'elle était apparue. Ce devait être un mirage, une illusion due à un reflet de soleil.

— Allez, ça suffit, ces bêtises ! Il faut que nous retrouvions notre chemin, tous les deux, dit-elle en caressant sa monture.

Elle allait se remettre en route lorsque, sur l'autre versant, elle distingua très nettement la silhouette d'une personne à cheval. Elle hésita, puis fit un signe au cavalier qui disparut à nouveau derrière un amoncellement de roches. Cette fois, elle n'avait pas rêvé !

Si Dominick l'avait vue, il allait venir la rejoindre. Elle attendit un quart d'heure... Et si ce n'était pas son mari ? La panique s'empara d'elle. D'une pression des mollets, elle donna l'ordre à son cheval de se mettre en route, au trot d'abord, puis au petit galop chaque fois que le terrain le lui permettait. Elle fuyait sans même savoir où elle allait. Des bruits de sabots lui indiquèrent qu'elle était suivie. Affolée, elle se retourna vivement. Le cavalier était derrière elle, à bonne distance encore. D'un coup de cravache, elle encouragea sa monture. Son poursuivant sembla aussi accélérer l'allure.

Qu'allait-elle faire s'il la rattrapait ? Ici, il n'y avait personne pour l'aider à se défendre. Le cœur battant, elle continua sa route jusqu'à un petit chemin tortueux qui descendait en pente raide vers la vallée. Sans l'ombre d'une hésitation, elle s'y précipita. Même si son cheval avait le pas sûr, c'était une folie de l'envoyer sur un sentier aussi abrupt, encombré de caillasse. Mais les images de l'étrivière au fond de ses bagages, de la rose calcinée sur son oreiller, de l'accident où elle avait frôlé la mort lui ôtaient tout bon sens. Cramponnée aux rênes, elle ressentait l'imminence d'un danger. L'animal trébucha. Elle eut heureusement le réflexe de se redresser pour éviter d'être catapultée au sol. Il fallait ralentir absolument... Elle regarda en arrière : le cavalier avait disparu.

À nouveau, elle tenta de se calmer. Son imagination lui avait joué des tours. En se croyant poursuivie, elle s'était elle-même fait peur. Elle n'allait pas sombrer dans la folie de la persécution, quand même !

Un peu rassurée, elle chemina d'un pas plus tranquille. Au bout d'une demi-heure, à son grand soulagement, réapparut face à elle le grand donjon de Tavalon. Jamais elle n'aurait pensé qu'une forteresse médiévale sans confort pût paraître si rassurante !

Elle n'avait plus rien à craindre maintenant que les gorges abruptes qui plongeaient de part et d'autre du sentier. Une ou deux fois, alors que son cheval trébuchait sur la pierraille, elle faillit être désarçonnée. Pour ne pas avoir le vertige, elle s'appliquait à maintenir son regard droit devant elle.

Au bout d'un moment, il lui sembla réentendre le bruit d'un galop derrière elle. En quelques secondes, les pas se rapprochèrent. Sans se retourner, elle cravacha si fort la croupe de sa monture que l'animal partit à bride abattue.

— Anne ! hurla Dominick plusieurs fois.

En parvenant à sa hauteur, il tendit le bras pour attraper la bride du cheval de sa femme et l'obliger enfin à s'arrêter.

— Eh bien... Qu'est-ce... qui t'arrive ? haleta-t-il, essoufflé par sa course folle.

Anne lui jeta un regard aussi épouvanté que si elle ne le reconnaissait pas, puis, soudain soulagée d'un poids énorme, elle se laissa aller en avant, la tête dans la crinière.

— Que se passe-t-il, Anne ? insista Dominick. Tu aurais pu te tuer, à l'allure où tu allais !

Anne se redressa. Maintenant qu'elle se sentait libérée, elle était agitée de frémissements incontrôlables. Elle réussit à esquisser un sourire.

— Je ne savais pas que c'était toi !

— Quoi ? fit Dominick qui se demandait si sa femme n'était pas en train de perdre la raison.

— Un étranger m'a suivie... j'ai cru qu'il allait m'attaquer !

Anne se mit à rire franchement en réalisant le grotesque de la situation. L'expression de Dominick lui fit prendre conscience de la piètre figure qu'elle devait offrir à cet instant. Les boutons de sa veste s'étaient ouverts et son col bâillait. Ses longs cheveux, complètement dénoués, retombaient emmêlés sur sa poitrine, sur ses épaules, et dans son dos jusqu'à la taille. Quelques mèches collaient à son visage en sueur.

— Je dois avoir une drôle de tête ! s'exclama-t-elle en tentant de ramener ses cheveux vers l'arrière pour les attacher grossièrement.

Dès quelle eut retrouvé ses esprits, elle prit le temps d'observer Dominick. Il ne la regardait pas. Il scrutait l'horizon, comme s'il cherchait quelque chose ou quelqu'un. Tout dans son attitude prouvait qu'il était soucieux.

— Tu m'as vraiment fait peur, dit-il après un moment. Il faut rentrer. Je passe devant, suis-moi !

17

À Falkirk, il poussa la porte de l'auberge du Cerf-Rouge d'un mouvement brusque. Le sourire du vieil aubergiste disparut en voyant le visage fermé de son client.

Patrick n'avait vraiment pas le cœur à rire. Il attrapa vivement la clé que le brave homme lui tendait et s'élança vers le petit escalier qui menait à la chambre qu'il avait louée.

Quatre ans... Voilà quatre ans qu'il était aux petits soins pour Anne, à l'écoute de ses moindres désirs, toujours présent pour la consoler, et cela n'avait servi à rien ! Ce maudit Dominick était revenu et, hop ! envolé, le passé...

De rage, il jeta la clé de sa chambre par terre.

Il fallait absolument qu'Anne comprenne qu'elle n'avait rien à attendre de Dominick. Ce type était égoïste, arrogant, futile et infidèle.

Il y avait quatre ans, les deux hommes vivaient à Londres et se voyaient plus souvent qu'aujourd'hui. Bien sûr, ils ne menaient pas le même style de vie et ne fréquentaient pas le même cercle d'amis. Dominick s'était installé dans le luxe ostentatoire de sa demeure située dans les élégants quartiers de Mayfair, pendant que Patrick se contentait d'un modeste appartement de célibataire. C'est à cette époque qu'autour d'un verre, Dominick avait confié à Patrick que son grand-père, le duc de Rutherford, lui avait demandé de songer sérieusement au mariage. Tôt ou tard, il devrait de toute façon enterrer sa vie de garçon ! Patrick avait aussitôt pensé à sa sœur, Félicity, que Dominick connaissait depuis sa plus tendre enfance.

Félicity Collins était belle et sa famille était propriétaire d'un fabuleux haras. Ces deux avantages avaient suffi à emporter la décision de Dominick Saint

Georges, grand amateur de belles femmes et de chevaux de race.

Et puis, tout avait basculé le jour des fiançailles…

Patrick ne savait pas exactement depuis combien de temps il était amoureux d'Anne. Ses sentiments avaient évolué petit à petit. Après l'abandon de son mari, ils étaient devenus si proches ! Jamais il n'avait douté qu'elle finirait par l'aimer aussi, le préférer à Dominick. Enfin, il aurait sa revanche.

Car Dominick avait toujours fait de l'ombre à Patrick, moins titré, moins riche, moins bel homme que son ami. Exactement du même âge, ils avaient été aussi proches que deux frères. Dans les jeux de l'enfance d'abord, à Eton ensuite, puis à l'université. Dominick avait toujours eu ce que Patrick n'avait pas : les plus beaux jouets, les plus beaux vêtements, les plus jolies filles.

À Eton, où leurs parents les avaient mis en pension, Dominick s'était sans difficulté imposé comme un meneur. Patrick n'avait été accepté par les garçons de cette très sélecte école que parce que Dominick l'avait soutenu. Peu après, ils avaient été orientés vers des universités différentes, mais Patrick était si malheureux sans son ami qu'en deuxième année, il l'avait rejoint à Cambridge. Là encore, Dominick avait fait des ravages, ne comptant plus ses conquêtes féminines, loué unanimement par ses professeurs. Il est vrai qu'il n'avait jamais laissé tomber Patrick. Il avait veillé à ce qu'il ne reste pas seul malgré sa timidité, il l'avait emmené à des réceptions et souvent présenté à des femmes auxquelles il n'osait pas adresser la parole.

La vie de Patrick avait toujours été laborieuse, celle de Dominick, brillante. Aujourd'hui, Dominick était l'héritier du duché de Rutherford. Patrick, lui, n'aurait ni titre ni terres, puisque ses trois frères étaient plus âgés que lui.

Mais tout cela n'avait guère d'importance. Dominick pouvait bien être le premier partout, sauf… dans le cœur d'Anne ! Cette place-là, Patrick la désirait de toute son âme.

Il fallait faire vite. Anne était peut-être déjà amoureuse de Dominick... ils avaient peut-être déjà couché ensemble... Seigneur ! La jalousie rongeait le jeune homme. Elle le rendait malade et si furieux qu'il avait presque envie de tuer la femme qu'il aimait...

Pendant que Belle lui préparait un bon bain chaud, Anne retira sa tenue de cavalière avec des mouvements d'automate. Une exquise senteur de rose montait de l'antique baquet en zinc rempli d'eau mais la jeune femme y était indifférente. Elle avait l'esprit ailleurs, auprès de... Dominick. Lorsqu'elle entendit frapper, son cœur manqua un battement. Ce ne pouvait être que lui ! Elle saisit la serviette blanche que Belle lui tendait et s'en drapa le corps.

Sur le pas de la porte, Dominick observa son épouse. La présence de la femme de chambre l'obligeait à demeurer impassible, mais la lueur qui pétillait dans ses yeux le trahissait.

— Puis-je entrer ? demanda-t-il d'une voix sensuelle.

Anne acquiesça de la tête. Une simple parole de lui, et son corps troublé était déjà prêt à lui appartenir. Belle s'éclipsa discrètement et referma la porte derrière elle.

— Je ne voudrais pas te déranger dans tes occupations, dit Dominick en regardant la baignoire.

— Non, non, cela n'a aucune importance, murmura Anne.

Dominick s'approcha de sa femme et plongea dans le bleu de ses yeux. D'un geste empreint de volupté, il dénoua la serviette qui tomba sans bruit sur le sol. Il lui caressa la joue.

— Tu es si belle, chuchota-t-il.

Anne souriait. Sous le regard magique de Dominick, elle devenait la plus jolie femme du monde.

Elle se serra contre lui tandis qu'il laissait courir sa main sur sa nuque puis, lentement, descendait le long de son dos. Elle poussa un soupir de plaisir, étouffé aussitôt par les lèvres avides de Dominick sur sa bouche.

L'instant d'après, ils étaient sur le lit dans cette situation insolite et profondément troublante : elle nue, lui encore entièrement habillé. Contre ses jambes, elle sentait le cuir de ses bottes, et les boutons de sa veste lui faisaient mal. Sous le daim moulant du pantalon beige, elle devinait son désir violent. Tout à la fougue de leur passion, ils mêlaient leurs lèvres, enlaçaient leurs doigts et se caressaient. La tentation, sans cesse grandissante, rendait leurs gestes délicieusement désordonnés.

En quelques instants, Dominick se libéra de tous ses vêtements. Soudain son magnifique corps apparut à la jeune femme comme dans le brouillard d'un rêve. Elle se cramponna à la tête du lit et, ainsi offerte, se soumit à ses baisers de plus en plus pressants.

Avec une frénésie que ni l'un ni l'autre ne mesurait plus, leurs corps, dans un même élan, trouvèrent ce paroxysme de jouissance qu'ils attendaient intensément.

L'eau du bain avait refroidi et la nuit était tombée depuis bien longtemps !

Assis dans le grand hall d'entrée, face à la cheminée, Dominick contemplait les flammes qui dansaient joyeusement. Un profond silence régnait dans le château.

Anne s'était endormie aussitôt, mais lui n'avait pas réussi à trouver le sommeil. Malgré la fatigue, il restait préoccupé.

La jeune femme avait prétendu que quelqu'un l'avait suivie. Arrivant d'une direction opposée et d'une autre vallée, Dominick était certain qu'elle ne pouvait l'avoir aperçu. Alors, de qui s'agissait-il ? Qui était ce mystérieux personnage qui rôdait autour de la forteresse de Tavalon ?

Ajouté aux deux précédents « accidents », ce nouvel événement venait confirmer les craintes de Dominick : quelqu'un voulait du mal à sa femme. Savoir que cet odieux personnage se promenait en toute liberté le rendait furieux. Le jour où il réussirait à le démasquer, il le lui ferait payer cher. Dès demain, il irait au village pour interroger les gens.

Il avait dans l'idée qu'il manquait un maillon à cette histoire. Un indice qu'il avait peut-être à portée de main.

Si, comme il le soupçonnait, Félicity Collins était la coupable, il l'apprendrait vite. Si elle avait quitté l'Angleterre pour l'Écosse, Blake enverrait un message sans tarder. De toute façon, la présence d'une fille comme Félicity à Falkirk ne pourrait passer inaperçue très longtemps. Dominick avait aussi demandé au palefrenier, Willie, de mener une petite enquête auprès du personnel des écuries de Waverly, lui recommandant d'être très discret pour ne pas inquiéter le duc de Rutherford.

En attendant, il ferait de son mieux pour protéger Anne. Il lui devait bien cela ! Quels que fussent ses soucis, Dominick était décidé à ne pas les partager avec son épouse. Alors qu'elle commençait tout juste à se sentir enfin heureuse, il n'était pas question de l'effrayer inutilement.

Une autre préoccupation empêchait Dominick de trouver le sommeil. Dans cinq jours, leur séjour en Écosse prendrait fin et il n'avait aucune certitude sur les intentions d'Anne. Elle lui avait clairement avoué qu'elle n'acceptait de l'accompagner que pour mieux l'évincer au retour...

Tel un somnambule, il se leva et s'approcha si près du feu qu'il se laissa surprendre par la chaleur. Il fit un bond en arrière.

Devenait-il fou ? Que se passait-il en lui ? Il ne se sentait plus dans son état normal. Le mot « amour » lui vint à l'esprit, mais il le repoussa aussitôt. Lui amoureux, allons donc ! Depuis son plus jeune âge, il avait appris à ne pas se laisser guider par les sentiments. Son enfance sans tendresse avait au moins eu l'avantage de lui endurcir le cœur.

Aimer était ce qui pouvait lui arriver de pire, et il le refusait de toutes ses forces. Alors, pourquoi était-il si troublé à l'idée qu'Anne persiste à vouloir le chasser ? Ces incohérences le faisaient souffrir.

Jusqu'à présent, les femmes n'avaient été que des instruments de plaisir. À conquérir. À savourer. Puis à abandonner ! L'une chassait l'autre. Pourquoi imaginait-il brusquement qu'Anne était unique, qu'il ne pourrait retrouver le même bonheur avec aucune autre ?

Si elle lui demandait de s'en aller définitivement, Dominick avait l'affreux pressentiment qu'il connaîtrait, pour la première fois de sa vie, cette torture qu'il redoutait par-dessus tout et qu'il fallait bien appeler par son nom… un chagrin d'amour.

Anne s'étira langoureusement. Épanouie et heureuse, elle ne ressentait plus aucune honte à être nue. Cette constatation l'amusa.

Dans la cheminée, les flammes s'étaient éteintes depuis un bon moment. Seules quelques braises rougeoyantes et la clarté de la pleine lune qui pénétrait par la fenêtre diffusaient de faibles lueurs.

Les rideaux restés ouverts étaient animés de légers frissons sous l'effet d'un courant d'air. Soudain, Anne eut l'impression qu'il y avait quelqu'un dans la chambre.

— Dominick ? appela-t-elle sans obtenir de réponse.

Aux aguets, elle se redressa dans son lit en prenant soin de remonter les couvertures sur sa poitrine. Encore une fois, elle appela Dominick. Sans plus de succès. Tout en se disant que c'était stupide, elle ne put s'empêcher de frissonner. Elle essaya de dominer son inquiétude. Elle n'allait pas se mettre à croire aux fantômes, comme Belle, tout de même !

En regardant un peu plus attentivement, elle constata que la fenêtre était ouverte. En Écosse, les nuits étaient fraîches. Elle se leva, tâtonna, trouva un déshabillé qu'elle enfila rapidement, puis se glissa jusqu'à la fenêtre pour la fermer. Elle se dirigea ensuite vers la table, alluma une bougie et sortit vite de la chambre pour aller à la recherche de Dominick.

Elle était seule à cet étage. Les domestiques dormaient tous au-dessus. Il n'y avait pas un bruit dans le château, pas une lumière, hormis la flamme de sa petite chandelle. Malgré elle, elle se demanda pourquoi on racontait que les châteaux d'Écosse étaient hantés. Cette interrogation lui donna la chair de poule. Nu-pieds, elle descendit sans bruit le grand escalier. À mi-chemin, elle s'arrêta. Dominick était là en tenue d'intérieur, assis dans le hall. Elle tendit sa bougie à bout de bras et se pencha sur la balustrade.

Lorsqu'il tourna la tête, elle comprit que quelque chose n'allait pas. Il avait l'air malheureux. Après les moments passionnés qu'ils avaient partagés, comment cela était-il possible ? L'avait-elle déçu ou... s'était-il déjà lassé d'elle ? Cette pensée lui fit presque monter les larmes aux yeux, mais elle s'efforça de n'en rien laisser paraître. Elle s'approcha de lui.

— J'ai préféré me lever car je n'arrivais pas à dormir, expliqua-t-il.

— As-tu besoin de quelque chose ?

Il secoua la tête tristement.

— Retourne te coucher, je te rejoindrai dans quelques minutes.

Puis il lui saisit les bras, l'attira vers lui et l'embrassa tendrement. Ce petit signe d'affection la rassura.

Elle remonta vite se glisser sous ses couvertures, heureuse de retrouver la chaleur du lit. Elle éteignit la bougie et enfonça la tête sous les draps en attendant son mari.

Après deux jours seulement, elle avait le sentiment qu'elle ne pourrait plus jamais vivre sans Dominick. Elle le désirait de tout son être, de tout son corps. Elle était passionnément éprise... plus que le jour de son mariage encore. Il y avait en lui tant de beauté, tant de passion, tant de charme. Il était si viril et si tendre à la fois.

Une pensée pourtant assombrit sa joie. Autrefois, ce même homme l'avait fait souffrir si fort qu'elle avait cru en mourir. S'il devait recommencer, elle ne le supporterait pas.

Que devrait-elle lui dire à la fin de la semaine ? Elle ne le savait plus. Pouvait-elle le supplier de rester, au risque de connaître à nouveau les affres de l'abandon ?

L'arrivée de Dominick interrompit ses réflexions. Elle remonta sur ses oreillers.

La flamme de la bougie qu'il tenait se mit à danser, vacillant de plus en plus, puis un souffle de vent l'éteignit.

— Il fait glacial ici ! s'étonna Dominick. Anne sursauta de frayeur : la fenêtre qu'elle avait fermée avant de descendre était grande ouverte.

18

Par quelle magie le temps s'écoulait-il si vite en Écosse ? Dans deux jours déjà, le séjour prendrait fin.

Pour distraire Anne, Dominick lui avait proposé de l'emmener déjeuner à Falkirk. Elle avait accepté avec enthousiasme. Même si l'auberge du Cerf-Rouge – le seul restaurant du village – n'était pas un établissement de grand luxe, quelques heures passées là-bas lui permettraient d'oublier un peu l'austérité de la forteresse.

En outre, ce serait l'occasion d'une chevauchée à travers un paysage enchanteur. Bien entendu, Anne avait suggéré qu'ils se rendent au village à cheval plutôt que de prendre la vieille calèche du château.

Ils remontèrent la grand-rue. Les sabots de leurs montures martelaient en cadence les pavés érodés. Sur le seuil de sa boutique, le boulanger, un gros homme ventru à l'air jovial, les héla. Plus loin, ils croisèrent une paysanne qui tenait quelques œufs dans le creux de son tablier. La femme se recula à leur passage et leur adressa un grand sourire.

— B'jour, m'sieur dame ! lança-t-elle en hochant la tête.

Anne lui retourna un salut aimable. Elle se sentait d'humeur joyeuse. Comment aurait-il pu en être autrement ? Quand elle avait suivi Dominick en Écosse, elle était persuadée qu'elle lui résisterait, mais l'amour avait été le plus fort et, honnêtement, elle devait bien admettre que cela la rendait profondément heureuse.

Elle n'en oubliait pas pour autant qu'elle aurait une décision à prendre à leur retour : chasser Dominick à tout jamais ou lui dire de rester. Pour l'instant, elle hésitait encore, craignant de tomber à nouveau dans un piège. Mais il serait bien temps de se poser la question lorsqu'elle serait au pied du mur. En attendant, elle était résolue à ne penser qu'au présent. Elle se sentait amoureuse et peut-être… aimée.

— Tu es une sacrée cavalière ! s'exclama Dominick quand ils arrivèrent devant l'auberge.

— J'adore les chevaux.

Anne se trouva bête de ressentir du bonheur à ce compliment.

— Nous avons sans doute plus de points communs que je ne le pensais, dit-il.

Une douce chaleur empourpra les pommettes de la jeune femme. Oui, ils avaient une foule de choses en commun : l'amour des chevaux, certes, mais aussi leur attachement à Waverly Hall et, bien plus important, la passion physique qu'ils avaient découverte dans les bras l'un de l'autre.

Dominick descendit de cheval et attacha sa monture à un anneau prévu à cet effet. Puis il se tourna vers sa femme et enserra sa taille pour l'aider à mettre pied à terre.

— Je sais à quoi tu penses, murmura-t-il, coquin.

Anne rougit de plus belle, mais ne baissa pas les yeux. Elle était devenue si audacieuse ces derniers jours ! Sentir les mains de Dominick sur ses hanches faisait accélérer les battements de son cœur. Elle était proche du visage de son mari... proche de sa bouche qui la tentait comme un fruit défendu. Si elle s'était abandonnée à son désir, elle se serait rapprochée pour l'embrasser, mais sur la voie publique, cela ne se faisait pas. Dominick, lui, se moquait des convenances. Profitant de leur position à l'abri des regards entre leurs deux chevaux, il emprisonna la bouche d'Anne sous ses lèvres chaudes. Elle n'eut pas le courage de protester. Elle ferma les yeux et se cramponna aux revers de sa veste de tweed.

— Hum, nous ferions mieux d'y aller, murmura-t-il. Sinon, nous risquons de manquer encore une fois le déjeuner !

L'auberge du Cerf-Rouge n'était qu'un modeste établissement, mais la cuisine surprenait par sa qualité. Anne et Dominick se régalèrent de saumon, d'un plat de gibier accompagné d'une savoureuse salade de légumes nouveaux, le tout arrosé d'un excellent vin rouge importé de France. À la fin du repas, rassasiés et satisfaits, ils déclinèrent tous deux le dessert qui leur était proposé.

Dominick se laissa aller contre le dossier de sa chaise.

— Anne, sais-tu que nous devons rentrer dans deux jours ? demanda-t-il.

La jeune femme éprouva un pincement au cœur. Dominick ne souriait plus. Il se pencha au-dessus de la table et lui prit les mains.

— Oui, murmura-t-elle. Ça aura été une semaine magnifique.

Anne ne voulait pas poursuivre cette conversation. Ils avaient encore deux jours devant eux et elle entendait bien ne pas les gâcher. Elle remarqua que Dominick baissait les yeux. Voulait-il cacher la souffrance qu'il ressentait ?

L'espace de quelques secondes, Anne se mit à détester Waverly Hall. Le manoir lui rappelait trop ce passé insupportable qu'elle voulait chasser de ses pensées. Plus rien ne comptait que ces instants magiques qu'ils vivaient ensemble.

— Anne, nous devons parler de l'avenir.

Elle poussa un soupir résigné.

— D'accord, si tu le souhaites.

— As-tu... pris une décision ? demanda-t-il en hésitant.

Anne lut de l'inquiétude dans les yeux gris de Dominick. Son cœur se mit à battre la chamade. Renoncer à lui au moment où elle l'aimait tant était un supplice qu'elle ne pourrait s'infliger. La voix de Dominick interrompit ses rêveries.

— Anne ?

Elle inspira longuement avant de répondre.

— Si j'étais raisonnable, je te demanderais de partir. Mais... j'aimerais ne plus te quitter, Dominick... Plus jamais.

— C'est merveilleux ! s'exclama-t-il.

— Ne t'emballe pas. Je n'ai encore pris aucune décision. Je te dis simplement ce que je ressens...

La lueur de triomphe qui éclairait le visage de Dominick s'éteignit aussitôt.

— Je comprends, balbutia-t-il en serrant très fort ses doigts.

Elle était sur le point de lui dire qu'elle l'aimait, mais la prudence qu'elle avait acquise au cours de ces quatre dernières années lui donna la force de se taire. Après tout, lui-même n'avait pas avoué son amour. Peut-être n'avait-il que de l'amitié pour elle ?

— J'ai donc encore quelques efforts à faire pour te convaincre d'oublier le passé, dit-il sur un ton léger bien qu'il n'eût pas réellement envie de plaisanter.

Anne prit pour argent comptant la fausse décontraction qu'il affichait. Elle s'en sentit soulagée. Tendrement elle lui caressa la main, pour exprimer ce qu'elle ne pouvait traduire par des mots.

— Si on rentrait ? suggéra-t-il.

Au cours des heures qui suivirent, ils se sentirent tous deux un peu tristes. La réalité les rattrapait, et ils savaient que bientôt ils devraient l'affronter.

19

À la descente du train, à Dulton, le carrosse de Waverly attendait Dominick et Anne pour les ramener chez eux.

Ils roulèrent pendant une heure. Tirée par six puissants chevaux noirs, la voiture longea le vieux mur qui, sur plusieurs kilomètres, délimitait le domaine. Enfin, le manoir apparut à l'horizon.

La splendeur de cette demeure avait toujours éveillé l'admiration de la jeune femme. Aujourd'hui, c'était complètement différent. Pour la première fois, elle portait sur le manoir un autre regard, froid et presque indifférent. Depuis ce matin, la vie lui semblait terne, fade, sans attrait. Exactement comme le jour où Dominick l'avait quittée, au lendemain de leur mariage.

Elle se sentait oppressée. Quelque chose l'empêchait de raisonner posément. C'était comme s'il y avait deux personnes en elle. La nouvelle Anne voulait accorder sa confiance à Dominick dont elle était sous le charme. Mais l'autre, la femme qui avait passé quatre années dans la solitude, lui criait d'être prudente et agitait le spectre d'un nouvel abandon.

Comment pouvait-elle aimer Dominick pour ce qu'il était et, au même instant, le détester pour ce qu'il avait été ?

Calée au fond du carrosse, elle jeta vers son mari un regard furtif. Après la nuit passée dans le train, Dominick s'était conduit plutôt froidement. Maintenant, il semblait contracté. Il ne s'était pas rasé, et le reflet de sa barbe naissante assombrissait son visage. Il se tenait raide, le regard fixé droit devant lui. Leurs derniers moments d'intimité remontaient à cette nuit, quand ils avaient fait l'amour pendant le voyage, alors que le train traversait le nord de l'Angleterre.

Anne faisait des efforts pour rester calme. Il lui fallait lutter pour ne pas pleurer. Chaque minute de cette semaine écoulée hantait son esprit.

Après ce qui s'était passé entre eux, Dominick devait l'aimer, pensait-elle. Puis, à la seconde suivante, le doute la reprenait. Elle se souvenait qu'elle avait déjà cru la même chose quatre ans plus tôt.

— Anne, chuchota soudain Dominick. Viens près de moi !

Sans se faire prier, elle se blottit contre son épaule et il l'enlaça. Instinctivement, elle lui prit la nuque. Leurs bouches se fondirent avec passion.

Insensible aux cahots de la route et au manque d'espace, elle était toute à lui. Elle se crispa de plaisir lorsqu'il posa les lèvres sur son cou pour le couvrir de baisers. Elle le laissa déboutonner le haut de sa robe jusqu'à la naissance de ses seins qu'il embrassa et caressa avec la même ardeur.

Stimulé par les gémissements de la jeune femme, Dominick releva ses encombrants jupons. À son tour, elle glissa les mains dans l'encolure de sa chemise et lui griffa les épaules. Il entra en elle avec une sensualité sauvage.

À cet instant, des larmes perlèrent sur les joues d'Anne. Elle enfouit son visage dans ses mains. C'était peut-être la dernière fois qu'ils faisaient l'amour…

— Ne pleure pas, Anne, murmura-t-il tendrement.

Il recula pour la regarder, mais la jeune femme se cramponna à lui comme s'il s'agissait d'un adieu. Elle était secouée de gros sanglots, tandis que Dominick répétait en embrassant ses joues baignées de larmes :

— Il ne faut pas pleurer, chérie, il ne faut pas pleurer.

Elle aimait cet homme désespérément, de toutes les fibres de son être. Elle ne pouvait faire autrement que de lui donner une autre chance.

Sa décision était prise : elle lui demanderait de rester à Waverly !

Avant d'arriver au manoir, Dominick intima au cocher de faire une halte pendant laquelle ils réajustèrent leurs vêtements et se recoiffèrent.

Anne songea qu'il était temps de faire part de sa décision à Dominick, mais il coupa court à son intention, l'air préoccupé, semblant redouter ce qu'elle allait lui annoncer.

— Pas maintenant, dit-il. Nous parlerons de cela une fois arrivés.

Puis, sans la regarder, il ordonna au cocher de se remettre en route. Anne s'installa au fond de la banquette. Plusieurs fois, elle essaya de capter son attention, mais visiblement il évitait son regard.

Dès l'arrivée du carrosse, deux valets de pied se précipitèrent pour aider la marquise à descendre. Bennett les accueillit sur le seuil avec l'impassibilité d'un majordome stylé. Mais Anne le connaissait assez bien pour deviner sous son air froid un réel plaisir de revoir ses maîtres.

— Milady, milord, fit-il en s'inclinant avec respect.

— Bonjour, Bennett ! Mon grand-père est là ? demanda Dominick.

— Non, milord. Il est allé à Rutherford peu après votre départ pour l'Écosse.

— Vérig et Belle sont-ils arrivés ?

Dominick les avait renvoyés un jour plus tôt.

— Oui, milord. Selon vos instructions, ils ont arrangé la chambre de maîtres. Ils vont vous préparer un bon bain chaud.

— C'est très bien ! (Dominick jeta un regard en coin à sa femme, puis il se tourna à nouveau vers Bennett.) Toutes les affaires de Madame ont-elles été transportées dans la chambre comme je l'avais demandé ?

Bennett confirma à Dominick que ses ordres avaient bien été exécutés. Il s'effaça pour laisser passer la marquise, mais cette fois, il souriait très nettement.

Anne essayait de ne montrer aucun de ses sentiments. Apparemment son mari avait tout organisé pour qu'ils partagent la même chambre. En d'autres temps, elle s'en serait offensée, d'autant qu'il avait pris ces dispositions sans savoir si elle accepterait qu'il reste à Waverly !

Elle tenta timidement de relancer le sujet :

— Dominick, nous devons parler…

— Bien sûr, mais rien ne presse. Va d'abord te détendre et prendre un bon bain. Que dirais-tu de nous retrouver pour discuter cet après-midi à l'heure du thé ? Vers quatre heures dans la bibliothèque, ça te convient ?

Anne accepta d'un signe de tête, secrètement amusée par le ton formaliste de Dominick.

Se départant de son air froid, il se pencha soudain et l'embrassa sur la bouche, sous le regard interloqué de Bennett.

Anna alla directement dans la chambre de maîtres. En réalité, il s'agissait plutôt d'un luxueux appartement de plusieurs pièces en enfilade. Dans la salle au sol de marbre, un bain parfumé avait été préparé à son intention. Elle remarqua aussi que des rafraîchissements attendaient sur la table du salon. Dans la chambre attenante, Belle était en train de ranger les vêtements de sa maîtresse.

Maintenant qu'Anne avait pris sa décision, elle se sentait légère, soulagée d'un fardeau, heureuse comme un prisonnier le jour de sa libération, songea-t-elle. Elle jeta un regard vers les immenses baies qui ouvraient sur le parc. La variété des essences, des couleurs, l'ordonnancement des arbres, des buissons et des parterres de fleurs qui se succédaient à perte de vue étaient un enchantement. C'était si bon de se retrouver chez soi !

Quelqu'un frappa à la grande porte d'acajou. Comme Belle n'avait pas entendu, Anne décida d'aller elle-même ouvrir. S'attendant à voir Dominick, sa surprise fut grande de se trouver face au palefrenier.

— Willie ? J'imagine que vous voulez parler au marquis, mais il n'est pas là pour le moment.

— Non, milady, c'est vous que je voudrais voir... Juste quelques instants... si vous le permettez.

— Bien sûr. Entrez !

Visiblement gêné, Willie pénétra dans la suite en tortillant nerveusement la casquette qu'il tenait entre ses mains. Il regarda autour de lui et, apercevant Belle dans la pièce adjacente, il déclara :

— J'aimerais vous parler seul à seule.

Cette requête acheva d'intriguer Anne, qui ferma la porte de la chambre.

— Eh bien, je vous écoute, Willie. Avez-vous des problèmes ?

— Des problèmes... oui, milady... balbutia le palefrenier, puis il s'interrompit aussitôt.

Anne le rassura avec un gentil sourire.

— N'ayez crainte. Si je peux vous aider, je le ferai bien volontiers.

— J'ai peur... expliqua Willie. Depuis que vous êtes partie en Écosse, Lady Anne, je me fais un souci d'encre. Voilà des nuits que je n'arrive plus à dormir... J'avais promis au marquis de ne rien vous dire, mais ce n'est pas possible... Je vous dois la vérité.

Anne ne comprenait pas un traître mot. De quoi Willie parlait-il ? Avait-il des ennuis ? Tiraillée entre sa curiosité et le désir de secret de Dominick, Anne hésitait sur la conduite à adopter. Puis elle se décida.

— Willie, vous ne devez pas désobéir au marquis, affirma-t-elle. Je suis sûre qu'il a de bonnes raisons s'il vous a demandé de vous taire. Vos problèmes s'arrangeront peut-être bientôt, ne vous inquiétez pas.

— Mais... mais... c'est pour vous que j'ai peur.

— Je ne comprends pas, répliqua Anne, décontenancée.

Alors que Willie n'avait jusque-là réussi qu'à balbutier, il se mit à débiter d'un trait ce qu'il avait sur le cœur, comme s'il voulait en finir au plus vite.

— Quand Ouragan est devenu fou, ce n'était pas un accident, je vous assure ! Il a été drogué avec une piqûre. J'ai vu la trace de l'injection, juste sous la crinière. Je vous promets que je dis la vérité.

En une seconde, des images désordonnées se bousculèrent dans l'esprit d'Anne : la rose calcinée, les chandelles renversées dans sa chambre, le sabot d'Ouragan juste au-dessus de sa tête, l'étrivière dans la malle... Son sang se glaça.

— Ce n'est pas possible, murmura-t-elle d'une voix éteinte.

— Si, si, je vous le garantis. Le marquis est au courant mais, je vous en supplie, ne lui dites pas que je vous ai tout raconté.

Anne se laissa tomber sur une chaise.

— Le marquis est au courant, répéta-t-elle, incrédule. Vous êtes sûr ?

— Oui, c'est même lui qui a découvert l'endroit de la piqûre. J'étais avec lui ce jour-là. Quelques jours après, pendant que vous étiez en Écosse, j'ai retrouvé la seringue jetée avec les ordures derrière la cuisine des garçons d'écurie. Quelqu'un a voulu vous faire peur, milady.

Après le départ du palefrenier, Anne resta figée d'horreur. La conclusion de Willie était peut-être encore en dessous de la vérité. Dans l'incendie de sa chambre, elle aurait pu mourir. Lors de son accident de cheval également. Si ces événements étaient le résultat d'actes malveillants, ils ne pouvaient être le fait que d'un intime, de quelqu'un qui pouvait s'introduire à l'écurie, s'approcher de son lit ou de ses bagages.

Un souvenir revint à sa mémoire. Elle revit la fenêtre ouverte dans sa chambre de Tavalon. Quoi qu'en eût dit Dominick, elle était sûre de l'avoir fermée. À la pensée qu'en pleine nuit un ennemi avait rôdé si près d'elle dans le noir de sa chambre, elle se sentit pâlir.

Était-ce le même personnage qui l'avait poursuivie dans la lande ? Non, cela ne devait être qu'une coïncidence. Elle ne se connaissait pas d'ennemis... À part, peut-être, sa cousine. Évidemment, toutes les apparences étaient contre Félicity : elle connaissait les chevaux, elle avait promis à Anne qu'elle se vengerait un jour... Mais de là à imaginer qu'elle les avait suivis en Écosse, c'était absurde !

Anne essaya de surmonter sa panique. Elle était maintenant seule dans la suite. Belle était sortie quelques minutes après Willie. Si seulement elle n'avait pas promis au palefrenier de se taire, elle se serait précipitée à la recherche de Dominick. Soudain elle avait besoin de sa présence. Un besoin vital.

À nouveau, on frappa. Était-ce lui cette fois ? Anne se précipita.

— Comment allez-vous ? demanda Clarisse, puis elle ouvrit de grands yeux. Ma parole, vous êtes pâle comme un linge !

Anne fit un pas en arrière. Elle venait de penser que Clarisse était peut-être l'ennemie qui voulait sa mort :

c'était une excellente cavalière et elle aussi avait prouvé sa haine. *Vous n'êtes qu'une sale petite intrigante... une moins-que-rien, une petite orpheline américaine sans le sou...*

— Vous vouliez me parler ?

— Oui, dit Clarisse en entrant dans la chambre. Je suis inquiète... Depuis quelque temps, j'ai quelque chose sur le cœur que je ne peux plus garder pour moi.

Anne faisait de gros efforts pour paraître calme.

— Que se passe-t-il ?

— C'est très simple. Vous connaissez bien sûr le projet absurde manigancé par Rutherford pour vous donner le manoir, mais saviez-vous que ces dispositions n'étaient pas définitives ? Il se pourrait bien qu'un jour Dominick récupère la propriété qui n'aurait jamais dû lui être retirée. Je suppose que le duc ne vous a jamais parlé de cela, n'est-ce pas ?

De toute évidence, Clarisse était venue pour torturer sa belle-fille. Sous le coup d'une terrible appréhension, Anne demanda :

— Qu'est-ce qui pourrait entraîner un tel changement ?

— Tout ce que Dominick aurait à faire pour récupérer Waverly, ce serait de vous mettre enceinte. C'est peut-être déjà fait, non ?

Clarisse souriait.

20

Anne arriva à Rutherford, la résidence londonienne du duc, quelques heures plus tard.

N'emportant que quelques effets, elle s'était précipitée dans la première voiture attelée, entraînant Belle à sa suite. Son instinct lui commandait de fuir et elle n'avait pas pris le temps de se questionner sur la pertinence de sa décision. Quelle autre solution d'ailleurs pouvait bien avoir une femme bafouée pour sauver son honneur ?

Par bonheur, le carrosse s'était déjà ébranlé quand Dominick était sorti sur le perron. Anne l'avait entendu crier, mais elle avait laissé le cocher poursuivre son chemin. Lorsqu'elle s'était retournée, elle l'avait aperçu par la petite lucarne arrière qui courait pour rattraper la voiture. Elle avait alors ordonné au cocher d'accélérer la cadence et, tandis que le fouet claquait sur l'échine des chevaux, la silhouette de Dominick s'était progressivement fondue dans l'horizon.

Après six heures de route, sa souffrance n'était nullement apaisée. Anne avait l'impression que son cœur saignait, que son corps était fourbu et que sa tête était lourde comme du plomb. Elle avait oublié que la trahison faisait si mal ! Cet homme, qu'elle aimait depuis toujours, n'était qu'un tricheur. Il avait joué la comédie dans l'unique but de posséder le manoir.

Anne était doublement trahie cette fois-ci. Par Dominick d'abord, mais aussi par le duc de Rutherford. Lui qu'elle croyait son ami ! Le monstre ! Elle allait lui dire deux mots !

À l'arrivée du carrosse, le domestique du duc se précipita pour déplier le marchepied. Anne descendit en tremblant.

La résidence de Rutherford, située sur Belgravia Square, avait tout d'un palais. C'était une immense demeure de quatre étages qui occupait tout l'espace entre deux rues. Depuis l'époque élisabéthaine, aucun élément n'était venu se surajouter à sa gracieuse façade de pierre beige, surmontée d'un vaste dôme central et de deux coupoles latérales plus petites.

— Que s'est-il passé ? Pourquoi sommes-nous ici ? s'enquit enfin Belle.

Depuis le départ, cette question lui brûlait les lèvres, mais elle n'avait pas encore osé la poser. Maintenant, la femme de chambre avait les larmes aux yeux.

— Cela me fait trop mal d'en parler... Plus tard, Belle, je vous expliquerai.

Belle était une brave fille, toute dévouée à la marquise. Anne savait qu'elle éprouvait un sincère chagrin de voir sa maîtresse malheureuse, mais elle ne parvint pas à lui sourire comme elle l'aurait voulu. D'ailleurs, pourrait-elle jamais sourire à nouveau ?

Le domestique les escorta jusqu'au monumental escalier de soixante-trois marches qui menait à la porte d'entrée. Au-dessus trônait le blason des Rutherford, gravé dans la pierre et surmonté d'une couronne dorée. Deux valets de pied, imperturbables, étaient en permanence de part et d'autre de la porte. Leur maintien rigide et leur regard lointain les faisaient ressembler à des statues. Le majordome du duc se présenta au moment où Anne arrivait sur le seuil. Il s'inclina profondément en reconnaissant la jeune marquise.

— Milady ! Monsieur le duc est sorti, mais je vais vous servir des rafraîchissements au salon pour vous faire patienter. Si vous voulez bien vous donner la peine d'entrer...

— Merci, Caldwell.

Anne retenait ses larmes. Elle pénétra dans le hall. Une superbe fresque en trompe l'œil en ornait le plafond et le sol était recouvert d'un marbre veiné de la plus belle qualité.

— Pourriez-vous faire préparer une chambre pour Madame la marquise ? demanda Belle au majordome. Elle ne se sent pas bien, elle serait mieux allongée.

Caldwell plissa le front.

— Bien sûr ! Voulez-vous que je fasse venir un médecin ?

Belle se tordait les mains d'anxiété. Sans lui laisser le temps de répliquer, Anne intervint :

— Non, Caldwell, merci, ça ira très bien. Ma femme de chambre s'inquiète pour rien. De toute façon, je ne resterai pas très longtemps ici.

— Mais... milady ! Où voulez-vous que nous allions ? s'exclama la servante, de plus en plus troublée.

À vrai dire, Anne ignorait encore la réponse à cette question. Elle était partie si vite qu'elle n'avait pas emporté d'argent. Elle espérait qu'en échange de sa parole, et compte tenu de la notoriété de sa famille, on lui ferait crédit.

— Caldwell, connaissez-vous un hôtel où je pourrais m'installer avec Belle ?

À cette demande incongrue, le majordome écarquilla les yeux, mais il se garda d'émettre un commentaire.

— Je crois que le Cavendish est un établissement assez élégant, répondit-il simplement.

Anne s'imagina soudain dans la froideur et la solitude d'une chambre d'hôtel. Elle détourna vivement le regard, puis entra dans le salon. Elle n'allait tout de même pas se mettre à pleurer !

Sourde aux exhortations de Belle qui l'implorait de monter se reposer, elle se posta derrière la fenêtre pour guetter le retour du duc. Elle ne jeta pas le moindre coup d'œil aux gâteaux et aux boissons que Caldwell apportait. Au bout d'un moment, sa patience fut récompensée : le carrosse blanc des Rutherford s'arrêtait devant la résidence.

Anne faisait face à la porte quand le duc apparut dans le salon. Il semblait soucieux.

— Qu'avez-vous, Anne ? Caldwell vient de me dire que vous étiez souffrante.

Assaillie de chagrin, elle resta silencieuse.

— Anne ? Ça ne va pas ?

— Je pensais que vous étiez mon ami, réussit-elle enfin à murmurer d'une voix étouffée.

— Mais je suis votre ami, je vous aime comme ma fille. Que se passe-t-il ?

— Ne mentez pas...

— Seigneur, je n'y comprends rien ! s'exclama le duc.

Il traversa le salon. Agitée de tremblements nerveux et secouée de sanglots, Anne ne se dominait plus.

— Qu'est-il arrivé ? Où est Dominick ? questionna-t-il en la serrant dans ses bras.

Elle laissa aller sa tête sur l'épaule de Rutherford qui la berça doucement, jusqu'à ce que monte en elle une profonde fureur. Alors, de toutes ses forces, elle se mit à tambouriner sur la poitrine du duc.

— Que Dominick soit maudit ! Et vous aussi !

— Calmez-vous et expliquez-vous, ordonna-t-il en lui saisissant les poignets.

Anne se dégagea brusquement et fit un pas en arrière.

— Je suis au courant de votre méprisable accord. Je ne vous pardonnerai jamais. Ni à vous ni à lui !

— Ah, je comprends, fit le duc qui paraissait complètement anéanti.

Ils se fixèrent sans un mot pendant un long moment, puis Rutherford reprit la parole.

— C'est pour vous deux que j'ai fait cela, Anne. Vous devez me croire.

Anne ricana amèrement.

— Dites plutôt que c'est pour l'avenir de votre duché et pour votre satisfaction personnelle !

— Je vous aime, Anne, comme j'aime Dominick. Bien plus que ma descendance, c'est votre bonheur à tous deux qui me préoccupe.

— Notre bonheur ? Ce n'est même pas la peine d'y penser ! De toute façon, vous ne savez pas ce que signifie le verbe « aimer » ! cria Anne d'une voix suraiguë.

Une lueur de chagrin passa dans le regard du duc.

— Comme vous me connaissez mal !

— Si vous m'aimiez, vous ne vous seriez pas servi de moi. Et si vous aimiez Dominick, vous ne lui auriez pas imposé cet horrible marché. Quand j'ai surpris votre conversation un matin au petit déjeuner, quand je vous ai entendu dire à Dominick que vous souhaitiez qu'il ait un héritier, je ne pouvais pas imaginer que vous aviez assorti votre vœu d'un sordide marchandage : la propriété du manoir en échange d'un enfant ! Comment avez-vous osé ? C'est honteux !

— Écoutez-moi, Anne, je vous en supplie. Très sincèrement, mon plus grand rêve serait de voir Dominick heureux avec une vraie famille et des enfants légitimes. *Vos* enfants ! Croyez-moi, je vous aime beaucoup, depuis le premier jour où je vous ai vue chez les Collins.

Une image traversa l'esprit de la jeune femme : celle d'un matin d'automne où le duc était venu la voir pour la première fois. Elle avait alors onze ans. Ce grand homme à l'allure élégante l'avait profondément impressionnée. Et puis, il s'était mis à lui parler si gentiment qu'elle s'était tout de suite sentie à l'aise.

— Je crois que Dominick vous aime aussi, poursuivit le duc.

— Ce qu'il aime, c'est le manoir !

— Vous êtes injuste, Anne.

— Arrêtez de mentir. Si quelqu'un est injuste ici, c'est vous. Pas moi !

— Vous êtes bouleversée et je le comprends, repartit le duc d'un ton ferme. Mais la colère vous aveugle. Quand vous serez plus calme, vous comprendrez que je n'ai rien fait de mal. L'intérêt que Dominick vous porte n'a rien à voir avec le manoir. À propos, comment s'est passée cette semaine en Écosse ? Je mettrais ma main au feu que vous avez vécu des heures inoubliables.

À l'évocation de ces souvenirs, Anne se remit à sangloter. Elle versait à la fois des larmes de regret et de rage.

— Oui, et alors ? Vous aurez peut-être un petit-fils et Dominick aura Waverly Hall. Vous êtes content ?

— Vous êtes une femme sensée. Je suis certain que, tôt ou tard, vous reprendrez vos esprits. En attendant, installez-vous ici et faites comme chez vous.

— Non, je vais au Cavendish.

— C'est hors de question, répliqua aussitôt Rutherford, l'air abasourdi mais déterminé. Seule dans un hôtel, vous allez ressasser vos problèmes.

Anne releva la tête avec l'intention de contredire le duc, mais les mots ne venaient pas. Au fond d'elle-même, elle savait que le vieil homme n'avait pas tort. Rapidement, elle passa en revue diverses solutions. Retourner à Waverly Hall ou aller dans un autre domaine appartenant à Dominick ? C'était exclu ; elle en faisait une question de principe. Demander l'hospitalité aux Collins ? Edna n'accepterait jamais. Aller dans la résidence londonienne qui autrefois était la propriété de Philip ? C'était ce Matthew Fairhaven, qu'elle ne connaissait même pas, qui en avait hérité...

— D'accord, finit-elle par accepter du bout des lèvres.

Le duc ne cacha pas son soulagement.

— Nous reparlerons de ce qui vous tourmente plus tard, quand vous vous serez reposée.

— Il n'y a rien de plus à en dire ! rétorqua Anne sèchement.

Puis elle s'écroula sur un canapé, tandis que le duc quittait le salon sans ajouter un mot. Une seconde encore et elle aurait chancelé sur ses jambes. Elle était à bout.

C'est seulement en tournant le visage qu'elle vit Belle qui, à l'autre bout de la pièce, se tenait recroquevillée dans un coin. Sa femme de chambre venait involontairement d'assister à la scène.

— Eh bien, vous voilà fixée, Belle !

— Oh, milady, murmura la domestique qui semblait retournée. Que puis-je faire pour vous ?

Sans attendre la réponse, elle se précipita vers Anne et, n'écoutant que son cœur, fit ce geste incroyable de prendre sa maîtresse dans ses bras. Surprise, Anne sentit qu'elle ne devait pas s'offusquer de cette liberté déplacée.

— Merci, Belle. C'est très gentil de votre part... Tout ce qui me reste à faire maintenant, c'est de voir un avocat. Je vais refuser l'héritage du manoir. Je ne retournerai jamais là-bas.

Anne s'était parlé à elle-même. La réaction de Belle lui fit réaliser qu'elle venait, en quelque sorte, de prendre sa femme de chambre pour confidente.

— Vous aimez trop le manoir et le personnel tient trop à vous pour que vous fassiez une chose pareille. Pardonnez ma franchise, Lady Anne !

— Le marquis me remplacera très bien à Waverly.

— Mais... où allez-vous vivre ?

— J'ai l'intention de louer un appartement à Londres.

Les yeux de Belle s'arrondirent d'étonnement.

— Vous n'allez quand même pas... div... divorcer ?

— Bien sûr que non. Je ne veux pas détruire une famille et puis... je pourrais attendre un enfant.

Au moment où elle prononçait ces mots, quelques larmes lui montèrent aux yeux. Enceinte ou pas, de toute façon, elle ne reprendrait jamais la vie commune. Rester à Londres aurait en outre l'avantage de mettre une distance entre elle et celui ou celle qui lui voulait du mal. Raisonnablement, elle pouvait espérer que son ennemi ne la poursuivrait pas jusqu'ici.

— Belle, je voudrais vous dire quelque chose... Vous souvenez-vous du jour où Ouragan est devenu fou, et de l'étrivière que vous avez trouvée dans mes affaires en Écosse ? (La femme de chambre fit un signe de tête.) Eh bien, tout cela n'avait rien d'accidentel. Quelqu'un cherche à me faire du mal, mais j'ignore de qui il s'agit.

Anne relata les détails de ces événements troublants.

— Mon Dieu, milady ! s'exclama la femme de chambre dont les lèvres tremblaient d'émotion. Vous devez retourner auprès de votre mari pour bénéficier de sa protection. Peu importe ce qu'il vous a fait.

Anne se redressa sur le canapé.

— Ça, jamais ! Je vais vous envoyer à Waverly pour y porter deux messages. L'un sera pour Willie. Je dois trouver qui est venu à l'écurie ce matin-là.

— Et l'autre message ?

— Il sera pour Patrick, dit Anne, consciente du regard désapprobateur que lui lançait Belle. C'est mon ami et j'ai besoin de lui.

— Mais... si vous me permettez, milady, ce n'est pas convenable. C'est le soutien du marquis que vous devriez chercher.

Anne se leva brusquement. Son air sévère impressionna la servante qui devint toute pâle et baissa les paupières.

— Pas un mot à mon époux, Belle, vous m'entendez ? Cet homme m'a trahie. Si j'apprends que vous lui avez parlé, je vous congédierai sur-le-champ. C'est compris ?

— Savez-vous où est allée la marquise ?

— Je l'ignore, milord. Elle ne m'a rien dit, répliqua Bennett.

Tout en réfléchissant à cette situation insensée, Dominick faisait les cent pas dans la bibliothèque. Il passa les doigts dans ses cheveux bruns.

Se pouvait-il qu'Anne ne l'ait pas entendu l'appeler ? Pourquoi n'avait-elle pas demandé au cocher d'arrêter les chevaux ? Et surtout, où était-elle partie si précipitamment ? Si elle ne voulait plus le voir, elle n'avait qu'à le renvoyer de Waverly, elle n'avait pas besoin de s'enfuir. Non, décidément, toute cette histoire ne tenait pas debout.

— Elle est partie à midi et il est presque minuit.

— Milord, je suis sûr que madame la marquise avait un rendez-vous dont elle a oublié de vous faire part.

Malgré ses propos rassurants, Bennett ne croyait pas un mot de ce qu'il disait. Cela se voyait à sa mine préoccupée et à ses traits tendus.

— Ce n'est pas possible. Anne n'est pas étourdie à ce point.

— Si vous devez l'attendre, voudriez-vous que je vous apporte une petite collation ?

— Non merci, Bennett. Vous pouvez vous retirer et dites à Vérig d'en faire autant. Je n'aurai plus besoin de vous ce soir.

Le majordome disparut sur la pointe des pieds, laissant son maître désemparé.

Le marquis n'eut que le temps de s'asseoir. Bennett réapparut aussitôt, une enveloppe à la main. Dominick reconnut le sceau ducal.

— Le duc de Rutherford a envoyé un messager vous porter ce pli.

Il saisit le document que Bennett lui tendait et déchira l'enveloppe d'une main fébrile.

Dominick,

Ton épouse est à Londres chez moi. Elle a appris, je ne sais comment, les détails de notre accord. Prépare-toi à venir la chercher. Pour l'instant, elle est trop bouleversée. Laisse passer un ou deux jours pour lui permettre de se calmer.

Ton grand-père.

Dominick regarda fixement la missive jusqu'à ce que les lettres se brouillent sous ses yeux. Puis il froissa le papier et le jeta dans le feu.

Comment avait-il été assez sot pour ne pas imaginer que cela arriverait un jour ? Si seulement il avait tout dit à Anne quand il en était encore temps ! En tête à tête, il lui aurait expliqué et elle aurait compris. Maintenant c'était trop tard. Irrémédiablement trop tard.

— Ce ne sont pas de mauvaises nouvelles de Lady Anne au moins ? se permit de demander le majordome avec une pointe d'inquiétude dans la voix.

— Non, un simple petit malentendu. Allez vous coucher. Bonne nuit, Bennett.

Dominick referma la porte pour rester seul dans la bibliothèque. En dépit de ce qu'il venait d'affirmer, il n'y avait aucun malentendu entre Anne et lui. Son épouse avait eu connaissance d'une situation qui était des plus claires. Toute l'horreur de cet affreux marchandage lui avait sauté aux yeux.

Comment Dominick pourrait-il lui expliquer qu'il tenait vraiment à elle et qu'il se fichait pas mal du manoir ? Jamais elle ne le croirait. Au risque de se briser la main, il se défoula de sa rage d'un grand coup de poing sur le mur.

Dans le petit matin brumeux, le marquis chevauchait à travers les prés humides. Ce qu'il désirait avant tout, c'était ne plus penser. Ne plus penser à Anne, au futur immédiat… Il ne se faisait guère d'illusions et pourtant, l'idée que la jeune femme pourrait le repousser lui était insupportable.

Penché en avant sur la selle, il menait sa monture au galop. Rien de tel que la vitesse pour oublier ses soucis.

— Dominick, attendez ! cria soudain une voix.

Il passa au trot. En apercevant Félicity qui venait vers lui, il se sentit très contrarié. Elle tenait les rênes d'une petite carriole. Elle agita sa main gantée en signe de reconnaissance et fouetta son cheval pour le rejoindre plus vite.

Lorsqu'elle arriva devant lui, il ne manifesta aucune intention de descendre de cheval. Au contraire, il se cala bien au fond de sa selle et la salua froidement.

— Bonjour, Félicity.

Il ne pouvait s'empêcher de la considérer avec un air soupçonneux. Certes, elle n'avait pas l'allure d'une meurtrière. On lui aurait plutôt donné le bon Dieu sans confession avec des yeux d'un bleu aussi limpide !

— Bonjour ! Je vous cherchais…

— Ah, vraiment ! s'exclama Dominick, un brin moqueur.

— Oui. J'ai appris qu'Anne avait quitté Waverly Hall.

— C'est exact.

Dominick se retint pour ne pas lui recommander de se mêler de ses affaires.

— Vous devez être content d'être débarrassé de cette femme encombrante ! dit-elle avec un sourire de jubilation.

— Je croyais avoir été assez clair la dernière fois que nous nous sommes vus.

— Je ne me souviens plus de ce que vous m'avez dit, proclama-t-elle avec une innocence feinte, si ce n'est que vous m'aviez promis de me faire visiter vos écuries et que j'attends toujours. Auriez-vous le temps maintenant ?

Dominick songea à toutes les femmes avec qui il avait couché au cours de ces dix dernières années. Soudain, il en éprouvait du dégoût. La même aversion que lui inspirait Félicity à cet instant.

— Non, je ne peux pas. Mais Blake doit être dans les parages. Allez le trouver ; je suis certain qu'il se fera un plaisir de vous emmener où vous voudrez.

— Blake ne me plaît pas !

— J'ai pourtant entendu dire qu'il vous avait escortée partout pendant que j'étais en Écosse.

— Il ne m'a pas escortée, il m'a suivie comme un toutou. C'est un vrai pot de colle. (Dominick ne put s'empêcher de rire, ce qui vexa Félicity.) Ce n'est pas drôle, vous savez, d'être soumise aux avances répétées de quelqu'un qui ne vous plaît pas.

— Vous ne croyez pas si bien dire ! Voilà un point de vue que je partage tout à fait.

Persuadée qu'elle plaisait à Dominick, la jeune femme ne saisit pas ce trait d'humour cinglant qui lui était destiné.

— Dominick… chuchota-t-elle d'une voix charmeuse.

— Ne dites rien qui pourrait nous embarrasser, vous et moi. Anne est ma femme et je la respecte. Maintenant que les choses sont claires, changeons de sujet.

Rembarrée sans ménagement, Félicity rougit. Dominick la regarda au fond des yeux et déclara tout de go :

— Quelqu'un essaie de nuire à Anne. Et je crois bien que c'est vous, Félicity !

Derrière les fenêtres de sa chambre, Dominick contemplait la campagne noyée dans la brume. Ne pouvant chasser Anne de ses pensées, il se sentait profondément malheureux. Il ne lui était jamais arrivé de désirer une femme à ce point, et ce n'était pas seulement dans son lit qu'il la voulait. C'était près de lui pour toute la vie.

Le temps n'était plus aux préoccupations d'amour-propre ou d'orgueil. Pour Anne, il était prêt à courir le risque de se voir rabrouer, il se mettrait à genoux s'il le fallait. Même si ses chances de réussite étaient minimes, il tenterait tout ce qui était humainement possible pour la récupérer. De toute manière, il lui devait au moins une explication...

Il se retourna en entendant frapper.

— Entrez, mère, dit-il avec un sourire de politesse.

Vérig, qui préparait les bagages de son maître, disparut pour les laisser en tête à tête. Clarisse regarda la malle remplie de vêtements, étonnée.

— Où vas-tu ? Rejoindre Anne ?

— Oui.

— Mais elle ne t'aime pas ! Tu es fou, Dominick. Laisse-la tomber, elle n'est pas assez bien pour toi !

— Vous vous trompez complètement, mère. C'est justement moi qui ne suis pas assez bien pour elle.

— Mon Dieu, elle t'a ensorcelé !

Clarisse alla s'asseoir sur une chaise. Un de ses chats, qui l'avait suivie dans la chambre, sauta sur ses genoux.

La présence de Clarisse ravivait en Dominick les inquiétudes qu'il avait ressenties à la lecture du journal de Philip, et qu'il s'était efforcé d'oublier. En Écosse, cela n'avait pas été trop difficile de ne pas y penser, mais maintenant qu'il était de retour à Waverly Hall, il sentait bien qu'il ne pourrait longtemps esquiver le problème. Il eut soudain l'impression de se jeter dans le vide.

— Mère, je voudrais vous parler d'un sujet délicat... Mon père... me détestait, il vous détestait, il détestait toute la famille... Pourquoi ?

Clarisse esquissa un sourire qui ressemblait plutôt à une grimace.

— Tu n'as pas deviné ?

— Si !

— Alors, brûle ce journal qui est un ramassis de méchancetés. Ce ne sont que les élucubrations d'un homme aigri.

Dominick hésita encore. « Suis-je son fils ? » aurait-il voulu demander. Mais finalement il n'osa pas poser la question cruciale. S'il jetait le journal au feu, cela n'aurait plus jamais d'importance. Il enfouirait ses doutes au fond de lui et personne ne soupçonnerait jamais rien.

Clarisse se tenait tremblante devant lui, près de fondre en larmes. Une terrible angoisse se lisait sur son visage. Pour la protéger, Dominick n'avait qu'une chose à faire : son devoir. Il alla prendre le journal dans le tiroir de sa table de chevet et le jeta dans les flammes.

Comme subjuguée, Clarisse regarda le papier noircir, se racornir et disparaître.

— Merci, Dominick, murmura-t-elle.

Plus les heures passaient et plus l'impatience de Dominick grandissait. Le soir tombait. Il voyagerait pendant la nuit et demain, plût au ciel, il serait peut-être réconcilié avec Anne. Avant cela, il avait encore une tâche à accomplir.

Il sortit du manoir, franchit l'esplanade en direction des communs et traversa les écuries. À la lumière tamisée des torches, une douzaine de chevaux somnolaient. Au fond, il emprunta un petit escalier de bois et frappa à la porte qui se trouvait sur le palier. Willie ouvrit immédiatement, l'air surpris.

— Puis-je entrer ? Je n'en aurai que pour quelques instants.

— Oui... Que... que se passe-t-il... milord ? demanda nerveusement le palefrenier.

— J'aimerais savoir si vous avez découvert quelque chose ?

Willie respira. Ouf, ce n'était que cela ! Il avait pensé que la marquise avait parlé à son mari, qu'elle lui avait raconté sa visite.

— Milord, la veuve Reed, je veux dire Mme Félicity Collins-Reed, n'est pas venue à l'écurie le matin de l'accident.

— Vous en êtes sûr ?

— Si elle était venue, quelqu'un l'aurait vue. Une femme comme ça, ça se remarque !

À moins qu'elle ne se soit déguisée, pensa Dominick. Encore aurait-il fallu que Félicity pût se changer : une fois avant d'entrer dans l'écurie pour droguer le cheval, puis une seconde fois avant d'en ressortir. C'était peu plausible.

— Qui est entré dans l'écurie, alors ?

— Le duc. Il monte à cheval tous les matins.

Dominick chassa cette idée d'un geste de la main.

Son grand-père aimait Anne ; il ne faisait pas partie des suspects.

— Qui d'autre ?

— Votre mère est venue de bonne heure pour prendre son cheval. La marquise douairière monte trois fois par semaine à huit heures du matin, depuis des années. Elle dit que c'est bon pour la santé.

Malgré la haine que Clarisse éprouvait envers son épouse, Dominick était convaincu qu'elle était incapable de faire du mal à une mouche.

— C'est tout ?

— Non. Il y a encore quelqu'un. Trois garçons d'écurie l'ont vu.

Willie fronça les sourcils, embarrassé.

— Allons, parlez, Willie ! De qui s'agit-il ?

— De Patrick Collins, milord.

21

Anne s'éveilla épuisée. Elle avait dormi d'un sommeil agité et peuplé de cauchemars. Elle avait rêvé qu'elle était poursuivie par une meute de personnages qui lui voulaient du mal. Ils couraient derrière elle pour essayer de l'attraper. À bout de souffle, cernée comme une biche traquée par les chiens courants, elle s'arrêtait et regardait en arrière. Ils étaient tous là, l'air menaçant, la bouche tordue et les yeux qui leur sortaient des orbites. Ils ne riaient pas. Ils gloussaient plutôt ou poussaient des cris horribles. Au milieu de cette horde, elle reconnaissait soudain Dominick. Il agitait les mains vers elle. Des mains atroces avec des doigts immensément longs et des ongles crochus...

Elle s'était réveillée en sursaut et n'avait pu se rendormir.

En l'absence de Belle qui n'était pas rentrée de Waverly où elle était repartie pour porter ses deux messages, c'était Caldwell qui s'était chargé de monter le petit déjeuner à la marquise. Assise dans son lit, Anne regardait sans appétit le plateau qu'il lui avait préparé. Sur une dentelle blanche impeccable étaient disposés une tasse de chocolat fumant, quelques toasts, des fleurs fraîches et le journal du jour. Mais Anne n'avait envie de rien. Sauf peut-être de se rendormir… pour ne plus jamais se réveiller. Pourtant, il faudrait bien sortir de son lit. Aujourd'hui, c'était décidé, elle chercherait un avocat pour régler sa situation…

Sans qu'elle eût entendu frapper, la porte de la chambre s'ouvrit brusquement. Si elle avait eu le cœur fragile, elle serait morte sur le coup. D'un geste maladroit, elle renversa son chocolat. Dominick se tenait devant elle ! Il avait l'air sombre et l'observait comme s'il la découvrait pour la première fois.

Des émotions douloureuses, mêlant désespoir et fureur, envahirent la jeune femme. Elle tenta de protester mais, trop choquée, elle ne put émettre le moindre son.

— Je dois te parler ! lança-t-il, annonçant d'entrée la couleur.

Elle se leva d'un bond et enfila un déshabillé. Puis elle se campa devant Dominick et lui hurla à la figure :

— Dehors !

À ce cri, une servante pointa son nez à la porte.

— Allez-vous-en ! lui ordonna Dominick.

— Non, Lizzie, entrez ! J'ai besoin de vous pour m'habiller.

Sur le seuil, la malheureuse servante ne savait si elle devait reculer ou avancer.

— Si vous ne partez pas immédiatement, reprit Dominick, je vous ferai renvoyer de Rutherford.

À ces mots, Lizzie fila instantanément.

— Il n'était pas nécessaire de lui demander de sortir car je n'ai rien à te dire !

Sans répondre, Dominick claqua la porte du pied et croisa les bras sur sa poitrine. Anne sentit la moutarde lui monter au nez.

— Fiche le camp d'ici ! cria-t-elle. Tu n'obtiendras rien de moi.

— Tu ne peux tout de même pas effacer ce qui s'est passé entre nous en Écosse.

— Il ne s'est rien passé, sale menteur. Rien d'autre qu'une sinistre comédie. Tu voulais... que je sois amoureuse de toi. C'est tout ! Tu n'es qu'un être froid... sans cœur... sans scrupules...

Étouffée par la rage, Anne ne trouvait plus ses mots. Elle se mit à pleurer. Dominick devint blême. D'un pas raide, il traversa la chambre. Quand elle réalisa qu'il allait la prendre dans ses bras pour la consoler, elle fila se réfugier de l'autre côté du lit.

— Ne me touche pas ! Si tu approches, je hurle...

— Ne sois pas si agressive, Anne. Je suis venu pour m'expliquer.

— Je ne veux pas de tes explications... Je te déteste... Tu ne peux pas savoir... à quel point ! dit-elle entre deux sanglots.

Il inspira profondément pour se calmer.

— J'ai des choses à te dire et, que ça te plaise ou non, tu les entendras !

— Tu m'as séduite pour me faire un enfant et pouvoir ainsi récupérer Waverly Hall. Tu ne vas tout de même pas le nier ?

— Si, je le nie. Je sais que je ne t'ai pas donné beaucoup de raisons de me faire confiance jusqu'à présent, mais je te demande de me croire.

Sans réfléchir, Anne lui flanqua une gifle tellement violente que Dominick chancela. Il porta la main à sa mâchoire. Ses yeux devinrent noirs de colère.

— Sacré nom d'une pipe, tu vas écouter ce que j'ai à te dire ! Quand mon grand-père m'a fait part du marché, j'ai voulu quitter Waverly.

— C'est facile à dire maintenant, mais tu ne l'as pas fait ! remarqua Anne avec ironie.

— Parce que je me sentais attiré par toi et que je commençais à regretter le passé.

— Arrête ces mensonges, je t'en prie.

— Tu refuses de me croire, après le bonheur que nous avons partagé à Tavelon ?

— Oui.

Une lueur de désespoir assombrit le regard de Dominick.

— Alors, toi et moi… c'est fini ?

— Oui.

Il resta silencieux quelques instants, puis demanda :

— As-tu l'intention de divorcer ?

— Non. Il est quasiment impossible à une femme de divorcer, mais ce n'est pas ce qui me freine. Je ne veux pas que toute la famille en subisse les conséquences.

Dominick la considéra longuement.

— Je crois que tu as d'autres raisons, Anne. Tu es toujours amoureuse de moi.

— Tu as raison. Tu as *hélas* raison, devrais-je dire. Mais cela ne change absolument rien.

Il marcha vers la porte. Lui d'ordinaire si droit avait les épaules légèrement voûtées. Sur le seuil, il se retourna et Anne crut distinguer quelques larmes au bord de ses cils.

— Je sais que tu ne me croiras pas, mais je veux te dire quelque chose… Je t'aime, Anne.

Il resta immobile un moment qui sembla à la jeune femme une éternité. Il attendait qu'elle le rappelle, elle le savait bien. Mais elle serra les mâchoires pour ne rien dire et il la quitta.

Depuis une heure, Dominick sillonnait Hyde Park. Sur les innombrables allées cavalières, il avait déjà croisé une bonne partie de l'aristocratie londonienne, les hommes se promenant à cheval, les dames en calèche. La soudaine réapparition en ville du marquis de Waverly éveillait déjà la curiosité. Dès que tout ce beau monde aurait connaissance de sa séparation d'avec Anne, les langues iraient bon train.

— Holà, Saint Georges ! Attends-moi !

En voyant son meilleur ami, Dominick ralentit sa monture, un bel étalon à la robe gris pommelé. Blake lança son fringant cheval au trot pour le rejoindre.

— Ça fait un quart d'heure que je te cherche. J'étais sûr de te trouver ici !

Vêtu d'une redingote et de jodhpurs noirs, Blake avait fière allure.

— Mais qu'est-ce que tu fabriques à Londres ? s'étonna Dominick.

— Allons parler de cela autour d'un verre.

Ils empruntèrent une allée qui menait vers la sortie du parc, puis remontèrent Oxford Street et obliquèrent en direction du Mail. Devant leur club, un élégant bâtiment en brique orné d'un fronton à l'antique, ils mirent pied à terre. Le portier en livrée leur adressa un petit sourire.

Ils s'installèrent dans le salon feutré aux murs lambrissés, réservé exclusivement aux membres du club.

— Je te croyais encore à Waverly ! reprit Dominick.

Blake grimaça.

— Je me suis épuisé à courir après Félicity. Rien à faire ! Je suis écœuré.

— Un séducteur comme toi qui abandonne le combat, ça alors !

— Les dés étaient pipés, mon vieux. Elle est folle amoureuse de toi, tu le sais bien.

— Et moi, c'est Anne que j'aime, dit Dominick d'un ton lugubre.

Blake posa une main affectueuse sur le bras de son ami.

— Ça se voit sur ta figure ! Et Anne t'aime aussi, Dominick.

— Plus maintenant ! Elle ne veut plus me voir. Si tu savais ce que je ressens... Si l'amour fait souffrir comme ça, c'est terrible.

— Quoi qu'il se soit passé entre vous, je suis sûr que tu vas la reconquérir, dit Blake avec un sourire.

— Non, plus cette fois. C'est fini.

— Alors tu vas laisser le champ libre à cette vipère de Patrick Collins. Il n'attend que cela, tu sais ! Il est en ville, je l'ai croisé ce matin, juste avant de te rencontrer.

Dominick eut l'impression que le ciel lui tombait sur la tête.

— L'ordure ! s'exclama-t-il, fou de rage.

C'était bien assez douloureux d'avoir perdu Anne. Apprendre qu'elle se consolait dans les bras d'un autre était insupportable.

— Réagis, Dominick ! Essaie de te réconcilier avec ta femme, rends-la jalouse, que sais-je... Tu dois jouer toutes tes cartes. Méfie-toi de Collins, c'est un pervers.

Dominick resta silencieux puis, repensant aux révélations de Willie, il répondit :

— Oui, tu as tout à fait raison.

Anne s'en voulait de guetter derrière la fenêtre le retour de Dominick. Depuis son départ, ce matin, elle était complètement apathique et désespérée.

L'avocat chez qui elle s'était rendue en début d'après-midi avait refusé de s'occuper de son cas dès qu'il avait appris qu'elle était en conflit avec la puissante famille Saint Georges. Tout allait à vau-l'eau.

En voyant un fiacre s'arrêter devant la résidence de Rutherford, elle tressaillit. Mais, presque aussitôt, un immense soulagement l'envahit. C'était Patrick ! Elle ouvrit la fenêtre et l'appela. Il lui fit un grand signe de la main.

Elle dévala les escaliers pour aller à sa rencontre. Dans le hall, il venait de remettre ses gants, sa canne et son chapeau à Caldwell.

— Je suis tellement heureuse, dit-elle en lui tombant dans les bras.

Un tel comportement était inconvenant, mais Anne était si émue de le revoir. Se tenant près de la table de marbre, le visage figé et impénétrable, Caldwell faisait semblant de ne rien voir.

— Caldwell, veuillez nous apporter du thé dans le salon, je vous prie.

Ils pénétrèrent dans le superbe salon tendu de rouge et d'or, orné de tableaux anciens et d'une cheminée de marbre blanc. Quand ils se furent installés côte à côte dans un canapé, Patrick prit ses mains dans les siennes.

— Ma chère Anne, que s'est-il passé ? Pourquoi as-tu quitté Waverly si rapidement ? Ton message m'a affolé. Je me suis mis en route aussitôt.

— Je suis... très malheureuse.

— C'est encore Dominick, n'est-ce pas ?

— Oui, mais c'est ma faute aussi, dit Anne en baissant les yeux.

Patrick laissa échapper un juron. C'était si peu dans les manières du jeune homme qu'Anne s'en étonna.

— Il t'avait pourtant déjà eue une fois, nom d'une pipe !

— Je t'en prie, Patrick, ne crie pas. Je suis bien assez punie comme ça !

— Quand comprendras-tu que je t'aime ! se lamenta Patrick en prenant sa cousine dans ses bras. Moi, je ne t'ai jamais trompée. Si tu voulais...

Un frisson de crainte parcourut la jeune femme. Instinctivement, elle s'écarta de lui.

— Nous sommes les meilleurs amis du monde, mais je suis mariée à Dominick.

— Je me fiche de Dominick. Si tu t'accroches encore à lui après les souffrances qu'il te cause, c'est à désespérer.

— Je ne l'aime plus, mais je suis sa femme.

— Tu n'as qu'à divorcer !

Anne sursauta. Bientôt, Patrick allait lui demander de se remarier avec lui.

— Ce n'est pas possible, dit-elle dans un souffle.

Il se leva brusquement.

— Et pourquoi cela ? Tu l'aimes encore ?

— Non. Une dame du monde ne divorce pas et... et si j'étais enceinte ? ajouta-t-elle en rougissant.

Patrick la considéra comme une bête curieuse.

— Tu as des soupçons ? questionna-t-il, les sourcils froncés.

— Pas du tout, mais ce sont des choses qui peuvent arriver ! répliqua-t-elle, gênée de devoir aborder un sujet si intime.

Devant la mine dépitée de son cousin, elle reprit la parole :

— Je sais que tu tiens à moi, Patrick, mais de grâce, aimons-nous comme frère et sœur.

Anne se sentait plus abattue que jamais. Malgré elle, elle était obligée d'être cruelle avec Patrick.

— Pourquoi m'as-tu appelé alors ? Tu n'as pas besoin de moi !

— Si ! Ta présence est un grand réconfort pour moi. C'est très important que tu sois à mes côtés en ce moment. Et puis, il y a encore autre chose dont j'aimerais te parler. Quelqu'un me persécute. Pour me faire du mal ou simplement me faire peur, je n'en sais rien.

Anne relata par le menu l'incendie dans sa chambre, la rose calcinée sur son oreiller, la piqûre de drogue faite à son cheval et l'étrivière trouvée au fond de sa malle.

— C'est insensé !

— Ce n'est pas tout. Je crois aussi que quelqu'un a essayé de m'effrayer à deux reprises en Écosse.

Elle raconta la rencontre avec le mystérieux cavalier dans la lande, et comment elle avait retrouvé la fenêtre ouverte dans sa chambre au château de Tavalon.

— Dominick est au courant ?

— De ce qui s'est passé en Écosse, oui. Mais il dit que j'ai dû rêver.

— Et toi, qu'en penses-tu ?

— Plusieurs personnes ne me portent pas dans leur cœur, mais je ne me connais pas d'ennemi mortel.

Anne leva les yeux. Son cousin l'observait. Ses yeux bleus reflétaient une profonde stupéfaction.

Tous deux se turent le temps que Caldwell pose sur la table deux tasses de porcelaine, une théière en argent et quelques biscuits. Puis Patrick poursuivit à voix basse :

— Qui soupçonnes-tu ?

— D'abord, j'ai pensé à Clarisse, dit-elle en guettant la réaction de Patrick.

— Oui, et alors ? demanda-t-il impassible, comme si cette accusation ne le surprenait pas.

— J'ai appris par Bennett qu'elle n'avait pas quitté Waverly pendant notre séjour en Écosse. Ce n'est donc pas elle qui m'a suivie là-bas.

— Tu as peut-être rêvé, comme dit Dominick.

— Peut-être...

— As-tu d'autres soupçons ?

Anne toussota et tripota nerveusement sa tasse.

— Félicity... Elle me déteste et elle a juré de se venger.

— Grand Dieu, tu soupçonnes ma sœur ! Elle t'a détestée, c'est vrai, mais elle est revenue à de meilleurs sentiments envers toi. Elle non plus n'est pas allée en Écosse, des dizaines de témoins pourraient l'attester. Par-dessus tout, elle est bien incapable d'une telle méchanceté !

Anne préféra ne pas lui rappeler que Félicity était venue à Waverly le matin de son accident avec Ouragan, et qu'elle avait dîné au domaine le soir de la rose calcinée.

— Dans toutes ces affaires, il y a au moins un fait incontestable : mon cheval a été drogué par piqûre, avec un produit illicite parfois utilisé pour tricher lors des courses. La conclusion s'impose d'elle-même : seul un familier des chevaux peut avoir commis cet acte.

Patrick prit un air embarrassé.

— Tu as raison, dit-il. J'ai du mal à le croire, mais... je ne connais qu'une personne qui soit parfaitement introduite dans le milieu des courses...

Anne ne comprit pas tout de suite ce qu'il voulait dire, puis elle devint pâle comme un linge.

— Non... non... C'est absurde... Dominick a des défauts... mais ce n'est pas...

Elle ne put continuer.

— Pas un meurtrier, tu veux dire ? Dieu seul sait de quoi est capable un mari sans morale qui veut se débarrasser de sa femme !

Anne ferma les yeux et serra les dents.

Ce n'était pas possible...

22

Dominick salua Caldwell qui lui avait ouvert la porte et se précipita vers le bel escalier de marbre sculpté, recouvert d'un épais tapis rouge, qui montait aux chambres.

— Madame la marquise est au salon avec M. Collins, précisa le majordome.

La main sur la rampe, Dominick s'immobilisa. Puis il fit un brusque demi-tour et se dirigea à grandes enjambées vers le salon.

Le spectacle qu'il découvrit en poussant la porte le pétrifia sur place.

Anne et Patrick, très proches, étaient assis sur le même sofa. Leurs visages étaient inclinés l'un vers l'autre et Patrick serrait les mains de la jeune femme dans les siennes. Pâle, les traits tendus, elle écoutait son cousin lui chuchoter des paroles que Dominick ne pouvait distinguer.

— Quelle bonne surprise ! s'exclama le marquis sur un ton faussement réjoui. Désolé d'interrompre un si romantique conciliabule !

Les deux cousins sursautèrent à l'unisson. Anne retira hâtivement ses mains et ils s'écartèrent. Patrick se leva.

— Nous parlions du bal chez les Harding, dit-il d'une voix mal assurée.

Dominick hocha la tête.

— C'est en effet l'événement de la saison à ne pas manquer. Sans doute es-tu venu à Londres pour y assister, Patrick ?

— Je... je suis venu parce que... ma sœur m'a invité chez elle... Félicity est à Londres en ce moment.

— Tiens donc ! Et qui t'a invité à Rutherford ?

Dominick essayait de garder un ton calme malgré son envie furieuse d'envoyer son poing dans la figure de Patrick.

— Il n'y a rien de mal à ce que je rende visite à ma cousine.

— En mon absence, si !

— Dominick, la jalousie est puérile et, de plus, elle est totalement injustifiée.

— Tu vas avoir du mal à me convaincre, mon vieux ! Quant à toi, Anne, ajouta-t-il en se tournant vers sa femme, je croyais t'avoir clairement dit ce que je pensais.

— Et moi, je croyais t'avoir dit que j'entendais bien continuer à voir mes amis, rétorqua-t-elle sèchement.

— Pas celui-là !

Dominick avait poussé un tel hurlement qu'Anne perdit le courage de continuer à l'attaquer de front.

— Il est préférable que tu t'en ailles, dit-elle à Patrick.

— Tu crois que tu te débrouilleras sans moi ? lui chuchota son cousin à l'oreille.

Anne fit signe que oui.

Leur aparté acheva d'enrager Dominick.

— En voilà assez ! Anne, fais tes adieux à Collins sur-le-champ !

Il attrapa son épouse par le coude.

— Aïe, tu me fais mal...

— Lâche-la ! cria Patrick.

Dominick laissa Anne et retourna sa fureur contre le jeune homme.

— Sors d'ici immédiatement ! Je t'ai déjà mis à la porte de Waverly. Aujourd'hui, je te mets à la porte de Rutherford !

— Tu ne peux quand même pas m'empêcher de revoir ma cousine.

— Si, je le peux ! Avise-toi de poser la main sur ma femme, Collins, et je te donne aussitôt rendez-vous à Guildford Crossing. Je te laisserai le choix des armes... Caldwell, raccompagnez M. Collins !

Précédé du majordome, Patrick sortit du salon, le visage décomposé. Dominick referma les battants de la porte derrière lui.

— Comme c'est étrange, dit-il en se tournant vers Anne. Tu arrives en ville et, ô miracle, Collins surgit comme par enchantement. Quel dommage que je ne sois pas resté à Waverly, n'est-ce pas ? C'est sans doute ce que tu espérais. Vous auriez pu vous voir tous les deux aussi souvent que vous le vouliez. Aurais-tu besoin d'un amant ? As-tu trouvé en Écosse que je n'étais pas à la hauteur ?

Dominick espérait choquer Anne et la faire réagir.

— Je ne répondrai même pas ! dit-elle en rougissant.

— Vis-à-vis de la loi, je te rappelle que je suis toujours ton époux et que tu es soumise à mon autorité. Je suis en droit de t'interdire de revoir Patrick.

À la grande surprise de Dominick, des larmes montèrent aux yeux de la jeune femme.

— Sois maudit ! cria-t-elle rageusement.

Réalisant qu'elle allait sortir, il se plaça devant la porte pour lui barrer le passage.

— Écoute-moi encore une minute ! Quoi que nous fassions, nous sommes mari et femme. Ce serait idiot de nous faire une guerre incessante.

— Ça t... tombe bien parce que je n'ai pas... envie de me battre, bégaya-t-elle.

— Recommençons tout, Anne, je t'en prie, supplia-t-il.

Pour un peu, il lui aurait avoué qu'il se sentait meurtri comme il ne l'avait jamais été de sa vie, malheureux comme les pierres.

— Tu me demandes de repartir de zéro pour la troisième fois ? Tu plaisantes, sans doute !

— Nous avons tout l'avenir devant nous et…

— Ton avenir n'est en aucun cas lié au mien, l'interrompit Anne.

— Même si nous ne réussissons pas à nous réconcilier, même si nous menons des vies séparées, il n'en reste pas moins qu'aux yeux du monde, nous sommes mariés. À ce titre, nous devons nous conformer à un certain nombre de règles sociales.

Dominick savait qu'il blessait la jeune femme et, malgré l'amour qu'il avait pour elle, il n'en était pas mécontent. Tout plutôt que l'indifférence ! pensait-il.

— Te voilà soudain bien soucieux du qu'en-dira-t-on ! se moqua-t-elle. Que proposes-tu ?

— Nous pourrions commencer par nous montrer au bal des Harding. Tout le monde nous attend au tournant. Mon retour à Londres fait l'objet de tous les bavardages. Savoir si nous allons sortir ensemble est déjà la grande affaire de la saison ! Ne t'inquiète pas, je me conduirai envers toi comme un mari prévenant.

— Quel bonheur, vraiment ! railla-t-elle.

Leurs regards se croisèrent, mais Anne détourna vite les yeux. Depuis qu'il était entré dans le salon, Dominick sentait que quelque chose n'allait pas. Sa jeune épouse semblait craintive. Elle fixait maintenant le plancher.

— Qu'est-ce qui t'ennuie ? demanda-t-il.

— Rien !

Ce démenti, qui avait fusé bien trop vite, ne fit que conforter les soupçons de Dominick. Que pouvait-elle craindre ?

— As-tu peur d'être enceinte ?

Elle lui jeta un regard furieux mais ne répondit pas.

— Je ne veux pas t'offenser, Anne, mais il faut que je le sache. C'est important pour moi, tu comprends ?

— Bien sûr que je comprends ! C'est ta seule chance de récupérer Waverly Hall !

— Je veux seulement savoir si tu portes un enfant de moi, se rebiffa Dominick. Le reste ne m'importe pas.

— Je n'en crois pas un mot. Maintenant, laisse-moi sortir.

Dominick posa la main sur son épaule pour l'en empêcher. À ce contact, tel un animal effarouché, elle fit un bond de côté. Sa respiration était subitement devenue saccadée et son teint avait pâli.

— Que se passe-t-il, enfin ?

— Rien de particulier.

— On dirait que tu es effrayée.

— Pas du tout.

Dominick hésita. Se pouvait-il qu'Anne ait peur de lui ?

— J'ignore ce que tu imagines, Anne. Mais sache que, même si ton attitude m'attriste profondément, je n'ai pas l'intention de te faire du mal pour me venger.

— C... combien de temps... comptes-tu rester ici ? demanda-t-elle, visiblement peu rassurée par les affirmations de son mari.

— Je ne sais pas encore.

— Je... je voudrais que tu m'autorises à prendre un appartement à Londres.

Dominick pensa aussitôt que c'était ce qu'elle n'osait pas avouer et qui la rendait si nerveuse.

— Pourquoi ne pas aller vivre dans l'un de mes domaines ? Ce serait tellement plus simple !

Beaucoup de couples avaient des résidences séparées, mais Dominick n'avait jamais songé qu'il serait confronté au problème. Dans les circonstances présentes, autoriser Anne à s'installer seule dans un appartement était, ni plus ni moins, renoncer définitivement à elle. Il n'y était pas prêt. Pas encore.

— Si je vivais sous un toit qui t'appartient, je risquerais à tout moment de te voir surgir pour me demander de coucher avec toi.

— Si je le voulais, je pourrais t'en donner l'envie en moins de temps qu'il n'en faut pour le dire !

Le silence gêné de la jeune femme persuada Dominick qu'il avait touché un point sensible, et cela lui causa une indiscutable satisfaction.

— Certainement, avoua-t-elle timidement. Mais ça ne changerait rien à mes sentiments pour toi... Que dois-je faire pour que tu me laisses tranquille, à la fin ?

Elle paraissait désespérée. Dominick eut l'envie irrésistible de la prendre dans ses bras. Mais au moment où il lui saisissait le poignet, elle s'échappa avec un petit cri.

— Que t'ai-je fait, Anne ? Décidément, on croirait que tu as peur de moi.

— Je... n'ai pas peur... Je n'ai peur de rien...

Dominick n'insista plus. Il s'effaça pour la laisser sortir.

Depuis un bon moment, Anne réfléchissait dans la solitude de sa chambre. Elle en était arrivée à la conclusion que Dominick avait raison : ils devaient tout faire pour sauver les apparences. Les gens adoraient les cancans ! À commencer par les domestiques qui auraient tôt fait de colporter des ragots. Pour l'instant, à l'exception de Belle, en qui elle avait toute confiance, aucun d'entre eux n'était au courant de la situation.

Anne se sentait profondément troublée. Son cousin avait prétendu que Dominick désirait la tuer. Il lui avait démontré que son mari avait tout à gagner à sa disparition. D'un coup, il aurait le manoir et sa liberté. En outre, il pouvait se promener librement et avoir accès à sa chambre ou aux écuries sans éveiller la curiosité de quiconque...

Les conclusions de Patrick avaient toutes les apparences de la vraisemblance. Néanmoins, Anne ne pouvait y adhérer. Imaginer que, pendant les heures de passion à Tavalon, Dominick n'attendait que le moment propice pour se débarrasser d'elle lui semblait complètement aberrant. Il lui était déjà assez difficile d'admettre que cet homme, qu'elle avait adoré si longtemps, ait voulu lui faire un enfant avec l'arrière-pensée de récupérer Waverly Hall ! Le croire en plus capable de tuer, cela tournait carrément à la démence ! Non, vraiment, Patrick se trompait.

Elle appela sa femme de chambre pour l'aider à se changer, puis elle descendit rejoindre le duc et Dominick pour dîner.

Dès qu'elle pénétra dans le salon, Rutherford s'approcha et déposa un baiser sur son front.

— Vous êtes bien pâle !

Elle avait de quoi se sentir mal. Elle venait de remarquer que Dominick l'observait intensément. Il portait une élégante jaquette noire, un pantalon souligné d'un galon de satin, un gilet de brocart bleu rebrodé de fils d'argent et une cravate sombre. Son teint hâlé et ses cheveux bruns aux reflets d'or, mis en valeur par le blanc parfait de sa chemise de soie, prenaient tout leur éclat. Se pouvait-il que la nature ait doté d'une âme diabolique un homme si magnifique ?

— Tu m'as l'air perdue dans tes songeries. À quoi penses-tu ? lui demanda Dominick.

— Ce à quoi je pense ne te concerne nullement.

Il esquissa un sourire taquin.

— Je parie au contraire que tu penses à moi !

— Si tel était le cas, tu n'aurais pas à t'en réjouir car ce ne seraient pas des pensées très flatteuses ! Maintenant, cesse de me persécuter.

— Je n'ai même pas le droit de badiner avec toi, donc ?

— Non, répliqua Anne d'un ton cassant.

— Mais je croyais que nous avions décidé de faire semblant de bien nous entendre.

Anne sentait qu'il voulait l'entraîner dans une discussion oiseuse où elle refusait de le suivre.

— Je ne vois vraiment pas le rapport entre notre entente de façade et tes railleries stupides, dit-elle.

— Si nous devons sauver la face en société, il faudra bien que tu apprennes à ne pas monter sur tes grands chevaux à la moindre de mes plaisanteries.

Mon Dieu, comment parviendrait-elle à préserver les apparences quand tout son être y répugnait ?

— Puis-je ? dit Dominick en lui offrant son bras.

Voulant croire qu'il s'agissait d'un simple geste de courtoisie, elle accepta.

Ils passèrent dans la salle à manger.

Pendant que deux domestiques desservaient la table, Caldwell versa un brandy à Dominick et à son grand-père. Anne avait refusé le sherry que le majordome lui avait proposé.

Le dîner s'était passé dans une atmosphère extrêmement tendue, malgré tous les efforts du duc pour entretenir la conversation. Le malheureux avait d'abord tenté de rester dans le registre des mondanités, mais Anne lui avait répondu du bout des lèvres. Lorsque Rutherford avait essayé d'aborder des sujets plus concrets concernant la gestion du domaine de Waverly, cela avait été encore pire. Anne avait obstinément refusé de s'intéresser à ce lieu où elle ne remettrait jamais les pieds.

Après cet interminable dîner, la jeune femme mesurait plus encore combien il lui serait difficile de jouer en société la comédie avec Dominick. Sa simple présence la rendait malheureuse et la mettait mal à l'aise.

— Si vous me permettez de me retirer, dit enfin le marquis, j'ai un rendez-vous.

— Ah bon ! fit le duc de Rutherford, quelque peu étonné de voir Dominick sortir à onze heures passées.

Anne aussi était surprise et, bizarrement, abattue. Elle aurait dû se douter, la naïve, que ce n'était pas pour ses beaux yeux que ce soir Dominick s'était mis sur son trente et un !

— Je vais à une soirée chez Lord Heath, expliqua-t-il en ne s'adressant qu'à son grand-père.

Puis il quitta la salle à manger sans un regard pour sa femme. Elle ne put s'empêcher de songer que ce diable d'homme, en dépit de tous ses défauts, était terriblement séduisant.

Anne préféra attendre l'instant où elle tomberait de fatigue pour aller se coucher. Elle voulait s'endormir sans ressasser ses idées noires.

Malheureusement, après une demi-heure de lecture dans la bibliothèque, elle renonça à ses projets. Incapable de se concentrer, elle devait relire trois fois chaque paragraphe. Au lieu de se laisser captiver par son roman, elle ne cessait d'imaginer Dominick en train de valser avec de jolies femmes. Elle se demanda si Félicity avait elle aussi été conviée chez Lord Heath…

En des temps plus heureux, elle aurait pris plaisir à se trouver dans une demeure aussi luxueuse que Rutherford. Mais ce soir, les colonnes de marbre rose de la résidence, ses somptueuses fresques aux tons pastel ou son mobilier raffiné ne suscitaient aucunement son admiration. Bien au contraire, la maison lui paraissait lugubre et déserte en dépit des cinquante domestiques qui résidaient sur place. Elle décida de monter dans ses appartements sans plus attendre.

Machinalement, elle jeta un coup d'œil à la grosse horloge qui égrenait les heures dans un coin de la chambre. Il était près de minuit. Dominick devait continuer à rire, boire et s'amuser, émoustillé par des femmes toutes plus belles les unes que les autres… Lui qui prétendait vouloir sauver les apparences, pourquoi n'avait-il pas demandé à Anne de l'accompagner ?

Le cœur serré par la jalousie, elle sonna pour appeler Belle. Plus vite elle dormirait, moins elle penserait à Dominick. Elle s'avança alors vers son lit et, brusquement, fut saisie d'un frisson convulsif.

Elle venait de reconnaître, étalé sur ses couvertures, le même plaid de laine rouge que celui qui était dans sa chambre au château de Tavalon. À une exception près : ce plaid-là avait été volontairement lacéré.

23

Que faisait donc Belle ? Il y avait maintenant plusieurs minutes qu'Anne l'avait appelée. Dans un réflexe de panique, elle tira à nouveau plusieurs fois sur le cordon.

La femme de chambre apparut aussitôt.

— Veuillez m'excuser, milady, mais je…

Anne ne la laissa pas terminer. Lui saisissant le bras, elle l'entraîna devant le lit.

— Regardez cette horrible chose sur mes couvertures ! s'exclama-t-elle en attrapant le plaid réduit en lambeaux du bout des doigts.

Comme Belle ne réagissait pas, Anne poursuivit :

— Ne comprenez-vous donc pas ? C'est un message de celui qui m'a épiée en Écosse. Il veut me faire savoir qu'il me poursuit… Il est venu jusqu'ici… dans cette maison, dans ma chambre ! C'est affreux !

Belle était si pâle qu'Anne dut la prendre par la main pour l'obliger à s'asseoir. La pauvre servante était morte de peur.

— Ô mon Dieu, milady ! murmura-t-elle dans un souffle. Qui peut vous vouloir du mal ? C'est trop injuste !

C'était probablement la même personne qui avait suivi la jeune femme de Waverly à Tavalon, puis de Tavalon à Londres ; la même personne qui, chaque fois, avait pu s'introduire dans sa chambre sans être remarquée ; la même personne qui l'avait poursuivie à cheval pour l'effrayer...

— Dites-moi la vérité, Belle, croyez-vous que le marquis pourrait être le coupable ?

La femme de chambre resta bouche bée.

— Passez-vous une bonne soirée ?

Félicity se retourna promptement et toisa Blake avec insolence.

— Vous ! J'ignorais que vous étiez ici, affirma-t-elle, l'air délibérément indifférent.

En fait, Félicity avait aperçu Blake dès le moment où elle avait mis le pied dans la grande salle de bal de la résidence Mayfair, propriété de Lord Heath.

— Vous mentez bien mal ! répliqua le comte, un sourire aux lèvres.

Avec un haussement d'épaules, elle lui tourna le dos pour regarder en direction de Dominick, autour de qui gravitaient une flopée de jolies femmes. Pourtant, le marquis semblait s'ennuyer profondément.

— Votre chasse à l'homme est un peu trop voyante, ma chère, ironisa Blake en chuchotant à son oreille.

Elle replia son éventail dans un geste d'énervement.

— Seriez-vous jaloux ? Cessez de me tourner autour, vous ne m'intéressez pas du tout.

Peu ému par ses protestations, Blake vint se placer devant elle et baissa effrontément les yeux vers son décolleté.

— Qui essayez-vous de convaincre ? Vous ou moi ? poursuivit-il de son ton moqueur.

— Pensez ce que vous voulez, mais arrêtez de me suivre à la trace !

— Allons, allons, ma jolie, vous adorez ça !

— Espèce d'arrogant ! lança Félicity, furieuse.

— Je parie que vous êtes capable de mieux en matière d'insultes, répliqua Blake sans se départir de son sourire.

— Ordure !

— Voilà qui est mieux, en effet !

Blake attrapa Félicity et la serra contre lui.

— Lâchez-moi ou je fais un scandale. Comment osez-vous ! s'exclama-t-elle.

— Ne soyez pas si rebelle avec moi, vous pourriez le regretter un jour. Vous n'avez rien à attendre de Dominick, il est amoureux de sa femme.

— Amoureux d'Anne... quelle plaisanterie !

Blake lui agrippa le bras pour l'entraîner sur la terrasse. L'espace de quelques secondes, elle tenta de résister, puis elle se laissa faire, n'osant naturellement pas créer l'esclandre dont elle venait de le menacer.

Ils traversèrent rapidement la salle de bal, puis le salon attenant où quelques convives s'étaient retirés pour parler à l'écart des danseurs.

Dehors, il faisait sombre. Blake attira Félicity vers un coin de la petite terrasse. Il n'était guère difficile de deviner ce qu'il avait en tête. La jeune femme n'avait pas oublié leur étreinte – forcée, certes, mais pas désagréable – dans le parc de Waverly. Si Dominick n'avait pas été là, elle n'aurait certainement pas dédaigné une petite aventure avec Théo Blake. Mais la chance était trop belle ce soir pour la laisser passer : Dominick était seul, et une telle occasion ne se représenterait peut-être pas de sitôt !

— Laissez-moi retourner dans la salle de bal, Blake ! Je vous ai déjà giflé une fois, méfiez-vous car je pourrais recommencer.

Imperturbable, Théo s'appuya nonchalamment sur la balustrade de fer forgé.

— Vous aussi, méfiez-vous, car je pourrais bien vous prendre sur mes genoux pour vous donner une fessée… Je parie que vous aimeriez ça !

Consternée, Félicity leva les sourcils.

— Euh… marmonna-t-elle.

— Nous pouvons faire l'expérience si vous voulez !

— Non ! protesta Félicity en reprenant ses esprits. Vous êtes vraiment…

— Insupportable ?

Il était difficile de résister au charme de cette voix grave et à ces yeux bleus éclairés de lueurs sensuelles.

— J'ai eu tort. Je dois reconnaître que votre réputation de séducteur n'est pas usurpée.

— Puisque vous faites amende honorable, vous avez mérité que je vous libère !

Félicity ne se fit pas prier. Elle rejoignit la salle de bal, laissant Blake assez satisfait d'avoir marqué un point.

La pendule venait de sonner deux heures lorsque Anne entendit son mari rentrer. Elle n'avait pas encore fermé l'œil. Une lampe à pétrole brûlait toujours sur sa table de chevet. Après la découverte du plaid, elle avait demandé à Belle de dormir dans l'antichambre sur un lit de camp.

Avec appréhension, elle guetta les pas de Dominick qui se rapprochaient. Allait-il essayer de forcer sa porte ? Elle se figea et bloqua sa respiration… Le bruit s'éloigna.

Après ces quelques secondes de tension extrême, Anne se sentit vidée de ses forces. C'était idiot, Dominick n'était pas un tueur !

Belle, qui ne dormait que d'un sommeil léger, arriva en trombe dans la chambre.

— Je l'ai entendu… il est rentré. Que se passe-t-il ? Comment allez-vous ?

— Je vais bien, ne vous inquiétez pas. Allez vite vous recoucher.

— J'ai repensé à ce que vous m'avez demandé, milady. J'ai peur pour vous. Le coupable ne peut être que le marquis.

En tremblant, Anne se laissa glisser au fond de son lit.

Le jour s'était levé depuis longtemps lorsque Dominick descendit prendre son petit déjeuner le lendemain matin. À ses questions, Belle répondit qu'Anne était partie faire un tour à Hyde Park.

Le marquis remarqua avec étonnement que la femme de chambre avait un air étrange. Elle fuyait systématiquement son regard. Sans doute était-elle de mauvaise humeur.

À moins qu'elle n'eût quelque secret à dissimuler ? Aussitôt, il songea qu'Anne s'était peut-être rendue à un rendez-vous avec Patrick. Il ouvrait la bouche pour interroger la servante lorsque Caldwell pénétra dans la salle à manger, un plateau d'argent à la main. Dominick prit la carte gravée qui s'y trouvait.

— Milord, ce M. Fairhaven prétend qu'il veut absolument vous voir. Il attend une réponse.

Fairhaven ? L'ami à qui Philip avait légué toute sa fortune ! Que voulait-il ? Sa visite était-elle si grave qu'il exigeât d'être reçu sur-le-champ, à l'encontre de la plus élémentaire des politesses ?

— C'est bon, j'arrive. Faites-le entrer dans le boudoir.

Fairhaven avait pris place sur une bergère à larges rayures roses et blanches. Dès que le marquis apparut dans le boudoir, il se leva. Les deux hommes s'observèrent sans rien dire.

Dominick n'en revenait pas. Le meilleur ami de son père ne devait guère avoir plus de vingt-cinq ans ! C'était un très beau jeune homme, à la silhouette gracile, avec des cheveux noirs, un regard velouté et sombre, et un teint étonnamment diaphane.

— Milord, je suis désolé de vous déranger… J'ai appris que vous étiez à Londres et je tenais à vous présenter mes sincères condoléances, dit-il d'une voix dont la tristesse ne semblait pas feinte.

Puis il se retourna pour se tamponner discrètement les yeux avec un mouchoir de dentelle parfumé, dont l'odeur de violette se répandit dans toute la pièce. Après quelques instants, il poursuivit :

— Pardonnez-moi. Mon chagrin est profond. Il y avait... entre votre père et moi... un... amour sincère.

Mon Dieu, Fairhaven venait d'avouer à mots couverts ce que Dominick soupçonnait depuis qu'il avait aperçu ce jeune homme efféminé. L'homosexualité était un crime... Philip et lui avaient-ils vécu une histoire d'amour clandestine ?

— Vous voulez dire... que vous étiez *plus* que le meilleur ami de mon père ? balbutia Dominick.

— Oui, répliqua Matthew en se mettant à pleurer.

Le ciel serait tombé sur la tête de Dominick, il n'en aurait pas été plus choqué.

Il alla verser deux whiskies et tendit un verre à Fairhaven en lui faisant signe de se rasseoir. Plus il s'installa sur un fauteuil face à son visiteur, prit le temps d'avaler une grande rasade d'alcool et demanda :

— Quel est l'objet de votre visite ?

— Je voulais simplement vous assurer de ma sympathie après cette tragique disparition.

Les jambes croisées, Dominick observait attentivement le jeune homme.

— Est-ce que mon père vous... aimait... aussi ?

Il avait eu du mal à finir sa phrase, mais il devait connaître la vérité.

— Bien qu'il soit toujours resté très discret sur ses sentiments profonds, je crois pouvoir dire que oui.

— L'héritage qu'il vous a laissé tendrait à le prouver, en effet.

Le cœur de Dominick balançait entre la compassion et l'incrédulité.

— Je me moque totalement de cet héritage.

C'était la phrase de trop que Matthew Fairhaven n'aurait jamais dû prononcer !

Dominick frémit. À présent, il était sûr que le jeune homme mentait. Quel était le motif réel de sa visite ?

Comme s'il avait deviné qu'il était percé à jour, Fairhaven se tortilla sur son fauteuil, évitant soigneusement le regard de son interlocuteur.

— Comment va la marquise douairière ? demanda-t-il en changeant soudain de sujet de conversation.

— Aussi bien que possible, répliqua Dominick qui mesurait prudemment ses propos.

Si, comme il le supposait, Matthew Fairhaven était venu pour lui faire du chantage, il devait le laisser se démasquer.

— J'ai déjà eu l'occasion de voir votre mère. C'est une femme qui a beaucoup de classe, mais Philip la détestait. Après ce qu'elle lui a fait, me direz-vous, quoi de plus normal ! Au fait, avez-vous lu le journal de votre père ?

Dominick ne put réprimer un sursaut d'émotion. On était au cœur du sujet !

— Non, et vous ?

Par ce mensonge calculé, il espérait acculer Fairhaven à trahir ses intentions.

— Moi ? Euh... oui.

Dominick le fusilla du regard.

— Cessez de tergiverser, maintenant. Crachez votre venin ! Si vous avez quelque chose à dire, allez-y !

— Vous ne savez donc rien ?

— Soyez clair et venez-en au fait ! commanda Dominick qui essayait de maîtriser sa colère.

— Vous n'ignorez pas que Philip vous détestait comme il détestait votre mère, n'est-ce pas ? Vous sauriez pourquoi si vous aviez lu son journal intime. Qu'en avez-vous fait ?

— Je l'ai brûlé.

Matthew ébaucha une moue perplexe.

— Je ne vous comprends pas. Vous attendez de moi que je vous dise ce que contenait le journal que vous avez refusé de lire ?

— Oui...

— Votre mère a trompé votre père. Il ne le lui a jamais pardonné.

— Et alors, qu'y a-t-il de si extraordinaire ? Ma mère n'est pas la seule femme sur terre à avoir eu un amant. Les exemples d'adultère sont légion de nos jours, et tout le monde ferme les yeux.

— Sauf si cela a des conséquences sur la descendance des familles, répliqua Fairhaven d'un ton fourbe. On ne peut pas choisir un bâtard comme héritier.

Dominick eut soudain la sensation qu'un grand voile noir lui brouillait la vue. Il se jeta sur Fairhaven et le secoua par les épaules.

— Je vois où vous voulez en venir... Mais ne vous fatiguez pas à essayer de me faire chanter, vous n'obtiendrez pas un sou de ma part. Mettez-vous bien cela dans le crâne, espèce de minable !

Matthew Fairhaven se recroquevilla, littéralement terrorisé.

— Vous êtes fou ! Ne me frappez pas ! supplia-t-il. J'ai des preuves, vous savez ! Je possède une lettre que Philip a écrite à Clarisse après avoir découvert la vérité, et qu'il ne lui a jamais envoyée. À l'exception de l'identité de votre père, tout y est révélé.

Comme Dominick avait été naïf de penser qu'il pourrait se débarrasser du passé en jetant le journal dans les flammes ! Certaines taches étaient hélas indélébiles...

— Allez-vous-en, monsieur ! ordonna-t-il en poussant violemment Matthew Fairhaven vers la sortie.

Il n'était pas loin de midi lorsque le duc, épuisé, rentra chez lui. Ce matin, il avait presque hésité à sortir tant il se sentait fatigué. Mais il avait pensé à tort que le grand air lui ferait du bien.

À soixante-quatorze ans, il devait se rendre à l'évidence : son cœur s'affaiblissait. Depuis des années, les médecins lui répétaient de se ménager, de réduire les sorties mondaines, de renoncer définitivement aux cigares et à l'alcool, mais il n'avait jamais fait grand cas de leurs conseils.

Aujourd'hui, il avait l'impression qu'une chape de plomb s'était soudain abattue sur lui.

— Quoi de neuf, Caldwell ? s'enquit-il auprès du majordome en arrivant.

— Monsieur le marquis a reçu ce matin une visite qui l'a mis dans un état épouvantable. D'un certain M. Fairhaven…

L'inquiétude se lisait sur le visage du vieux majordome. Caldwell était au service de la famille depuis tant d'années ! Il avait été engagé un peu avant le mariage de Philip et Clarisse.

En tremblant, Rutherford posa la main sur sa poitrine douloureuse. Se pouvait-il que Matthew Fairhaven sût la vérité ?

— Où est Lady Anne ?

— Elle est sortie en début de matinée, mais elle n'est pas encore rentrée. Je ne voudrais pas me mêler de ce qui ne me regarde pas, mais elle n'avait pas l'air bien portante. La nuit dernière, sa femme de chambre a même dû dormir près d'elle.

Le duc songea aux réflexions que quelques personnes bien intentionnées lui avaient faites ce matin. La présence de Dominick sans sa femme à la soirée donnée par Lord Heath la veille au soir n'était pas passée inaperçue.

Dans la bibliothèque, le duc de Rutherford se laissa choir dans un fauteuil, à bout de souffle comme s'il avait accompli un exploit sportif. Des élancements lui transperçaient le cœur. L'émoi provoqué par la visite de Fairhaven ne faisait qu'aggraver son état. Qu'était venu faire ici ce visiteur indésirable ?

Pour le bonheur des siens, le duc s'était appliqué jusqu'ici à étouffer la vérité. La visite de Matthew Fairhaven était-elle un signe du destin pour lui faire comprendre qu'il était temps de tout avouer à Dominick ?

Il était en train de s'interroger lorsque Dominick, les traits crispés, surgit justement sur le seuil.

— Caldwell vient de me dire que tu as eu la visite de Matthew Fairhaven, commença le duc. Que te voulait-il ?

— De l'argent, que je lui ai refusé.

— Je vois...

Dominick prit la réserve de son grand-père pour du désintérêt. Il se mit à l'observer avec un regard glacial.

— Matthew Fairhaven m'a tout dit.

— Quoi précisément ?

— C'est *vous* qui allez parler ! cria Dominick qui continuait à regarder le duc droit dans les yeux.

Rutherford ressentit alors un merveilleux sentiment de délivrance. Sans le savoir, le jeune homme venait de lui tendre une perche.

Dans une seconde, le duc allait tout avouer à Dominick et, du même coup, délivrer son âme de ce terrible secret qui l'accablait de plus en plus.

— Mon enfant... murmura-t-il. Je... je...

Il s'interrompit. Un étau enserrait sa poitrine.

— Vous... quoi ?

Comme son grand-père ne reprenait pas la parole, Dominick, furieux, sortit en claquant la porte.

— Attends...

Un rictus de douleur contracta les traits du duc de Rutherford. Il porta la main à son cœur, se plia en deux et s'effondra lourdement sur le sol.

Comme dans un rêve, il crut voir dans un brouillard la Faucheuse qui lui tendait ses bras squelettiques en grimaçant.

Encore un peu de temps, pitié !

Il n'avait pas pu parler à Dominick. Il lui restait une dernière bataille à livrer…

La mort devait attendre.

24

Après quelques heures passées à cheval dans Hyde Park, Anne regagna la résidence de Rutherford.

Au cours de sa promenade, elle avait constaté, à sa grande surprise, que les dames de la bonne société semblaient un peu mieux disposées envers elle que par le passé. Bien sûr, elle n'était pas encore totalement acceptée, loin de là ! Néanmoins, il était des sourires et des mots aimables qui ne trompaient pas. Sa présence à Londres sous le même toit que Dominick commençait à porter ses fruits. Comble de l'ironie, c'était au moment où elle avait envie de le quitter !

— N'y a-t-il donc personne dans cette maison ? demanda-t-elle à Caldwell, étonnée du profond silence.

— Monsieur le marquis est sorti il y a un moment, mais il n'a pas dit où il allait, et monsieur le duc est dans la bibliothèque.

Anne se sentait fatiguée et troublée. La nuit sans sommeil qu'elle avait passée y était peut-être pour quelque chose. Les menaces qui pesaient sur sa vie également.

La possible culpabilité de Dominick ne cessait de hanter son esprit. Et pourtant, au fond d'elle-même, elle refusait d'y croire. Qui, alors, pouvait vouloir attenter à sa vie ? Félicity ? Dans ce cas, comment sa cousine avait-elle pu perpétrer ses forfaits sans être vue ?

Anne avait l'impression d'être prise dans des sables mouvants.

La meilleure des solutions n'était-elle pas de s'en ouvrir au duc ? C'était un homme de bon conseil et il avait toujours fait preuve d'une grande sagesse.

Aucun bruit ne provenait de la bibliothèque. Si le vieil homme était plongé dans la lecture d'un ouvrage passionnant, elle risquait de le déranger. Mais tant pis, il lui pardonnerait quand il comprendrait qu'elle avait vraiment besoin de son aide. Elle frappa plusieurs fois, sans obtenir de réponse. Le duc s'était-il endormi sur son livre, comme cela lui arrivait parfois ? Anne poussa doucement la porte. Un horrible spectacle l'attendait...

Le teint cireux, le duc gisait sur le sol, absolument immobile.

Dieu merci, le duc de Rutherford était en vie. Allongé sur son lit, le vieil homme avait une mine épouvantable. Mis à part le souffle ténu qui sortait de ses lèvres, rien ne semblait plus le rattacher à la vie.

Dans la chambre, Caldwell faisait les cent pas pour masquer son impuissance et son désarroi. Belle pleurait en silence, prostrée dans un coin de la pièce, et une autre servante s'évertuait à ranimer le feu.

Anne s'obligeait à serrer les mâchoires pour retenir ses larmes. Le médecin terminait maintenant son auscultation.

— Dites-moi la vérité, docteur Mansley, quel est votre pronostic ? demanda-t-elle.

— Pour être honnête, milady, je dois avouer que je ne suis guère optimiste. Les attaques d'apoplexie sont souvent très graves. L'évolution future va dépendre des prochaines vingt-quatre heures.

— Que voulez-vous dire ?

L'angoisse perçait dans la voix de la jeune femme.

— Plus tôt le duc se réveillera, moins il aura de séquelles. Au mieux, il peut retrouver toutes ses aptitudes physiques et intellectuelles. Au pire... continuer à vivre dans le coma. Entre ces deux hypothèses extrêmes, toutes les possibilités sont envisageables. Il pourrait reprendre conscience en restant paralysé.

Pour l'instant, il est impossible de se prononcer. Soyez patiente et courageuse, milady.

— Merci, docteur, murmura Anne.

— Ne me remerciez pas, je n'ai rien fait. Je n'ai même pas réussi à le convaincre de se reposer plus souvent. Je lui ai pourtant dit maintes fois qu'il menait une vie trop fatigante... S'il y a du nouveau, faites-moi appeler immédiatement, quelle que soit l'heure.

Anne adressa un sourire de gratitude au docteur Mansley, puis elle s'approcha du lit. Le visage du duc était impressionnant. Sa peau, d'une blancheur à faire peur, était creusée de profonds sillons. Ses traits étaient immobiles et ses paupières restaient hermétiquement closes.

— Je vous en prie, ne nous abandonnez pas ! chuchota-t-elle comme s'il pouvait l'entendre. Je vous aime tant !

Elle lui avait saisi la main et la caressait. Mais le duc de Rutherford demeurait aussi rigide que s'il était déjà mort.

Dominick entra dans la chambre comme un fou, le visage défait.

— Que s'est-il passé ?

— Il a eu une attaque d'apoplexie, répondit Anne.

Elle se retira au pied du lit pour laisser à Dominick la place au chevet de son grand-père. La jeune femme réalisa alors qu'il pleurait à chaudes larmes. Il caressa doucement le front du duc et repoussa en arrière ses cheveux blancs. Puis elle l'entendit murmurer d'une voix entrecoupée de sanglots :

— Tout est ma faute, grand-père, je vous demande pardon. Ô Seigneur, comment est-ce possible ? Vous êtes si fort que j'ai toujours imaginé que vous étiez éternel. J'ai besoin de vous. Vous ne pouvez pas me quitter...

Gardant les yeux rivés sur le visage du vieillard, Dominick essuya les larmes qui brouillaient son regard. Anne aurait aimé lui dire un mot de réconfort, mais elle restait paralysée, incapable du moindre mouvement. Après quelques secondes, il reprit de la même voix tourmentée :

— J'ai envoyé chercher ma mère à Waverly. Toute la famille sera bientôt près de vous. Il faut que vous luttiez... pour nous tous. Je vous aime beaucoup, grand-père, même si je n'ai pas toujours bien su vous le montrer. Que serais-je devenu sans vous ? Je suis responsable de tout ce qui vous arrive. Mais je ne voulais pas, grand-père, je vous assure... C'est à cause de ce maudit Fairhaven. J'aurais peut-être dû lui donner de l'argent. Pardonnez-moi ! Pardonnez-moi !

En entendant ces propos auxquels elle ne comprenait rien, Anne se demanda si Dominick n'était pas en train de délirer.

Le soir tombait quand Clarisse arriva à la résidence de Rutherford. La nuit s'annonçait fraîche et sans lune.

— Comment va-t-il ? demanda-t-elle.

Dominick se retourna. Cela faisait plusieurs heures maintenant qu'il veillait son grand-père.

— Il n'y a malheureusement aucune amélioration, dit-il d'une voix lasse.

— C'est terrible, mais à son âge...

Dominick bondit de sa chaise.

— Je sais que là vie de mon grand-père n'a aucune importance pour vous, lança-t-il brusquement avec la férocité d'un animal blessé. Ne faites pas semblant d'être triste puisque vous ne l'aimez pas.

— De quel droit me dis-tu cela ? Que t'ai-je fait ? Pourquoi me parles-tu comme si j'étais responsable de ce qui arrive ?

En voyant des larmes briller dans les yeux de Clarisse, Dominick réalisa qu'il était allé trop loin. Il se radoucit aussitôt.

— Excusez-moi, mère, je suis si bouleversé que mes paroles ont dépassé ma pensée.

Clarisse avança vers son fils et lui tapota affectueusement la joue d'une main tremblante.

— Dans le malheur, nous devons nous soutenir, et non pas nous combattre.

— Vous avez raison. Nous allons avoir besoin les uns des autres. Je dois vous avouer quelque chose... Matthew Fairhaven est venu me rendre visite pour me faire du chantage.

— Ô mon Dieu ! murmura Clarisse en s'appuyant sur le dossier de la chaise.

Dominick eut l'impression qu'elle était sur le point de s'évanouir. Mais il fallait aller jusqu'au bout des révélations. Mieux valait frapper un grand coup qu'instiller le poison goutte à goutte.

— Vous devez tout savoir... Fairhaven était bien plus qu'un ami pour mon père.

En disant ces mots, Dominick saisit la main de sa mère et la serra très fort. Clarisse ne bougeait pas. Avait-elle compris ?

— Je le savais ! avoua-t-elle après quelques secondes.

Dominick retomba sur sa chaise, abasourdi d'abord, puis furieux.

— Imaginez le choc que j'ai eu. Ne croyez-vous pas que vous auriez pu me le dire ?

— Jamais je n'aurais pensé que Fairhaven nous menacerait un jour de révéler son histoire avec Philip.

— Détrompez-vous ! Ce n'est pas son aventure amoureuse qu'il a l'intention d'ébruiter. Il n'est pas idiot : il sait bien qu'il encourrait des poursuites judiciaires et sans doute la prison pour homosexualité.

— Alors, que veut-il ? demanda Clarisse, encore plus blême.

— Il dit que Philip n'est pas mon père. Il prétend même en avoir la preuve.

Du bout du pied, Clarisse tira une chaise et s'assit à côté de Dominick.

— Quelle preuve ?

— Il affirme qu'il est en possession d'une lettre que Philip vous aurait écrite, et qu'il ne vous aurait jamais envoyée, dans laquelle tout est révélé. Au point où nous en sommes, mère, dites-moi la vérité. Il faut que je sache ou je vais devenir fou... Suis-je le fils de Philip, oui ou non ?

De ses mains moites, Clarisse tripotait les pans de sa robe. Sa gorge était si sèche qu'aucun mot ne parvenait à franchir ses lèvres. Plusieurs secondes d'un silence pénible s'écoulèrent.

— Non. Quand j'ai épousé Philip, j'étais déjà enceinte de quelques semaines.

— Et... il le savait ?

— Non. Le docteur a prétendu que ta naissance était un peu prématurée et Philip nous a crus.

— Qui a soudoyé le médecin pour qu'il se taise ? Qui ? (Clarisse gardait le silence...) Ah, je sais ! dit brusquement Dominick en regardant le duc. C'est grand-père. Pour vous protéger du déshonneur, vous et Philip, cet homme généreux m'a accepté comme si j'étais de son sang.

Clarisse ne répondit pas. Elle se contenta de pousser un soupir. Maintenant, Dominick était allé trop loin pour reculer.

— Dites-moi qui est mon père !

Une lueur d'affolement passa dans les yeux de Clarisse, ses lèvres se serrèrent.

— Ton père est mort, dit-elle d'un trait.

Dominick ferma les yeux. Sa mère mentait. Que voulait-elle lui épargner ? Désirait-elle lui cacher que son vrai père était un vagabond, un séducteur sans conscience, un criminel ? Mieux valait peut-être ne rien savoir...

— Que vas-tu faire maintenant avec Fairhaven ? reprit Clarisse. Il faut absolument l'empêcher de parler.

— Je ne vois guère d'autre solution que de céder à ses demandes. J'irai le voir dès demain pour lui donner de l'argent et lui demander de quitter le pays.

— Tant que cet homme sera en vie, nous garderons toujours une épée de Damoclès au-dessus de nos têtes. Rien ne nous dit qu'il se contentera d'un seul versement. Que ferons-nous s'il revient à la charge ? Si cette histoire se sait, nous sommes perdus, se lamenta Clarisse.

— Non. Nous relèverons la tête et nous affronterons la tempête, mère.

— C'est impossible… Je ne supporterais pas un tel outrage. Plutôt mourir !

— Je vous en prie, ne pleurez pas, ça ne sert à rien. Tout va s'arranger. Fairhaven est un couard, je suis sûr qu'il ne parlera pas.

Clarisse accepta le mouchoir que son fils lui tendait pour essuyer ses larmes.

— Comment peux-tu garder ton calme, Dominick, alors que tu risques si gros ? Si ce secret est éventé, tu perdras l'héritage du duché au profit d'un cousin, et toutes les portes de la bonne société se fermeront devant toi… Je monte dans ma chambre, j'ai besoin de repos.

Dominick regarda sa mère s'éloigner. C'était pour elle, bien plus que pour lui, qu'il se faisait du souci. Survivrait-elle si le pire devait arriver ? En tout cas, il ferait de son mieux pour la protéger.

Il était si bouleversé qu'il ne s'aperçut même pas que le duc remuait très légèrement le bout des doigts.

L'enjeu était trop gros. Clarisse n'hésita pas. En dépit de l'heure tardive, elle demanda qu'on lui prépare la calèche. Vingt minutes plus tard, elle descendait devant la résidence qui avait été autrefois la propriété de Philip.

En reconnaissant le valet qui vint lui ouvrir, elle réalisa que cet imposteur de Matthew Fairhaven avait gardé le même personnel que par le passé.

Le domestique ne put cacher sa surprise.

— Vous ici, milady ! s'exclama-t-il en s'inclinant.

— Hendricks, je souhaiterais voir M. Fairhaven. Est-il là ?

— Il est sur le point de dîner. Je vais le prévenir, dit le domestique en introduisant Clarisse dans le salon.

Elle entra avec un pincement au cœur dans cette maison où elle n'était pas revenue depuis au moins dix ans. Le salon avait été entièrement refait. Au goût de Philip ou de Fairhaven ? Les délicates tentures avaient été remplacées par de lourds rideaux de velours cramoisi. Des tapis aux couleurs vives agrémentaient le parquet, et les moulures des murs avaient été recouvertes d'une peinture dorée bien trop brillante. Un certain nombre d'œuvres d'art, probablement très coûteuses, ornaient la pièce. Non sans une certaine amertume, Clarisse songea que Philip avait dû engloutir une fortune dans cette maison où il entretenait son amant.

— Lady Saint Georges !

Une vague de dégoût envahit Clarisse à la vue de cet éphèbe à la beauté trop parfaite qui se tenait dans l'embrasure de la porte.

— J'avoue que votre visite ne me cause pas une joie immense, attaqua Fairhaven. Pardonnez-moi, madame, si je ne vous propose pas de vous asseoir.

— Je n'ai que faire de votre hospitalité, répliqua Clarisse avec le même mépris.

— Qu'est-ce qui vous donne l'audace de venir chez moi ?

— Je veux connaître vos intentions. Que voulez-vous ?

— Je veux vous faire souffrir.

Cette réponse haineuse terrifia Clarisse.

— J'ai toujours fermé les yeux sur les liens sordides qui vous unissaient à Philip. Qu'avez-vous donc à me reprocher ?

— Vous avez trahi l'homme que j'aimais. Je vous déteste comme il vous détestait.

— Vous savez bien que j'ai été obligée de l'épouser et qu'il n'y a jamais eu d'amour entre nous. Sa mort a été une libération pour moi.

— Vous n'êtes qu'une garce ! hurla Fairhaven.

— Au lieu de m'insulter, dites-moi votre prix !

— Mon silence n'a pas de prix.

— Vous n'êtes pas drôle, murmura Clarisse qui se sentait de plus en plus mal.

— Je ne prétends pas l'être. Je n'ai que faire de votre argent. J'aimais Philip, tout simplement.

— Je ne comprends pas ce que vous recherchez.

Une peur grandissante tenaillait Clarisse. Si Fairhaven était fou, tout espoir était perdu.

— Je veux seulement que justice soit rendue.

— Mais… mais… c'est absurde. Quelle justice ?

— Philip a trop souffert à cause de vous. C'est vous qui l'avez obligé à vivre dans le mensonge. Pour le venger, je révélerai publiquement ce que je sais sur la naissance de votre fils.

25

Après avoir attendu Clarisse en vain, Anne avait décidé de dîner seule. Sa belle-mère avait probablement choisi de se faire monter un repas dans sa chambre. Quant à Dominick, il refusait de quitter le duc.

Sans grand appétit, Anne grignota une salade puis se retira tout de suite dans sa chambre, renonçant à son envie de repasser voir le duc de Rutherford. Dominick veillait sur lui et il n'y avait rien d'autre à faire pour le moment.

Vêtue d'une chemise de nuit en soie et d'un déshabillé assorti, Anne arpenta la pièce, trop inquiète pour se mettre au lit. Sa longue tresse noire lui balayait le dos au rythme de son pas nerveux. Inlassablement, ses pensées convergeaient vers Dominick. Elle revoyait son visage ravagé par le chagrin.

— Anne, je voudrais te parler !

Sans frapper, Dominick était entré dans la chambre.

— Mon Dieu... le duc ?

— Il n'y a aucun changement.

Après avoir imaginé le pire, Anne se sentit presque soulagée à l'annonce de cette nouvelle, pourtant peu réjouissante. Mais aussitôt, une vague appréhension l'envahit. Que voulait Dominick, alors ?

Il portait les mêmes vêtements que cet après-midi : le même pantalon de cavalier, les mêmes bottes tachées de boue. Il avait seulement retiré sa veste, et sa chemise chiffonnée était à demi ouverte.

Brusquement, Anne prit conscience de la légèreté de sa tenue. Son déshabillé ne fermait que par deux petits rubans serrés à hauteur de la taille.

— Tu aurais pu frapper, tout de même. Ç'aurait été la moindre des politesses.

— Fairhaven m'a rendu visite, expliqua Dominick, négligeant les reproches qu'elle venait de lui adresser. Tiens-toi bien, c'était... l'amant de Philip. Il veut me faire du chantage.

— Amant... chantage... répéta Anne, tellement ahurie qu'elle était incapable de faire une phrase cohérente.

— Oui. Il prétend avoir la preuve que je ne suis pas le fils de Philip.

— Mais... c'est insensé !

Le marquis gardait un visage si froid qu'on l'aurait dit taillé dans la pierre.

— J'avais des doutes depuis quelque temps. Maintenant, j'en suis certain. Ma mère me l'a confirmé.

Sous le choc, Anne sentit qu'elle devait s'asseoir.

— Qui est ton père, alors ?

— Je l'ignore et ça m'est égal. Tu es ma femme... voilà, je te devais la vérité.

Progressivement, Anne entrevoyait les conséquences de ces révélations. Du jour au lendemain, Dominick pouvait tout perdre : son nom, ses titres, sa fortune et sa position sociale. Pour elle, cela n'avait aucune importance, mais pour lui c'était dramatique.

— Vas-tu céder à Fairhaven ?

— Oui, je ne peux faire autrement.

Un silence tendu s'installa. Il continuait à la regarder fixement. Que voulait-il d'autre ? Les soupçons de Patrick revinrent à la mémoire de la jeune femme. Et si Dominick était venu pour la tuer ?

Elle passa la langue sur ses lèvres asséchées. Non, c'était ridicule. Elle tenta de lui sourire, mais il demeura impassible. Leur face-à-face devenait de plus en plus inconfortable. Elle alla ouvrir la fenêtre et inspira une grande bouffée d'air frais.

Que faisait Dominick dans son dos ? Anne n'osait plus se retourner. Au fur et à mesure que s'éternisait le silence, la panique s'emparait de la jeune femme.

La voix de Dominick la fit sursauter.

— J'ai encore une question à te poser.

Ce timbre voluptueux dissipa tous ses doutes. Les intentions de Dominick n'étaient nullement meurtrières. Le danger était d'une autre nature !

— Va-t'en ! s'écria-t-elle.

— Mais pourquoi ? Tu ne sais même pas ce que je veux.

— Si, je ne le sais que trop ! dit-elle en reculant devant lui, apeurée.

— D'abord, réponds à ma question : sais-tu combien je suis malheureux de voir mon grand-père entre la vie et la mort ?

— Évidemment !

— Sais-tu que j'ai énormément de chagrin ?
— Évidemment !
À quoi rimaient ces interrogations ?
— Veux-tu me consoler... m'accepter dans ton lit ?
C'était donc cela !
Sans réfléchir, elle fila se réfugier dans le cabinet de toilette où Dominick la suivit aussitôt. La pièce avait une seule porte : elle se retrouva piégée.
Il l'enlaça par la taille et la pressa contre lui. Sentir sa chaleur électrisa la jeune femme. Il frottait contre ses seins son torse viril, à demi révélé par la chemise ouverte. Comme envoûtée, Anne se reprochait déjà sa lâcheté. Mais elle n'avait ni le courage ni la volonté de résister. Dans les bras de Dominick, elle n'aspirait plus qu'à jouir de l'instant présent.
Pourtant elle protesta encore faiblement :
— Non... s'il te plaît...
— Je t'en supplie, Anne. J'ai tellement besoin de toi !
Un chagrin sincère voilait le regard de Dominick. Il avait l'air d'un petit enfant malheureux. Anne ferma les yeux. Alors, il cueillit les lèvres qu'elle lui offrait et elle s'abandonna à ce baiser incandescent.
Elle sentit sa main se glisser sous sa chemise de nuit. La large paume de Dominick s'attarda longuement sur les douces rondeurs de ses fesses, et remonta le long de son dos. Du bout des doigts, il passa sur ses seins, la frôlant à peine d'abord.
Toute révolte l'avait désertée. Un feu brûlait en elle, que seul Dominick avait le pouvoir d'éteindre.
Il lui enleva son déshabillé de dentelle, sa chemise de nuit et les jeta par terre. Puis, lorsqu'ils furent nus, ils se laissèrent glisser sur le sol, enivrés, presque inconscients. Anne s'arc-bouta, attirant le corps de Dominick contre le sien, mêlant leurs sueurs salées. Le souffle rauque, il la pénétra d'une manière si experte et voluptueuse qu'un cri monta des profondeurs de son être. Aussi longtemps qu'ils le purent, ils firent durer le plaisir, jusqu'à la récompense suprême.

Ils ouvrirent les yeux en même temps et s'observèrent comme au premier jour. Des lueurs mauves éclairaient le regard de Dominick.

Ils roulèrent en riant, enlacés, sur le sol du cabinet de toilette.

— Aïe, mon dos ! s'exclama Anne. C'est dur par terre !

Dominick se releva, attrapa son épouse et la transporta dans la chambre pour la poser sur le lit.

Le contact des draps glacés fit à la jeune femme l'effet d'une douche froide. Soudain elle revint à la réalité et, en un dixième de seconde, tomba du septième ciel dans les noires entrailles de la terre… Seigneur, qu'avait-elle fait !

Elle lança un regard furieux à Dominick.

— Fiche le camp d'ici !

Persuadé qu'elle s'amusait, il ne bougea pas. Une bonne minute s'écoula avant qu'il comprenne qu'elle ne plaisantait pas.

— Qu'est-ce qui te prend ?

— Je t'ai dit de disparaître. Tu n'es qu'un ignoble séducteur.

Le visage de Dominick devint glacial. Il se rhabilla à la va-vite, visiblement hors de lui.

— Joue la femme pudibonde en société si tu veux. Mais pas avec moi, ça ne prend pas ! lança-t-il méchamment sur le seuil.

Puis il claqua la porte derrière lui.

Le lendemain matin, la colère de Dominick n'avait pas diminué. Jamais il n'avait été si furieux envers Anne.

Qu'elle refuse de croire à la sincérité de son amour, passe ! Qu'elle refuse de reprendre la vie commune, passe encore ! Mais qu'elle le jette dehors après avoir fait passionnément l'amour avec lui, c'était un comportement de mante religieuse !

Lui avait besoin d'elle, bon sang, de toutes ses forces. Et pas seulement physiquement.

L'arrivée du majordome qui venait annoncer la visite de Théo Blake interrompit ses sinistres rêveries. Il reposa sa tasse de thé et invita son ami à partager son petit déjeuner.

— Merci, j'ai déjà mangé il y a un moment, répondit Blake. Tu n'as pas dû te lever tôt, dis donc !

Dominick esquissa un sourire qui lui évita de s'expliquer. En fait, il était tellement énervé en sortant de la chambre d'Anne qu'il n'avait pu fermer l'œil. Comme souvent en pareil cas, croulant de fatigue, il avait fini par sombrer dans le sommeil à l'heure où il aurait dû se lever. Sa nuit avait été courte et il ne se sentait pas au meilleur de sa forme.

Une fois debout, son premier geste avait été de se rendre auprès de son grand-père. Le docteur Mansley était déjà à son chevet. Son diagnostic était tombé comme un couperet... État stationnaire.

Comme il devinait les pensées de Dominick, Blake s'enquit de la santé du duc de Rutherford.

— Aucun changement, malheureusement, répliqua le marquis.

Blake regarda son ami d'un air ému, mais empreint d'une certaine gêne.

— Dominick, je suis vraiment désolé de t'apporter une mauvaise nouvelle dans l'état où tu te trouves, mais il faut absolument que tu saches...

Dominick se crispa sans un mot. Théodore prit ce silence pour un encouragement à poursuivre.

— On raconte des choses affreuses en ville en ce moment. Je ne sais pas qui a fait partir ces rumeurs, mais je te conseille de lui tordre le cou au plus vite si tu réussis à mettre la main dessus.

Blake s'efforçait de paraître décontracté sans y parvenir réellement.

— Continue, je t'écoute, dit Dominick en gardant les yeux baissés.

— On dit que tu n'es pas le fils de Philip Saint Georges et que, par voie de conséquence, tu n'es pas l'héritier du duché de Rutherford.

— C'est la vérité.

Théo le dévisagea comme s'il avait affaire à un dément.

— Ô mon Dieu... murmura-t-il.

— N'appelle pas Dieu à la rescousse, je crois qu'il n'y est pour rien... Ce n'est pas une rumeur, Blake. Je ne suis pas un Saint Georges. Je ne le sais moi-même que depuis très peu de temps.

Les deux amis se levèrent. Par la grande baie de la salle à manger, on apercevait les merveilleux jardins qu'aimait tant la duchesse Sarah autrefois. Sarah... celle que Dominick avait si longtemps prise pour sa grand-mère !

— Tu es vraiment sûr de ce que tu affirmes, Dominick ? demanda Blake incrédule.

— Absolument. Il n'y a aucun doute possible.

— Mais tu vas te défendre, j'espère ! Pour commencer, tu dois te montrer au bal donné par mon père, le comte de Harding. Être reçu chez lui est un signe de reconnaissance.

— C'est Fairhaven qui a lancé ce pavé dans la mare. Il affirme qu'il a une preuve de ce qu'il prétend. À quoi bon se battre dans ces conditions ?

— Te rends-tu compte que tu peux tout perdre ?

— J'ai rendez-vous avec le meilleur avocat de Londres. Je verrai ce qu'il me conseille de faire.

— En tout cas, sache que mon amitié t'est acquise quoi qu'il arrive.

— Je n'en ai jamais douté, répliqua Dominick, vivement touché par cette marque de sympathie.

Tout à coup, le regard de Théo Blake s'éclaira.

— Mais j'y pense ! dit-il. Tu auras toujours un toit : il te restera le manoir de Waverly.

— Oui, grâce aux décisions qu'a prises le duc de Rutherford, et grâce à Anne... si elle le veut bien ! ajouta Dominick d'une voix amère.

Anne n'avait pas envie de se lever. Elle resta un bon moment sous ses couvertures, essayant désespérément de chasser les pensées qui la tourmentaient. Elle se reprochait d'avoir cédé à Dominick et, paradoxalement, elle se sentait malheureuse qu'il l'ait quittée avec tant de haine.

Après s'être fait monter un petit déjeuner, elle décida qu'il était grand temps de se secouer. Elle n'allait tout de même pas rester à ruminer ses problèmes. Elle se leva pour appeler la femme de chambre.

— Voulez-vous me préparer un bain, Belle ?

La domestique se dirigea vers le cabinet de toilette et poussa un cri.

— N'entrez pas, milady, je... je vous en prie...

Étaient-ce la chemise de nuit et le déshabillé restés par terre qui choquaient son sens de l'ordre ?

Sans écouter les supplications de Belle, Anne s'approcha et devint livide à son tour.

Ses vêtements étaient toujours sur le sol, à l'endroit exact où ils étaient tombés quand elle avait fait l'amour avec Dominick... Mais quelqu'un avait cisaillé la dentelle, et transformé ces effets affriolants en misérables guenilles.

26

Anne resta clouée sur place à contempler ses vêtements déchirés. Quelqu'un s'était forcément introduit en pleine nuit dans sa chambre pendant qu'elle dormait.

— C'est lui qui a fait ça… c'est monsieur le marquis… j'en suis certaine, bégaya Belle qui demeurait en retrait.

— Mais non, ce n'est pas possible ! s'écria Anne immédiatement.

D'où lui venait cette belle assurance ? D'une conviction profondément réfléchie ou d'un refus viscéral de croire à la culpabilité de Dominick ? En son âme et conscience, Anne n'était pourtant sûre de rien. Soupçonner son mari lui paraissait au-dessus de ses forces.

Qui d'autre que Patrick pourrait l'aider à y voir clair ? Qui mieux que lui saurait prodiguer de sages conseils ? Cela faisait quelques jours qu'Anne n'avait pas revu son cousin. Bizarrement, elle se sentait un peu honteuse de devoir transgresser les ordres de Dominick, mais avait-elle le choix ?

— Belle, vous allez m'aider à m'habiller, puis vous courrez prévenir Patrick Collins que je souhaite le rencontrer à midi, dans le plus grand secret, à Hyde Park, au bord du lac.

— Si monsieur le marquis apprend que vous avez revu M. Collins, il va entrer dans une colère noire, protesta la servante, apeurée.

— Je vais faire en sorte qu'il n'en sache rien. Allez vite me chercher de quoi me vêtir. Je n'ai pas de temps à perdre.

Belle obtempéra. En quelques secondes, elle disposa les vêtements de sa maîtresse sur le lit et commença à les lui enfiler. Elle serra soigneusement son corset baleiné, puis elle lui tendit la jolie robe vert d'eau qu'elle avait préparée.

— Non, passez-moi plutôt ma robe noire, décida Anne.

— Encore cette robe triste ! bougonna Belle en retournant vers la garde-robe.

— Je crois que Belle a raison !

Anne sursauta. Son mari se tenait sur le seuil et regardait sans vergogne sa poitrine mise en valeur par le balconnet du corset.

— Ce ne sont pas des manières ! cria-t-elle en cachant son décolleté avec ses mains. Tu entres dans ma chambre comme dans un moulin. Cela devient une habitude, maintenant !

— J'ai frappé plusieurs fois, mais tu étais en grande conversation avec Belle et tu n'as rien entendu.

Bien qu'aucun reproche particulier ne perçât sous cette remarque, une appréhension si violente envahit la jeune femme que sa tête se mit à tourner. À quel moment Dominick était-il arrivé ? Qu'avait-il entendu exactement ?

D'un coup d'œil furtif, elle s'assura que les vêtements lacérés ne se trouvaient pas dans le champ de vision de son mari. Par chance, l'ottomane placée près de sa coiffeuse devait l'empêcher de les apercevoir.

— Mais qu'est-ce que tu as ? questionna Dominick, intrigué par la fébrilité de son épouse.

— Rien...

— Voyons, tu es bien trop mauvaise comédienne pour que je puisse te croire ! On dirait une petite fille surprise le doigt dans le pot de confiture. Qu'es-tu en train de me cacher ?

— Je n'ai rien à cacher, dit-elle en lorgnant vers le tas de vêtements.

Son timbre tremblotant et ses regards en biais attisèrent la curiosité de Dominick.

— Laisse-moi voir, dit-il en la poussant légèrement pour regarder dans le cabinet de toilette.

Son regard tomba sur le linge déchiré qui jonchait le sol. Il reconnut la chemise de nuit et le déshabillé qu'il lui avait retirés la veille au soir.

— Est-ce... t... toi... qui as fait cela ? demanda Anne d'une toute petite voix.

Dominick observa sa femme un long moment, véritablement consterné.

— Tu me prends pour un fou, ma parole !…

Puis, s'adressant à Belle qui était restée là, il ajouta :

— Je voudrais parler à la marquise en privé.

La femme de chambre se retira à contrecœur, persuadée qu'elle laissait sa maîtresse avec un assassin. En sortant, elle eut tout de même la présence d'esprit de lui faire un signe pour indiquer qu'elle allait avertir Patrick Collins du rendez-vous de midi.

Dès que Belle eut quitté la pièce, Dominick laissa exploser sa fureur.

— Qu'est-ce qui se passe ici ? On dirait que tu es terrorisée comme si j'allais te tuer !

Il ne croyait pas si bien dire ! Si elle l'avait pu, Anne aurait disparu dans un trou de souris. En guise de réponse, elle ne réussit qu'à secouer vaguement la tête.

— Anne ! aboya encore Dominick. Explique-toi… C'est à cause de ça ? demanda-t-il en montrant la chemise de nuit déchirée.

Elle ne répondit pas. Du bout de l'index, il essuya une larme qui perlait au coin de son œil. Un geste incroyablement tendre qui n'empêcha pourtant pas la jeune femme de frémir. Lorsqu'il la saisit par la taille et qu'il posa ses lèvres sur les siennes, elle se glaça davantage.

— Bon sang de bois, mais qu'est-ce que tu as ? Je te le répète, je ne suis pour rien dans ce saccage.

Anne aurait payé cher pour pouvoir lire dans le cœur de Dominick ! Elle recula. Son pouls battait si fort que ses tempes la faisaient souffrir.

Dominick se mit à fouiller dans la poche de sa veste et lui tendit une boîte de velours bleu nuit.

— C'est pour toi ! dit-il froidement.

— Qu'est-ce que c'est ?

Le bel écrin plat portait la marque du plus grand joaillier de Londres.

— C'est pour ce soir, répondit-il simplement.

— Ce soir ? Qu'y a-t-il ce soir ?

— Nous allons au bal des Harding.

— Dominick, tu n'y penses pas ! Je te rappelle que ton grand-père est gravement malade.

— Au contraire, je sais très bien ce que je fais. Les circonstances sont telles que nous ne pouvons nous dérober. Ouvre cet écrin.

Bien que choquée, Anne obéit. Sur un capiton de satin blanc, un collier à triple rang de diamants et rubis resplendissait de mille éclats. Une petite fortune !

— Ça te plaît ?

— Je ne peux pas accepter, déclara-t-elle après un temps d'hésitation.

Au lieu de reprendre l'écrin qu'elle lui tendait, Dominick sortit une autre boîte de sa poche intérieure. Elle était plus petite, mais recouverte du même velours bleu que la première.

— Voici les bouclés d'oreilles assorties. Tu dois absolument porter ces bijoux ce soir. Tu es marquise de Waverly et tu dois tenir ton rang.

Anne se sentait profondément humiliée par la manière dont Dominick lui offrait ces cadeaux. Devrait-elle exhiber ses parures comme une demi-mondaine le fait pour flatter l'homme qui l'entretient ?

— Je ne veux pas aller au bal, dit-elle enfin.

— Mais je ne te demande pas ton avis ! Tu mettras une jolie robe. Surtout pas cette horrible tenue noire que tu sembles affectionner !

Anne ravala la réplique cinglante qu'elle avait sur le bout de la langue.

— Est-il vraiment indispensable que nous nous rendions ensemble à ce bal ? insista-t-elle. Compte tenu de nos relations, tu pourrais te passer de ma présence.

Au regard froid et déterminé que le marquis lui lança, elle comprit que toute tentative de négociation était inutile.

— Il y a quatre ans, quand je t'ai épousée, je t'ai donné mon nom pour le meilleur et pour le pire. Considérons que nous en sommes au pire, un point c'est tout. Tiens-toi prête pour neuf heures !

Sur ces mots, il fit volte-face et se dirigea vers la porte. Puis il s'arrêta brusquement et ajouta :

— Arme-toi de courage !

— Que… que veux-tu dire ?

— Fairhaven a commencé à raconter partout que je suis un bâtard. Ce soir, la meute va commencer à hurler à mes trousses. Tu risques d'être entraînée dans la tourmente.

Une vague d'angoisse submergea la jeune femme, qui sentit sa gorge se nouer. Elle connaissait trop bien la souffrance que pouvaient causer les ragots. Même à son pire ennemi, elle n'aurait souhaité une telle torture. Elle décida qu'elle serait aux côtés de Dominick pour affronter la cruauté du monde.

— Je n'ai pas le choix, conclut-il. Je dois sauver mon honneur… c'est tout ce qu'il me reste.

Le fiacre remonta Oxford Street et s'immobilisa devant la boutique d'une modiste. Anne poussa la porte du magasin pour ressortir aussitôt par l'arrière qui débouchait sur une autre rue.

Là, elle héla un second fiacre qui la conduisit à Hyde Park. Ce luxe de précautions n'était pas inutile au cas où Dominick l'aurait fait suivre.

— Arrêtez-vous, cocher ! cria-t-elle en tapant à la vitre lorsqu'ils arrivèrent à l'endroit convenu.

C'était une belle journée. L'air était sec et le ciel d'une luminosité exceptionnelle. Les gens faisaient leur promenade quotidienne dans les allées du parc, à cheval ou à pied. Anne entendait les clameurs étouffées des enfants qui, au loin, jouaient à cache-cache dans les bosquets. Alentour, les oiseaux gazouillaient, invisibles dans les ramures où pétillaient les feux du soleil.

En dépit du beau temps, Anne portait une voilette noire qui cachait son visage. Personne ne pourrait la reconnaître.

Après quelques minutes d'attente, elle vit deux cavaliers s'approcher. Elle fit un signe de la main. Patrick descendit de cheval, confia les rênes de sa monture au lad qui l'accompagnait et s'engouffra dans le fiacre où la jeune femme l'attendait. Il prit place sur le siège face à elle. Il avait l'air grave et soucieux.

Anne referma la porte et tira le rideau. Enfin à l'abri des regards, elle ôta son chapeau qu'elle posa sur la banquette.

— Que se passe-t-il ? demanda-t-il en lui prenant les mains.

— J'ai très peur. Il faut que tu m'aides.

Patrick vint s'asseoir à son côté et la serra dans ses bras. Elle appuya la tête sur son épaule et ferma les yeux pendant qu'il lui caressait les cheveux. Elle s'étonna alors de ressentir plus de culpabilité que de soulagement. Depuis que Patrick avait avoué qu'il l'aimait, elle n'était plus si à l'aise avec lui. Ses aveux avaient brisé leur complicité d'autrefois.

— Je vais t'aider, dit-il. Tu peux compter sur moi.

Sa bouche n'était plus qu'à quelques centimètres…

Elle voulut protester, mais il ne lui en laissa pas le temps. Avant qu'elle ne pût prononcer le moindre mot, il s'empara de ses lèvres avec une ardeur choquante. Mon Dieu, comme ce baiser la dégoûtait !

Elle tenta de se dégager, mais sa résistance ne fit qu'augmenter la fougue du jeune homme. Après quelques instants, elle réussit enfin à repousser son cousin. Elle le regarda avec des yeux horrifiés.

— Mais… mais… qu'est-ce que tu fais, Patrick ? parvint-elle à balbutier.

— *Lui*, tu le laisses bien t'embrasser ! s'exclama-t-il d'une voix lourde de mépris.

— Mais ce n'est pas la même chose ! Dominick est mon mari.

— Ce n'est qu'un imposteur, un moins-que-rien, un bâtard !

— On dirait que ça te fait plaisir, remarqua Anne qui commençait à se ressaisir.

— Il t'a trahie deux fois et tu continues à le défendre ! Je n'y comprends plus rien. Et par-dessus le marché... on ne sait même pas qui est son père.

— Cela ne change rien à mes yeux, et de toute façon, je ne vois pas en quoi cela te regarde.

— Je voudrais seulement te venir en aide, dit-il en se radoucissant soudain. Maintenant, tu sais que je t'ai...

— Chut, n'en dis pas plus ! l'interrompit Anne. Je ne suis pas heureuse, c'est vrai, mais Dominick restera mon mari jusqu'à la mort.

Anne regretta aussitôt ces mots.

— Jusqu'à la mort ! répéta Patrick comme un écho.

Tout à coup, la jeune femme eut la pénible sensation qu'elle allait étouffer dans ce fiacre trop petit. Elle avala sa salive.

— Dieu du ciel ! Je ne sais plus que penser, murmura-t-elle en tremblant. Je ne sais plus où j'en suis...

— Dis-moi ce qui se passe, Anne. Je t'en prie, fais-moi confiance.

Elle raconta alors comment elle avait retrouvé sa chemise de nuit et son déshabillé déchirés. Évidemment, elle se garda d'expliquer pourquoi elle avait laissé ses vêtements traîner dans le cabinet de toilette.

— Tu ne dois pas retourner à Rutherford, c'est trop dangereux, déclara-t-il.

— J'y suis obligée. J'ai demandé à Dominick l'autorisation de vivre seule, mais il a refusé.

— Je ne veux plus qu'il te fasse de mal. Cet homme cruel et menteur n'est pas digne de toi.

— Je t'ai appelé pour avoir ton soutien, pas pour endurer une scène de jalousie.

L'attitude de Patrick désorientait la jeune femme. C'était comme si un mal sournois rongeait les liens d'affection qui les unissaient. Elle ne reconnaissait plus l'ami qu'elle chérissait.

— Je ne veux que ton bonheur, poursuivit-il. Tu dois quitter la résidence de Rutherford au plus vite, même si Dominick n'est pas d'accord. Tu n'as aucune dette envers lui, il ne t'a apporté que du malheur. Je vais t'aider à t'enfuir.

Objectivement, Patrick avait raison. Après ce que Dominick lui avait fait, elle n'avait pas de scrupules à avoir ! Pourtant la fuite lui apparaissait comme une lâcheté.

— Ce n'est pas possible. Je ne peux pas disparaître comme une voleuse.

— Que deviendras-tu si Dominick perd ses titres, son nom et tous ses biens ?

— Ça ne changera rien.

— Mon Dieu, tu es folle ! Rester avec un charlatan dont le père est peut-être un garçon d'écurie !

Elle le considéra avec froideur.

— Tu me déçois, Patrick, tu manques vraiment de générosité. Aucun homme n'est responsable de ses parents.

— C'est à croire que tu l'aimes encore ! s'exclama Patrick, ivre de rage.

— C'est absurde !

— Réponds-moi, Anne. Que feras-tu si tu apprends que le père de Dominick est un voleur ou... un assassin ?

— Cesse d'échafauder des hypothèses qui ne tiennent pas debout.

— Ce n'est pas si invraisemblable. Tel père, tel fils... Écoute-moi bien ! Si tu restes avec lui, tu lui laisses le temps de peaufiner ses coupables desseins. Quand il se sera lassé de toi, il te fera disparaître. Quoi de plus facile ? Un jour, il te prendra dans ses bras, tu te laisseras enlacer amoureusement, et il serrera ton cou fort... fort... jusqu'à ton dernier soubresaut.

Machinalement, Anne porta une main à sa gorge.

— Arrête... je t'en prie, souffla-t-elle. C'est trop horrible.

Patrick prit soudain un ton beaucoup plus dramatique.

— Ne fais pas l'autruche, Anne, c'est trop dangereux de refuser de voir la vérité en face. Tu aimes peut-être Dominick, mais lui ne t'aime pas. Quand il en aura assez de toi, il te tuera.

27

Le carrosse du marquis de Waverly avait pris place dans la longue file de voitures qui faisaient la queue devant la résidence des Harding. Les chevaux avançaient au pas, et les convives attendaient patiemment leur tour pour monter le majestueux escalier qui les mènerait enfin à la salle de bal rutilante.

Un brouillard typiquement londonien conférait à cette nuit une atmosphère feutrée. L'éclairage voilé des becs de gaz, qui se reflétait jusque dans le carrosse, faisait danser des ombres autour d'Anne et de Dominick. Les deux époux restaient silencieux, évitant de se serrer de trop près. Tous deux trompaient leur attente en regardant les nombreux invités qui allaient et venaient autour de la résidence. Des cris, des éclats de rire, des claquements de portières parvenaient jusqu'à eux.

Lorsque le comte de Harding donnait une soirée, il faisait les choses en grand ! C'était le bal le plus attendu de la saison.

Enfin, leur carrosse s'arrêta devant l'élégante demeure de pierre blanche. Telles des petites fourmis laborieuses, six laquais en livrée impeccable s'agitaient autour des voitures. Anne prit appui sur la main gantée du valet qui l'invitait à descendre et elle se retrouva à côté de Dominick sur le trottoir, au pied du grand escalier d'apparat.

— Nous ne rentrerons pas tard. Venez nous chercher à minuit, ordonna le marquis à son cocher avant que la voiture ne s'éloigne pour laisser place aux suivantes.

Se tournant vers Anne, il lui tendit le bras d'une manière parfaitement protocolaire. Il gardait un visage impassible qui ne trahissait aucune de ses émotions. Cette réserve, ajoutée à sa prestance naturelle, lui donnait une élégance un peu froide qui impressionnait la jeune femme. Tout en lui respirait la puissance, la virilité et la distinction.

En haut de l'escalier, un domestique introduisit le couple Saint Georges dans un hall immense. Le sol était recouvert d'une mosaïque de marbres italiens aux teintes variées. Au-dessus de leur tête s'élevait un magnifique plafond peint de motifs allégoriques. Une foule se bousculait déjà dans une débauche de couleurs chatoyantes et de parfums capiteux.

Anne et Dominick se sentaient mal à l'aise. Tous deux étaient conscients qu'assister au bal des Harding en ce moment, c'était jouer avec le feu. Mais si le pari était risqué, ils savaient que le jeu en valait la chandelle.

Ayant vécu à la campagne, la jeune marquise n'avait guère eu d'occasions d'assister à des réceptions aussi prestigieuses que celle-ci. Ce soir, elle était superbe. Après quelques hésitations, elle avait finalement opté pour une robe de taffetas moiré dont les tons lilas soulignaient à merveille le velouté de sa peau de porcelaine. La coupe cintrée faisait paraître sa taille encore plus fine. Sur son décolleté gracieusement arrondi scintillait le collier que Dominick lui avait offert. Ses cheveux noirs, artistiquement relevés en boucles, laissaient entrevoir les pierres précieuses de ses pendants d'oreilles. Pour compléter cette magnifique tenue, elle portait de longs gants de satin qui couvraient ses bras jusqu'au-dessus des coudes, et des escarpins recouverts du même tissu que les gants, ornés d'une boucle dorée.

Anne s'aperçut soudain que Dominick la contemplait. Son expression restait toujours aussi impénétrable.

Malgré elle, elle sentit ses joues devenir brûlantes. Pourquoi le regard de Dominick continuait-il de l'émouvoir alors qu'elle désirait y rester insensible ?

— Tu es parfaite ! lui chuchota-t-il à l'oreille.

Ce sobre jugement cachait sans doute une admiration beaucoup moins détachée, mais Anne refusa de s'y attarder. Elle se laissa entraîner au bras de Dominick vers la salle de bal.

Le plus difficile allait commencer... Plus de cinq cents invités guettaient leur moindre faux pas.

— N'aie pas peur, dit Dominick d'une voix rassurante et brusquement plus chaleureuse. Ce n'est pas après toi qu'ils en ont. C'est à ma mise à mort qu'ils espèrent assister, pas à la tienne.

Anne avait accepté de soutenir son mari face à ce monde féroce. Elle se sentait assez courageuse pour ne pas fléchir sous les regards accusateurs de l'aristocratie.

Ce qui l'effrayait le plus, c'était la fausse intimité qu'il lui faudrait nécessairement afficher avec lui. Pourrait-elle oublier, l'espace d'une soirée, que cet homme était aussi cruel qu'il était séduisant ?

— Mon avocat m'a dit que trois cousins éloignés se sont manifestés pour réclamer l'héritage du duché de Rutherford, expliqua-t-il. Les vautours n'ont pas perdu de temps.

La voix triste de Dominick toucha Anne au plus profond de son cœur.

— Les choses matérielles ne sont pas importantes...

Elle aurait tellement voulu le réconforter.

— Tu es une petite fleur naïve et pure, murmura-t-il.

Il lui souriait. Avait-il deviné combien elle se sentait encore fragile face à lui ? Il se pencha et déposa un chaste baiser au creux de sa nuque. Le contact de ses lèvres la fit frémir délicieusement.

— Allons affronter les loups ! dit-il en la prenant par la main.

Dès qu'ils eurent franchi les trois marches de marbre blanc qui conduisaient à la salle de bal, les têtes se tournèrent vers eux. Les conversations s'interrompirent puis reprirent aussitôt, se transformant en simples chuchotements sur leur passage. S'armant de tout son courage, Anne releva la tête et observa l'assemblée. Hommes et femmes, jeunes ou vieux, détournaient maintenant le regard, visiblement fort embarrassés.

Dominick était si raide qu'il paraissait encore plus grand. Les boutons de saphir de sa chemise étincelaient sous les cristaux des lustres. Un laquais passa près d'eux avec un plateau. Dominick prit deux coupes de Champagne et en offrit une à son épouse. Elle y trempa les lèvres tout en continuant à regarder la foule des convives.

Jamais elle n'avait vu d'aussi merveilleux bijoux et d'aussi riches toilettes. La salle elle-même était magnifique. Les murs habillés d'une soie beige reflétaient les lumières des innombrables chandeliers. Le plafond haut et voûté, sculpté de motifs floraux, était soutenu par six colonnes ornées d'angelots musiciens.

Un orchestre entraînait les convives qui tourbillonnaient au rythme de la musique. Ailleurs, en petits groupes, les invités discutaient et riaient. Mais personne ne s'approchait d'Anne et Dominick. Leurs regards se croisèrent.

— L'attitude de ces gens est odieuse, murmura la jeune femme.

— C'est leur façon de me reprocher de les avoir trompés. Quoi d'étonnant à ce que des étrangers me méprisent quand ma propre femme me refuse son pardon ?

Anne serra violemment sa coupe de Champagne, au risque de briser le cristal.

— Tu n'es pas responsable de ta naissance, mais tu l'es de ce que tu m'as fait. Ne compare pas des choses incomparables !

Dominick soutint longuement son regard et, d'une voix émue, il chuchota :

— Pardonne-moi, Anne... Pardonne-moi pour tout ce que j'ai pu faire qui t'a blessée.

Anne s'attendait si peu à cette déclaration qu'elle en resta sans voix. Elle but rapidement quelques gorgées de Champagne puis releva les yeux vers Dominick.

— Tu as une façon charmante de rougir, reprit-il.

Était-ce un jeu qu'il avait entrepris avec elle ?

— Ne me parle pas comme ça, je t'en prie !

— Pourquoi ? Je me moque de la méchanceté de ces gens, c'est ton pardon que je veux. Que dois-je faire pour le mériter ?

Embarrassée, Anne aurait voulu s'enfuir.

— Plus que mon pardon, c'est ma confiance que tu devrais t'efforcer de conquérir.

Un moment de silence suivit cet échange. Anne se tourna à nouveau vers la salle.

— Crois-tu que quelqu'un va finir par nous adresser la parole ?

— J'en doute. Un bâtard qui prétend au titre de duc commet un crime impardonnable.

— Seigneur ! Qu'allons-nous faire ?

— Il faut ignorer leur mépris, jouer les indifférents... faire comme si nous étions passionnément amoureux.

Sa voix avait pris une inflexion plus séductrice.

— Je... Je ne pense pas que ce soit une bonne idée, bégaya Anne.

Dominick lui prit son verre des mains et le reposa avec le sien.

— Allons danser, dit-il en l'entraînant vers la piste.

En quelques secondes, la jeune femme se retrouva dans les bras de son mari, glissant sur un air de valse.

De toute sa vie, elle n'avait dansé que deux ou trois fois. Dominick valsait merveilleusement bien. Serrée contre son corps viril, elle se sentait légère. Il lui semblait qu'elle allait s'envoler. Comme une petite fille éblouie, elle s'émerveillait d'être là en train de danser, parée comme une princesse, dans les bras d'un homme aussi beau.

Dominick lui sourit. Était-ce son regard brûlant ou le rythme de la valse qui enivrait Anne ? Elle flottait sur un nuage. Le taffetas de sa robe volait telle une voile sous le vent. Bientôt, la foule des danseurs autour d'eux ne fut plus qu'une ombre indécise. Il n'y avait plus que Dominick qui la tenait dans ses bras.

— Anne...

C'était un murmure.

Elle entrouvrit les lèvres, alanguie, tandis qu'il la serrait de plus en plus.

Puis le rythme de la musique changea. Une joyeuse polka succéda à la valse. Dominick s'immobilisa, un bras autour de la taille de sa femme. Il ne souriait plus. Ses yeux étaient devenus plus ardents et son air plus grave. Anne connaissait le sens de cet étrange langage sans paroles. C'était celui du désir.

En un instant, ils revinrent à la réalité et il l'entraîna hors de la piste de danse.

Les invités s'écartèrent sur leur passage comme s'ils étaient des pestiférés. Dignement, ils ignorèrent leurs moues de dégoût, leurs coups d'œil furtifs et leurs regards de curiosité malsaine.

Personne ne prit la peine de saluer Dominick Saint Georges, marquis de Waverly. L'élite ne se compromettait pas avec un usurpateur !

Au milieu de cette assemblée, un seul homme ne détournait pas le regard. C'était Patrick. Anne éprouva une désagréable sensation en l'apercevant. Elle se cramponna à la main de Dominick...

— Bonjour, Anne !

Patrick s'était planté devant eux, dans une attitude de défi.

— Bonjour, Saint Georges, ajouta-t-il. Au fait, comment dois-je t'appeler maintenant ?

— Par mon nom, répliqua Dominick, s'efforçant de garder son calme.

Une intuition poussa Anne à intervenir avant que la situation ne dégénère.

— Patrick, arrête, s'il te plaît.

— Vous avez l'air de bien vous amuser, commenta-t-il en les toisant jalousement.

— Si tu pouvais éviter de nous agresser, ce serait encore mieux, rétorqua Anne.

Patrick lui lança un regard noir avant de s'éloigner d'un pas furieux.

— Bien joué ! s'exclama Dominick.

Anne sentit le bras de son mari se serrer sur sa taille. Mais... que faisait-elle ? Était-elle en train de retomber sous sa coupe ? Elle le repoussa et s'écarta. Même dans les plus beaux contes de fées, la vie était cruelle. Comme Cendrillon, elle retrouverait la dure réalité à la sortie du bal...

Entre deux danses, Félicity alla se refaire une beauté. De son réticule, elle sortit une houppette et se repoudra le bout du nez. Puis elle prit son pot de rouge et s'en mit une petite touche sur les lèvres. Assez satisfaite de l'image que lui renvoyait le miroir, elle sourit, inclina la tête à la recherche de son meilleur profil et prit quelques poses séductrices. Enfin, elle se redressa et admira le joli bustier qu'elle avait choisi de porter ce soir-là. Elle tira la soie rose vif vers le bas pour laisser voir la naissance de ses seins. Parfaitement ajusté, le vêtement ne faisait pas un pli et mettait en valeur sa superbe poitrine.

Depuis qu'elle était arrivée au bal, elle n'avait pas encore aperçu Blake. Il allait sans doute venir plus tard : il ne pouvait manquer cette prestigieuse réception donnée par son père. Si elle ne le cherchait pas vraiment – car il était plutôt agaçant –, il fallait bien reconnaître que ses assiduités étaient tout de même flatteuses.

Celui qui l'intéressait davantage, bien sûr, c'était Dominick ! Malheureusement, il était resté collé à Anne depuis le début de la soirée, et Félicity n'avait pas encore réussi à lui parler en tête à tête. Elle ne désespérait pas. Comme tout le monde, elle avait eu vent des rumeurs qui couraient sur son compte, mais elle n'en croyait pas un mot.

Elle lissa encore une fois son bustier, s'apprêtant à rejoindre la salle de bal.

— Un demi-centimètre plus bas et on verra la pointe de vos seins.

Félicity sursauta en entendant ce commentaire. Dans le miroir, elle aperçut la belle silhouette de Théo Blake qui se tenait juste derrière elle. Elle ne l'avait pas entendu entrer dans le cabinet de toilette.

— Mais... qu'est-ce que vous faites là ?

Elle s'était retournée et lui faisait face, appuyée contre le lavabo de marbre blanc.

— Pour tout dire, je vous ai suivie ! Cela fait un moment que je vous observe.

Sans se gêner, Blake gardait les yeux baissés sur ses seins.

— Vous avez un sacré toupet.

— Ce n'est pas pour vous déplaire, avouez-le !

— Tout me déplaît en vous.

Félicity sentait que ce jeu risquait d'aller trop loin, mais elle aimait tenter le diable. Les battements de son cœur se précipitaient.

— Et... si quelqu'un entrait dans cette pièce pendant que nous sommes ensemble ? dit-elle, avouant implicitement qu'elle autorisait Blake à tenter sa chance.

— J'ai fermé la porte à clé.

— Auriez-vous des intentions coupables ? minauda-t-elle en riant.

— Me le reprochez-vous vraiment ?

— Euh... je ne sais pas... peut-être.

Elle ne dit pourtant rien lorsque Blake se mit à promener son index sur son décolleté. Cette douce caresse lui donna la chair de poule.

D'un coup sec, il tira brusquement sur le bustier et Félicity se retrouva les seins nus.

— Vous aimez ça ? demanda Blake en continuant ses habiles caresses.

Elle rejeta la tête en arrière.

— Oui, encore !

Les douze coups de minuit soulagèrent Anne d'un grand poids. Enfin, ils allaient quitter cette interminable réception !

Dominick et elle n'avaient dansé qu'une seule fois. Ils avaient fait une promenade dans le parc, étaient allés se restaurer au somptueux buffet abondamment garni et, le reste du temps, ils s'étaient contentés d'attendre en observant les danseurs.

Aucun doute, hélas, ne planait sur les intentions de la bonne société à l'égard de Dominick. Hormis Blake, toujours aussi amical, son père, le comte de Harding qui recevait ce soir, et Patrick, seuls deux gentlemen avaient osé leur adresser la parole. Triste bilan !

— Allons-nous-en.

— Oui, j'en ai plus qu'assez, soupira Dominick en la prenant par le bras.

Ils traversèrent la salle de bal et se dirigèrent vers la sortie. Dans le hall, la présence de deux policiers en uniforme attira leur attention. Ils discutaient sur le pas de la porte avec le comte de Harding et un quatrième homme, petit et corpulent, vêtu d'un costume de mauvaise coupe.

Dès qu'il aperçut les Saint Georges, le comte vint audevant d'eux. Inquiète, Anne se serra contre Dominick : elle venait de penser que la police allait arrêter son mari. Puis elle se ressaisit aussitôt, réalisant que cette idée était absolument absurde. À part Belle et

Patrick, personne ne soupçonnait Dominick de vouloir la tuer. La police ne pouvait pas être au courant !

Mais pourquoi le comte de Harding avait-il cet air si sombre ?

— Dominick, commença-t-il avec gravité, j'ai bien peur que vous n'ayez quelques problèmes.

Il les conduisit vers les trois hommes qui attendaient sur le seuil et désigna celui qui était en civil.

— Je vous présente l'inspecteur Hopper.

Hopper s'avança en rougissant, visiblement gêné par la démarche qu'il avait à accomplir.

— Milord... je suis désolé. Permettez-moi de partager votre peine pour la maladie qui frappe votre grand-père, mais... euh...

L'inspecteur tournait autour du pot, ne sachant comment aller à l'essentiel.

— Qu'y a-t-il, enfin ? questionna Dominick.

Le policier se racla la gorge avant de reprendre la parole :

— Je dois vous demander de me suivre... Matthew Fairhaven a été assassiné et vous êtes soupçonné de meurtre.

28

Anne ne put retenir un cri de terreur.

En revanche, Dominick ne cilla pas. La jeune femme lui lança un coup d'œil furtif : il semblait assommé. Cet homme-là ne jouait pas la comédie, cela sautait aux yeux. Il n'avait pas tué Matthew Fairhaven.

L'inspecteur Hopper, dont le visage s'empourprait de plus belle, se remit à toussoter.

— On a retrouvé le cadavre de Fairhaven cet après-midi à Covent Garden. Selon le coroner, la mort a été causée par un violent coup sur le crâne.

— Mon mari... Mon mari n'est pour rien dans cette affaire, déclara Anne d'une voix hésitante.

— Bien entendu, je suis le coupable rêvé ! s'exclama Dominick en s'adressant à l'inspecteur. Qui, plus que moi, avait intérêt à réduire Fairhaven au silence ?

— Arrête, ne dis pas de sottises !

— Votre épouse a raison, Dominick, renchérit le comte de Harding. Gardez le silence jusqu'à l'arrivée de votre avocat. Vos déclarations pourraient se retourner contre vous.

— Je ne l'ai pas tué, murmura Dominick d'une voix lasse où perçaient impuissance et désespoir.

Hopper esquissa une grimace.

— Milord, un témoin a rapporté qu'il vous avait vu vous disputer avec Fairhaven cet après-midi.

— C'est un pur mensonge !

— N'avez-vous pas eu des mots avec Fairhaven ?

— Si ! Mais je l'ai rencontré ce matin, et non cet après-midi, chez lui, et non à Covent Garden.

— Je suis désolé, monsieur, mais vous devez vous soumettre à la loi. J'ai un mandat d'arrêt contre vous. Tout vous accuse. Voici ce que la victime serrait dans le creux de sa main. Cet objet vous appartient-il ?

Hopper sortit de sa poche un petit bijou qu'il montra à Dominick. Anne retint sa respiration en reconnaissant un bouton de manchette orné d'un saphir bleu, de forme et de couleur parfaitement assorties aux boutons de la chemise de son mari.

— Oui, c'est à moi, confirma Dominick, atterré.

La présence des policiers chez le comte de Harding un soir de fête ne manqua pas d'intriguer les convives qui les aperçurent par hasard. Un quart d'heure plus tard, la nouvelle de l'assassinat de Fairhaven et de l'arrestation de Dominick Saint Georges avait déjà fait le tour de la salle de bal.

Blake proposa aimablement à Anne de la ramener chez elle, mais elle déclina son offre. Elle reprit seule le carrosse pour rentrer à Rutherford. Trop apeurée, elle ne parvenait pas à mettre de l'ordre dans ses idées. Si Dominick était coupable de l'acte de sauvagerie dont il était accusé, il était également capable de la tuer. Un témoin l'avait tout de même aperçu et, surtout, il y avait ce bouton de manchette découvert dans la main de la victime. Tous les indices étaient contre lui. Pourtant, de toute son âme, Anne refusait d'admettre sa culpabilité. Une petite voix en elle lui soufflait qu'il s'agissait d'une grossière erreur...

À Caldwell qui s'étonnait de la voir arriver sans le marquis, Anne raconta ce qui venait de se passer. Dominick pouvait être absent assez longtemps et, de toute façon, les domestiques finiraient bien par apprendre la vérité.

Puis elle monta directement dans sa chambre, après avoir demandé au majordome de lui envoyer Belle. Quelques instants plus tard, Caldwell vint lui apprendre que la femme de chambre était introuvable. Anne en fut d'autant plus surprise qu'elle avait prié Belle de l'attendre jusqu'à son retour.

— Voulez-vous que je fasse monter une autre domestique ?

— Non merci, Caldwell, je vais me débrouiller.

Il était maintenant deux heures du matin. Anne était épuisée, mais bien trop troublée pour trouver le sommeil. Elle décida de se rendre dans la chambre du duc pour passer un moment à ses côtés.

Le feu qui brûlait dans la cheminée éclairait faiblement la pièce. Comme si la lumière avait le pouvoir de conjurer les démons de cette horrible nuit, Anne alluma tous les chandeliers. Une chaude clarté envahit la pièce.

Le duc de Rutherford était toujours aussi inerte. Ses joues avaient très légèrement rosi, mais il avait les traits émaciés et de grands cernes ombraient ses yeux. Anne crut un instant que les muscles de son visage se contractaient. Hélas, c'était une hallucination provoquée par la lueur des flammes.

Cet homme, qui avait été son seul soutien pendant quatre ans, ne pouvait plus rien pour elle. Elle avait encore tant besoin de lui, pourtant ! S'il avait pu l'entendre, elle lui aurait fait part de ses angoisses, elle aurait partagé avec lui les soucis qui la tenaillaient.

— Je vous en prie, écoutez-moi, je me sens tellement perdue… commença-t-elle.

Puis, ne résistant plus à un impérieux besoin de s'épancher, elle raconta tout au duc, comme si ses paroles pouvaient l'atteindre dans les abîmes du sommeil…

Il était trois heures du matin. Dominick avait retiré sa veste et sa cravate, retroussé ses manches et ouvert son col de chemise. Il était plus furieux que fatigué.

Cela faisait deux bonnes heures que les inspecteurs Hopkins et Gatling l'interrogeaient sans relâche. Deux robustes agents restaient en retrait pour prêter main-forte aux inspecteurs en cas de nécessité. Hopper, assis dans un coin, se contentait d'assister à la scène sans rien dire.

— Reconnaissez-vous vous être disputé avec Fairhaven ?

— Nous avons eu un échange un peu vif, mais nous ne nous sommes pas battus au sens où vous l'entendez. D'autre part, nous nous sommes rencontrés hier matin à son domicile, en privé et sans témoin, et non à Covent Garden.

Qui pouvait bien avoir assassiné Matthew Fairhaven ? Dominick n'en avait pas la moindre idée. Comment faire admettre sa bonne foi à ces deux inspecteurs bornés ? Mon Dieu, même Anne avait semblé douter de lui quand Hopper était venu l'arrêter !

— Vous mentez ! vociféra Gatling. Vous avez suivi Fairhaven jusqu'à Covent Garden, vous en êtes venus aux mains et vous l'avez tué. Sinon, comment expliquez-vous la présence de votre bouton de manchette dans sa paume ?

Gatling était une grande brute au teint rougeaud. Ses yeux noirs et perçants trahissaient le plaisir sadique qu'il prenait à faire souffrir.

— Je ne sais pas. J'ai porté ces boutons de manchettes pour la dernière fois lorsque j'étais en Écosse. Je ne les retrouvais plus, je croyais les avoir égarés.

— Et le témoin, qu'en faites-vous ? ricana Gatling. Quelqu'un vous a vu, vous semblez l'oublier un peu vite !

— Donnez-moi le nom de ce menteur ! s'exclama Dominick en se relevant d'un bond.

— Asseyez-vous !

L'un des deux agents réagit immédiatement. Posant sa grosse main sur l'épaule de Dominick, il l'obligea à se rasseoir d'une pression brutale.

Gatling n'avait qu'un désir : que Dominick perde son sang-froid. Il faisait tout pour le pousser à bout et le forcer à craquer. Cela lui donnerait un bon alibi pour demander à ses sbires d'intervenir.

— Vous devriez avouer que vous êtes coupable, déclara soudain Hopper, qui s'était tu depuis le début de l'interrogatoire. Vous auriez tout à y gagner.

— À y gagner, dites-vous ? Aux dernières nouvelles, le meurtre était passible de pendaison. La loi aurait-elle changé ?

La raillerie de Dominick fit rougir Hopper qui reprit :

— Nous sommes tous fatigués, milord. Si vous disiez la vérité, nous pourrions en rester là et aller nous reposer.

— Écoutez-le, ce Saint Georges qui se permet de crâner ! beugla Gatling d'une voix haineuse. Il se prend toujours pour un homme du monde, ce minable bâtard ! Pauvre type !

— Vous êtes beaucoup plus à plaindre que moi, répliqua Dominick d'un ton froid. Avec vos manières, vous n'avez aucune chance de devenir un jour un homme du monde.

Le calme du marquis mit Gatling hors de lui. Les veines de son visage se gonflèrent et ses yeux s'injectèrent de sang.

Dominick n'eut pas le temps de réaliser que l'inspecteur se précipitait sur lui. Un violent direct, asséné en pleine mâchoire, l'envoya dinguer contre le mur. La brutalité du coup lui fit voir trente-six chandelles.

Tandis qu'au prix d'un effort immense il réussissait à rester debout, une énorme matraque s'abattit sur son épaule. Étourdi, il s'effondra sur le sol.

Au point du jour, après avoir monologué un long moment au chevet du duc, Anne avait regagné sa chambre. Absolument exténuée, elle avait sombré aussitôt dans le sommeil.

Elle dormait profondément lorsqu'elle imagina que quelqu'un frappait à sa porte. Pas question de sortir de ses rêves pour retrouver les soucis du monde réel ! Elle se cacha la tête sous l'oreiller et s'enfonça sous les couvertures. Les coups qui redoublaient l'empêchèrent cependant de replonger dans l'inconscience.

Elle maugréa, s'étira et finit par ouvrir un œil. Par les rideaux mal fermés filtrait la lumière d'une aube grise et brumeuse. Un de ces petits matins à vous donner envie de vous rendormir aussitôt ! Elle referma les yeux.

— Allez-vous-en ! chuchota-t-elle.

On cogna plus fort encore. Anne crut entendre une voix. Alors, la réalité s'imposa à elle, la submergeant avec la violence d'une vague un jour de tempête. La trahison de Dominick, sa fuite de Waverly Hall, et puis, hier soir, le bal des Harding et l'arrestation de son mari…

— Milady ! Vite, vite, réveillez-vous.

C'était la voix de Caldwell. Il continuait de tambouriner à la porte.

Inquiète, Anne se leva et passa une robe de chambre pour aller ouvrir. La vue de Caldwell ne fit que renforcer ses craintes.

Il avait le visage ensommeillé. Visiblement, il n'avait pas pris le temps de démêler ses cheveux qui, rassemblés en touffes hirsutes, lui donnaient un air comique. Il avait dû se vêtir à la hâte, car il avait mis sa veste à l'envers et sa cravate était tout de travers. À un autre moment, Anne aurait pouffé de rire.

— Que se passe-t-il ? s'enquit-elle d'une voix anxieuse.

Aussitôt le visage de Caldwell s'éclaira.

— Le duc s'est réveillé ! Je crois qu'il essaie de parler.

Anne fut si heureuse qu'elle faillit embrasser le majordome.

— Merci, mon Dieu ! murmura-t-elle.

— Oui, merci, mon Dieu, répéta Caldwell, rayonnant de joie.

— J'arrive tout de suite.

À ces mots, elle réalisa qu'après une nuit si courte, elle ne devait guère avoir meilleure figure que Caldwell ! Sur le point d'appeler Belle pour l'aider à se préparer, elle se souvint de la disparition de sa femme de chambre.

— Avez-vous retrouvé Belle ?

— Non, milady. Je ne l'ai trouvée nulle part, ni à l'office, ni dans la lingerie, ni dans sa chambre. Et personne ne l'a vue sortir de la résidence.

Il y avait là quelque chose d'étrange. Belle s'était toujours montrée très ponctuelle. Lui était-il arrivé un accident ?

— Allons voir le duc, ordonna Anne. Nous nous occuperons ensuite de cette étrange disparition.

Elle quitta la pièce, Caldwell sur ses talons. En longeant le couloir qui menait à la chambre du duc de

Rutherford, elle s'arrêta brusquement et le majordome, surpris par cette pause brutale, faillit la heurter.

— Avez-vous entendu ? chuchota-t-elle.

— Non.

Anne se retourna vers Caldwell. Elle était sûre de n'avoir pas rêvé : derrière l'une des portes des chambres qui donnaient sur le corridor, un homme avait parlé.

— Y a-t-il des invités en ce moment à Rutherford ? questionna-t-elle, pensant que Dominick avait peut-être reçu des amis la veille sans l'en informer.

— Non. Ne vous inquiétez pas, milady, il n'y a personne ici.

À cet instant, un bruit sourd, comme un frottement sur le sol, se fit nettement entendre, bientôt suivi d'un rire de femme. Anne posa la main sur la poignée d'une porte, encore hésitante, puis elle se décida à ouvrir.

Devant la scène qu'ils découvrirent, Anne et le majordome restèrent interloqués. Belle, les cheveux défaits et en petite tenue, était allongée sur un lit à côté de Patrick.

Morte de honte à la vue de sa maîtresse, la pauvre fille se précipita pour attraper sa robe qu'elle tint devant elle comme un bouclier.

— Pardonnez-moi, milady, je vous en supplie, ânonna-t-elle. Je ne voulais pas…

Elle se jeta aux pieds d'Anne en pleurant.

Patrick était torse nu, il portait le même pantalon que la veille au bal du comte de Harding. Anne comprenait maintenant pourquoi il s'était éclipsé de bonne heure, peu après leur houleuse entrevue. Au contraire de Belle, il ne semblait pas gêné le moins du monde.

— Comment oses-tu ! s'indigna Anne.

— Je ne suis qu'un homme, répliqua-t-il, l'air détaché.

Pendant ce temps-là, Belle se cramponnait à la robe de la marquise et pleurait de plus en plus.

— Je sais que c'est mal. Je regrette ce que j'ai fait et je vous demande pardon. Ayez pitié de moi, ne me renvoyez pas.

— Je vous garde à mon service, mais sachez que vous avez très mal agi. Vous devriez avoir honte de vous donner à un homme hors des liens du mariage.

— Je sais, milady. Je ne recommencerai plus.

— Depuis combien de temps entretenez-vous cette liaison ?

— Quelques semaines, marmonna Belle en reniflant. Depuis les funérailles du marquis.

— Vous a-t-il promis le mariage ? demanda Anne en montrant son cousin d'un signe de tête.

— Oh, non ! Je sais bien qu'un lord ne s'abaisserait pas à m'épouser.

— Alors, pourquoi vous êtes-vous déshonorée de la sorte ?

— Je me sentais seule, milady...

Anne tendit la main à sa femme de chambre pour l'aider à se relever. La pauvre fille était plus à plaindre qu'à blâmer.

— Vraiment, tu me déçois, Patrick, ajouta-t-elle.

Celui-ci eut un rire sans joie.

— Tu m'as rejeté et tu me reproches maintenant de chercher auprès d'une autre ce que tu m'as refusé !

— Tu as abusé de la crédulité d'une domestique sans défense, voilà ce que je ne peux admettre.

Anne sortit, déçue et furieuse. Son cousin, qu'elle aimait tant, n'était qu'un vulgaire coureur de jupons. Elle le connaissait bien mal !

Caldwell avait aidé le duc à s'installer sur ses oreillers. Le vieil homme avait maintenant les yeux grands ouverts. Anne se précipita vers lui et l'étreignit.

— Si vous saviez comme je suis heureuse ! s'exclama-t-elle en l'étouffant littéralement de baisers.

Le duc ne répondit pas. Il portait sur Anne un regard triste et suppliant qui la consterna. La crainte qui envahit la jeune femme se transforma rapidement en certitude : le duc n'avait pas recouvré l'usage de la parole. Elle avait toujours refusé d'envisager cette possibilité que le docteur Mansley avait pourtant évoquée.

— Pouvez-vous bouger un peu ? Remuez vos doigts… Là, c'est bien, je suis sûre que vous allez guérir…

La main du duc avait esquissé un léger tremblement avant de retomber mollement, immobile, sur la couverture. Anne s'efforça de sourire malgré son appréhension. La lueur dans les yeux du duc prouvait qu'il avait retrouvé toutes ses capacités intellectuelles, mais en même temps, on devinait une horrible souffrance intérieure. Le pauvre homme avait conscience qu'il était paralysé.

— Je vais chercher le médecin, dit Caldwell.

Lorsque le majordome sortit, Anne aperçut Patrick qui se tenait sur le seuil. Quelle audace ! Après ce qui venait de se passer, elle pensait que son cousin aurait au moins la délicatesse de déguerpir au plus vite. Jugeant qu'il n'était pas opportun d'entamer une discussion en ce moment, elle se retourna vers le duc.

— Si vous comprenez ce que je dis, fermez les yeux ! (À son grand soulagement, le duc cligna des paupières.) Dieu soit loué, nous allons pouvoir communiquer. J'ai besoin de vos conseils, vous savez ! Tant de choses se sont passées ces derniers jours que je ne sais plus où j'en suis.

En quelques phrases, Anne lui raconta les révélations de Fairhaven, son assassinat et l'arrestation de Dominick, la veille.

— Quoi ? Dominick a été arrêté pour meurtre ! s'exclama Patrick en entendant ces nouvelles.

Anne ne lui répondit pas.

La stupeur se lisait sur le visage du duc de Rutherford. En quelques secondes, il réussit à faire comprendre à Anne qu'il avait un message à lui délivrer. Il regardait fixement la table contre le mur, face au lit. La jeune femme suivit son regard. Il y avait un encrier et une plume d'oie sur la table.

— Voudriez-vous écrire ? demanda-t-elle avec une certaine inquiétude.

Le duc ferma les paupières à deux reprises.

Seigneur, le pauvre homme était bien incapable de tenir une plume ! Il se faisait des illusions et allait être terriblement déçu.

— Je ne sais pas ce que tu attends de Rutherford. Comment pourrait-il aider Dominick dans l'état où il est ? intervint Patrick en pénétrant cette fois carrément dans la chambre.

Scandalisée par l'arrogance de son cousin, Anne réprima l'envie de le jeter dehors sur-le-champ. Elle alla chercher l'encrier et la plume et revint s'asseoir près du duc.

— Je sais comment nous allons procéder, lui dit-elle d'une voix douce. Je vais réciter l'alphabet, vous fermerez les yeux chaque fois que j'aurai prononcé une lettre que vous souhaitez me voir écrire.

La tâche fut ardue, mais l'idée était bonne. Vingt minutes plus tard, Anne avait écrit une suite de lettres qui composaient clairement trois mots : *dominickpapiersbureau.*

— Des papiers se trouvent dans le bureau, qui concernent Dominick, c'est bien ça ?

Le duc ferma les paupières. Anne embrassa affectueusement le vieil homme sur le front.

Sept coups sonnèrent à l'horloge. Le jour se levait.

Après une heure de recherches, Anne était sur le point d'abandonner. Aidée de Caldwell et de Belle, elle avait épluché la montagne de papiers et de dossiers que contenait le secrétaire. Notes, lettres, contrats... elle avait tout lu en détail, sans rien trouver d'intéressant.

Patrick, qui avait refusé de partir, s'était contenté de jouer la mouche du coche. Il observait d'un œil incrédule les efforts d'Anne pour trouver l'indice qui sauverait peut-être son mari.

— Vous êtes tous fous d'espérer découvrir quelque chose là-dedans. Rutherford délire, tout simplement.

— Regardez ! s'exclama soudain la femme de chambre. Qu'est-ce que c'est que ça ?

Elle désignait une feuille coincée dans un interstice du meuble.

Un tiroir secret ! La ténacité d'Anne allait peut-être enfin trouver sa récompense. Hélas, après plusieurs minutes de lutte acharnée, la jeune femme dut se rendre à l'évidence : la serrure restait bloquée et le tiroir cachait obstinément son contenu.

— Allez me chercher un pied-de-biche, commanda-t-elle à Caldwell.

Le majordome la dévisagea, l'air hébété. La marquise n'allait tout de même pas endommager ce magnifique secrétaire en poirier incrusté de nacre et d'ivoire, véritable objet d'art, vieux de plus de trois siècles !

Elle dut répéter son ordre pour que le majordome se décide enfin à obtempérer.

— Tu vas briser ce beau meuble pour rien ! déclara Patrick. Il ne doit s'agir que d'un papier sans intérêt.

— Tu n'as pas très envie d'aider Dominick, n'est-ce pas ?

— Pourquoi devrais-je aider un assassin ?

Anne, elle, ne s'était pas vraiment posé la question.

D'instinct, elle savait qu'elle devait épauler son mari.

— Dominick n'a pas encore été jugé et condamné. En attendant, je suis sa femme et c'est mon devoir de lui porter secours.

— Bonté divine ! s'exclama Patrick. Ma pauvre Anne, tu es d'une naïveté à toute épreuve !

Elle n'eut pas le temps de répondre à son cousin. Caldwell revenait avec l'outil demandé.

En une seconde, le bois céda dans un craquement sinistre. Anne s'empara aussitôt de la liasse de papiers dissimulée dans le vieux meuble. Elle constata qu'un cachet de cire avait été apposé sur le dernier feuillet.

— Ce sont des documents officiels, laissez-moi le temps d'y jeter un coup d'œil…

— Alors ? demandèrent d'une voix unanime Belle, Caldwell et Patrick après quelques minutes.

— C'est la preuve que Dominick n'est pas le fils de Philip…

Le visage de Patrick s'éclaira d'un large sourire. Le jeune homme avait du mal à contenir sa joie.

— Mais, ajouta Anne, ce document est une reconnaissance de paternité de Philip qui fait officiellement de Dominick son héritier légal.

29

Un bruit montant de la rue surprit la jeune femme pendant sa toilette matinale. Un carrosse avait dû s'arrêter devant la résidence de Rutherford. Elle entendit les cris du cocher et des voix masculines.

Dieu du ciel, était-ce possible ? Elle avait cru reconnaître celle de Dominick.

Elle se précipita à la fenêtre de sa chambre. La voiture noir et or des Harding était là. Blake et Dominick devisaient sur le trottoir.

Relevant les plis de sa robe pour dévaler l'escalier, elle s'élança vers le hall d'entrée. Le soulagement lui donnait des ailes. En quelques secondes, elle fut en bas, au moment même où Caldwell ouvrait la porte.

— Milord, quel bonheur de vous revoir !

Une seconde, Anne crut que le majordome allait sauter au cou du marquis tant il paraissait heureux.

— Oh, milord ! s'exclama à son tour Vérig qui arrivait en courant. Laissez-moi vous décharger de vos affaires.

À cet instant, Dominick aperçut Anne qui se tenait au bas de l'escalier.

— Quel soulagement ! Ils t'ont enfin libéré !

— Grâce à Blake qui m'a fourni un alibi, répondit-il. Il a prétendu que nous avions passé l'après-midi ensemble avec des prostituées.

— Il aurait pu imaginer meilleure compagnie, remarqua Anne, un peu choquée. Mais grâce lui soit rendue néanmoins !

— C'est un sacré bon comédien, tu sais.

— Ont-ils abandonné leur accusation contre toi ?

— Pas vraiment. En attendant les résultats de l'enquête, je suis assigné à résidence à Londres… Je suis fatigué ; je monte me laver et me reposer.

À contre-jour, Anne ne distinguait pas bien son mari. Lorsqu'il s'avança, elle ne put s'empêcher de frémir.

Il tenait sa veste sur le bras. Il avait ôté sa cravate ; sa chemise était largement ouverte et son pantalon paraissait aussi froissé que s'il avait dormi avec. Une mèche de cheveux lui tombait sur l'œil. Ses traits tirés révélaient son épuisement et un énorme bleu lui barrait la mâchoire.

— Mais que t'est-il arrivé ? Tu as eu un accident ?

— En quelque sorte… si on peut appeler « accident » les coups d'un abruti d'inspecteur et de ses deux dévoués molosses ! Mais ne t'inquiète pas, je ne suis pas encore à l'agonie.

Dominick essayait de se montrer rassurant. Peu habitué à se plaindre, il ne rechigna pourtant pas quand Anne lui proposa de faire venir le médecin. Elle comprit vite pourquoi. En plus de ses blessures apparentes, il boitillait et avait un bras complètement raide.

— Pourrais-tu demander à maître Newman de passer à trois heures cet après-midi ? Il faut que j'organise ma défense.

— Tu es donc toujours présumé coupable, n'est-ce pas ?

— Qu'est-ce qui ne va pas, Anne ? questionna Dominick, intrigué par la nervosité de son épouse. Tu crois vraiment que j'ai commis ce meurtre ?

Elle hocha la tête sans un mot puis, après un instant, changea de sujet de conversation.

— J'ai une bonne nouvelle à t'apprendre : le duc a repris conscience. Il ne peut pas parler, mais nous avons tout de même trouvé un moyen de communiquer. C'est un énorme progrès, Dieu soit loué !

— Ça, pour une nouvelle, c'est une satanée bonne nouvelle ! s'écria Dominick. Je monte le voir tout de suite.

Anne retint son époux par le bras.

— Non, n'y va pas. Il dort. Je crains de l'avoir un peu épuisé. Ton grand-père m'a aidée à mettre la main sur des documents importants. Philip t'a reconnu et il a fait de toi son héritier. Tu es légalement un Saint Georges. Je ne suis pas juriste, mais je pense que cet acte te rend héritier du duché de Rutherford.

Alors qu'elle s'attendait à une explosion de joie, Dominick demeura absolument imperturbable.

— Si on ne m'a pas pendu entre-temps ! soupira-t-il.

Puis, brusquement, il se mit à fixer le portrait de son arrière-grand-père. Ou plutôt de celui qu'il avait toujours pris pour son arrière-grand-père.

— Qu'est-ce qui te préoccupe, Dominick ? lui demanda Anne d'une voix douce.

— Qui suis-je ? De qui suis-je le fils ? chuchota-t-il, l'air absent comme s'il s'adressait à lui-même.

Vaguement conscient, le duc entrevoyait comme dans un rêve le soleil matinal qui pénétrait dans sa chambre, et entendait les piaillements d'un moineau sur le rebord de sa fenêtre. Il était si las qu'il n'avait même plus la force d'ouvrir les yeux.

Il attendait la mort. Paisiblement. Il savait que Sarah l'accueillerait.

Elle se penchait déjà vers lui. Elle lui tendait les bras et le caressait de ses mains aussi blanches que l'ivoire. Ses grands yeux lumineux et son doux sourire le rassuraient. Il l'avait tant aimée ! Mais elle devait patienter encore un peu.

Dans le silence de sa chambre, le duc soupira. Il ne devait pas mourir avant de voir Dominick lavé des accusations qui pesaient sur lui, et rétabli dans ses droits à devenir le neuvième duc de Rutherford.

Si seulement il avait pu tout lui avouer quelques années plus tôt ! Mais il était pieds et poings liés. En échange de l'adoption de Dominick et de sa reconnaissance comme héritier, Philip lui avait fait promettre de garder le silence.

Anne avait-elle trouvé les documents ? Le duc devait descendre dans la bibliothèque pour aller voir.

Il ouvrit les yeux avec le violent désir de se lever, mais ses muscles ne répondaient plus. Son corps n'était plus qu'une enveloppe inutile. Maintenant qu'il en était privé, le vieil homme mesurait l'importance de ces bonheurs simples : parler, se mouvoir… vivre, tout simplement. L'espace d'un instant, un sentiment proche de la révolte s'empara de lui. Puis la paix revint en son âme : Sarah l'attendait là-haut.

Pendant ce temps-là, Clarisse arpentait la chambre de l'hôtel Cavendish où elle se terrait.

Fairhaven avait ruiné sa réputation. La bonne société n'avait aucune pitié pour ceux qui transgressaient ses lois. Jamais plus elle ne pourrait sortir sans être montrée du doigt. Finis les bals, les invitations, les dîners, les week-ends à la campagne. On ne lui laisserait même pas la chance de s'expliquer. Dire que, toute sa vie, elle s'était efforcée d'entrer dans ce monde qui maintenant la rejetait !

Horrifiée et apeurée en pensant à l'avenir, Clarisse versait des larmes sincères. Mieux valait mourir que d'être la proie des persiflages.

Elle s'approcha de la fenêtre et jeta un regard absent dans la rue Claridge. La vie continuait, les passants allaient et venaient, indifférents au drame qu'elle vivait...

Et Dominick ? Était-il possible que son fils fût un assassin ? Elle ne pouvait le croire mais, après tout, Fairhaven n'avait eu que ce qu'il méritait.

Celui qu'elle détestait bien plus encore, c'était le duc de Rutherford : la cause de tous ses tourments, celui par qui le malheur était arrivé. Heureusement, elle avait un plan ! Sa vengeance serait terrible. Elle allait enfin pouvoir lui rendre la souffrance qu'il lui avait causée ! Quelle consolation de le savoir cloué au lit, impuissant et malheureux !

Vérig vint informer Anne que son mari ne descendrait pas dîner. Cela tombait bien, elle n'avait pas faim non plus. Elle se contenterait de grignoter quelques toasts.

À deux reprises dans l'après-midi, elle était montée voir le duc pour lui dire qu'elle avait trouvé les papiers qu'elle cherchait, mais chaque fois il dormait. Si profondément même qu'elle s'en était inquiétée. D'après Caldwell, il s'était éveillé quelques minutes, vers midi. Cette nouvelle l'avait un peu rassurée. De toute façon, elle avait sûrement tort de s'alarmer, puisque le docteur Mansley avait précisé que le duc devrait beaucoup dormir pour récupérer.

À présent, Anne était dans sa chambre. Elle ne s'était pas encore déshabillée. Assise devant la cheminée, elle regardait les flammes. En dépit des efforts qu'elle faisait pour garder la tête froide, les mêmes pensées revenaient la hanter : Dominick était au centre de ses préoccupations.

Il avait l'épaule luxée, deux orteils cassés, la mâchoire et les côtes salement endommagées, et diverses ecchymoses sur le corps. Certes, son état de santé inquiétait la jeune femme. Mais d'autres angoisses la rongeaient. Quelle épouvantable coïncidence que Fairhaven ait été assassiné juste après avoir fait des révélations sur la naissance de Dominick !

Machinalement, elle porta les mains à sa tête et se mit à se masser les tempes, comme si ce simple geste avait le pouvoir de l'apaiser.

Des pas dans le corridor la firent sursauter. Elle se raidit en reconnaissant la démarche maladroite de Dominick. Que venait-il faire ici ? Ils avaient tous deux besoin d'une bonne nuit de sommeil. Elle se leva d'un bond en entendant frapper.

— Entre ! fit-elle, essayant de paraître calme.

Dominick avança dans la chambre d'un pas un peu traînant. Il portait une veste d'intérieur aux revers de velours sur un pantalon noir en tissu léger. Il avait un gros bandage à un pied.

Son visage était si triste qu'Anne dut se retenir pour ne pas se jeter dans ses bras. Elle tentait désespérément de se maîtriser pour ne pas laisser voir son émotion.

— Je ne m'attendais pas à ta visite maintenant, dit-elle d'un air faussement détaché.

— J'espère que cela te fait plaisir ! se moqua-t-il.

— Je suis très heureuse que la police t'ait libéré.

— Vraiment ?

Pourquoi la fixait-il avec ce sourire vaguement narquois ? Certes, elle s'était montrée un peu hésitante quand Hopper était venu l'arrêter. Peut-être aurait-elle dû paraître plus indignée et prendre sa défense avec plus de véhémence ? Il lui en voulait certainement. Mais pour l'heure, Anne n'avait pas envie de discuter.

— Je suis sincèrement désolée pour toi. J'ai l'impression de vivre un cauchemar en ce moment.

— Tu as l'air bouleversée en effet. Tu as peur ? Tu as peur de moi ?

Anne crut déceler une certaine hostilité dans sa question.

— Pourquoi aurais-je peur ? Je sais bien que tu n'as pas assassiné Fairhaven.

— Aurais-tu changé d'avis depuis hier soir ?

— Hier, j'étais sous le choc, trop hébétée pour réagir. Tu ne peux tout de même pas me reprocher cela. Ce n'est pas juste !

Dominick se fit soudain plus tendre.

— Toute la vie est injuste ! Je ne sais que penser, Anne. Tu es ma femme et j'ai terriblement besoin de toi. Ce n'est pas ta pitié que je veux, c'est ta confiance... ton amour.

Anne était encore trop vulnérable pour supporter ces supplications. Ses yeux s'emplirent de larmes.

— Tu es désemparé et je le comprends. Mais je t'en prie, Dominick, ne recommence pas. Il nous faut un peu de temps pour y voir clair.

— Que je ne recommence pas à quoi faire ? À te demander de me traiter comme ton mari, ou comme un homme tout simplement ? Je n'ai plus le temps d'attendre.

Dominick s'était soudain emporté. Il serrait les poings si forts que ses articulations avaient blanchi. Sa bouche était proche, bien trop proche...

— Je ne peux pas forcer tes sentiments, mais je peux éveiller ton désir, murmura-t-il en la serrant contre lui.

— Non... arrête...

Sans écouter ses protestations, Dominick s'empara de ses lèvres. C'était un baiser comme il ne lui en avait jamais donné, où il y avait plus de colère que de tendresse, comme s'il voulait la punir, la blesser.

Elle réussit à le repousser violemment.

— Sois maudite pour la souffrance que tu me fais endurer, murmura-t-il.

Anne lui lança un regard effrayé, puis courut vers la porte pour s'enfuir. Le temps de dévaler l'escalier, sa décision était prise.

Cette situation douloureuse ne pouvait perdurer. Elle n'en pouvait plus. Aimer Dominick si fort et, en même temps, douter de sa sincérité devenait insupportable.

Dès demain, elle retournerait à Waverly. Là-bas, elle aurait le loisir de réfléchir. Elle savait bien qu'une décision urgente s'imposait. Une passion indomptable les dévorait tous les deux.

Ils devaient devenir mari et femme corps et âme, ou se séparer pour toujours.

30

Anne arriva à Waverly le lendemain, en compagnie de sa femme de chambre.

Derrière la fenêtre du boudoir de Rutherford, Dominick avait assisté au chargement de la voiture, puis à son départ. Longtemps, il avait suivi des yeux le carrosse jusqu'à ce que, petite ombre noire, il disparaisse complètement à l'horizon. Alors, le cœur serré, il s'était affalé sur le sofa. Tout était sa faute. Il s'en voulait terriblement pour les affreuses paroles qu'il avait proférées la veille.

Anne aussi se sentait un peu coupable de l'abandonner. Le moment était inopportun, mais elle n'avait pas le choix. Elle n'avait aucun plan, aucun projet précis en tête. Elle voulait juste réfléchir calmement pour prendre une décision qui engagerait toute sa vie.

Après avoir revêtu une tenue de cavalière, elle ordonna au garçon d'écurie de seller Ouragan. Willie lui avait assuré que son cheval était maintenant totalement rétabli. Dès qu'il la vit, l'animal hennit de plaisir. Elle s'approcha et lui caressa les naseaux doux comme du velours.

La main sur l'encolure et le pied dans l'étrier, elle enjamba sa monture d'un geste leste. À sa demande, le lad avait installé une selle qui lui permettait de chevaucher à califourchon. Pour défouler ses émotions, Anne avait besoin de galoper sans retenue et de sentir le vent sur son visage.

Elle s'engagea sur l'allée de cailloux qui descendait vers les pâturages. Ouragan manifesta plusieurs fois son désir de foncer, mais Anne réussit à le retenir. Elle attendit d'être arrivée dans les prés pour lui permettre de se dépenser à sa guise. Elle lui fit sauter quelques obstacles et, quand ils atteignirent les bois, elle le laissa galoper, se baissant pour éviter les branches basses. C'était si bon de retrouver ces petits chemins forestiers qu'elle connaissait par cœur ! Avec une pointe de nostalgie, elle constata que les feuilles prenaient des tons mordorés. Déjà l'automne enflammait la forêt. Les beaux jours avaient passé trop vite.

En apercevant les ruines de l'antique château au milieu de l'île, elle ralentit. Le soleil de l'après-midi éclairait les pierres de teintes rosées. Des cygnes au port majestueux glissaient sur les eaux. Combien de fois était-elle venue ici se promener en barque avec Patrick ! Combien de fois était-elle venue pleurer dans le silence de ces forêts en pensant à Dominick qui l'avait abandonnée !

Aujourd'hui, il était temps de faire le point. Refuser obstinément de voir la vérité était absurde. Oui, elle aimait Dominick. Elle l'avait toujours aimé et elle l'aimerait toujours. Mais oserait-elle le lui avouer ? Si son cœur la portait à dire oui, sa raison l'incitait à être méfiante.

— Qu'y a-t-il ? dit-elle en flattant l'encolure d'Ouragan.

Son cheval semblait inquiet. Il dressait les oreilles, visiblement aux aguets, et s'ébrouait en agitant la tête, comme s'il avait senti la présence d'un autre animal. Anne jeta un coup d'œil autour d'elle, mais elle ne vit rien que le reflet du soleil sur les bouleaux, et le ciel qui perçait çà et là à travers les feuillages.

— Calme-toi ! reprit-elle d'une voix douce. Nous sommes seuls ici.

À peine avait-elle fini sa phrase qu'une voix l'interpella :

— Bonjour, Anne !

Par bonheur, elle était bien assise ! Lorsqu'elle vit Dominick surgir près d'elle, elle se sentit prise de vertige. L'espace d'un instant, elle se crut victime d'une hallucination.

Enfin, elle retrouva sa voix.

— Que fais-tu ici ? La police t'avait interdit de quitter Londres.

— Je m'en fiche ! Il fallait que je te parle.

Dominick avait sa mine des jours sombres.

— Je suis revenue à Waverly parce que j'avais besoin de voir clair en moi, protesta Anne. J'ai une décision à prendre et je veux rester seule.

— Je m'en doutais ! Justement, je ne pouvais pas te laisser sur l'impression d'hier soir. Je me suis conduit comme un mufle. Pardonne-moi.

Anne aurait dû se fâcher mais, bizarrement, elle ne ressentait aucune colère.

— Je suis heureuse que tu sois là, avoua-t-elle à sa grande surprise. Nous pourrons ainsi prendre une décision en commun.

Dominick parut soulagé.

— Je vais rentrer au manoir pour te laisser tranquille. À cinq heures pour le thé, d'accord ?

— Volontiers, dit Anne, rougissant comme une jeune mariée.

Ils échangèrent un regard qui les émut tous deux. Puis Dominick lança son cheval au galop et disparut dans la forêt.

Elle était sûre de ses sentiments. C'était bien du bonheur qu'elle ressentait en ce moment. Soudain, elle avait l'impression que le soleil était plus brillant et le ciel plus lumineux...

Un moment plus tard, elle crut à nouveau entendre son prénom. Dominick avait-il renoncé à l'attendre ? Elle se retourna. D'abord elle ne vit rien, puis elle écarquilla les yeux : un cheval arrivait droit vers elle, monté par Patrick !

— Je rêve… Qu'est-ce que tu fais ici ? Je te croyais à Londres.

— Je t'ai suivie. J'étais à Rutherford hier soir et je t'ai vue quitter Dominick précipitamment. Ce matin aussi, je t'ai vue partir.

Immédiatement, l'image de Patrick vautré dans le lit avec Belle s'imposa à la jeune femme. Elle réalisa soudain que son cousin avait sans doute passé de longues heures à Rutherford. S'il fréquentait la femme de chambre depuis les funérailles de Philip, il avait dû également venir à Waverly sans que personne ne le voie.

Pour la première fois, elle pensa que son cousin était peut-être celui qui voulait la tuer.

Une foule d'images confuses se mirent à défiler dans son esprit. Elle repensa au regard passionné et inquiétant de Patrick lorsqu'il lui avait déclaré sa flamme…

— Qu'est-ce que tu as ? s'étonna-t-il. Tu me regardes comme si j'étais un monstre ! Anne chérie, je suis venu pour te délivrer. Je sais que Dominick est là. Je vais t'aider à sortir de ses griffes.

Les mâchoires serrées, Anne tentait de canaliser la terreur qui l'avait envahie. Son imagination lui jouait des tours. Patrick ne pouvait pas désirer sa mort. C'était absolument impossible. Mais la panique s'était emparée d'elle imperméable à tout raisonnement logique.

— Viens chez moi, je te protégerai, poursuivit Patrick, un étrange sourire aux lèvres. Dominick ne pourra plus t'atteindre.

— Dominick n'est pas un assassin, il n'est pour rien dans le meurtre dont on l'accuse, murmura Anne d'une voix affolée. Et… je crois qu'il m'aime.

Au regard que lui jeta Patrick, elle comprit instantanément qu'elle venait de dire ce qu'il ne fallait pas.

— Non !

Le mot était sorti de la bouche de son cousin avec la force d'un coup de feu.

Il tendit la main pour saisir la bride d'Ouragan, mais Anne ne lui en laissa pas le temps. Elle cravacha son cheval qui s'élança à bride abattue.

— Anne ! cria Patrick.

Elle fonça droit devant au mépris du danger. Penchée sur l'encolure, elle encourageait Ouragan à allonger la foulée sur un sol que les feuilles rendaient pourtant glissant. Elle sentait à peine les branches qui lui égratignaient le visage. Patrick galopait derrière elle, il allait la rattraper. À tout prix, elle devait lui échapper.

Bifurquant brusquement, elle quitta l'allée forestière et s'engagea dans un chemin qui descendait abruptement au milieu des fourrés.

— Arrête-toi ! cria Patrick. Tu vas te casser le cou !

Rien ni personne ne pouvait stopper sa fuite éperdue. Essoufflée, elle continuait à pousser Ouragan, dont la lourde respiration accusait la fatigue. Ses sabots glissaient sur les feuilles mortes et sur la mousse humide. L'animal trébucha dans la pente et, en une seconde, Anne fut désarçonnée. Elle tomba sur l'épaule. La douleur l'immobilisa quelques instants. Puis elle réussit à s'asseoir en grimaçant.

Ouragan avait eu peur. Il s'était éloigné de quelques mètres et piaffait nerveusement. Anne n'osait rien dire, craignant de le faire fuir.

Sur le chemin, en haut, Patrick l'appelait toujours. Elle leva les yeux et vit qu'il s'engageait sur la pente qu'elle avait dévalée au grand galop. Puis il disparut dans l'épaisseur des fourrés. Il avait dû maintenant réaliser qu'elle savait la vérité et qu'elle le soupçonnait. Il devait être plus déterminé que jamais à se débarrasser d'elle. Pourquoi, mon Dieu ? Qu'avait-il à lui reprocher ?

Péniblement, elle réussit à se mettre debout et à se traîner jusqu'à Ouragan. Au moment où elle tendait la main pour attraper les rênes, le vol d'un oiseau dans les branches effraya le cheval. Avec un hennissement apeuré, il bondit en avant et fonça en direction du manoir. Anne posa la main sur sa bouche pour étouffer un cri.

— Bon sang, Anne ! Tu es folle !

La voix de Patrick s'était rapprochée. La jeune femme frissonna, mais au même instant elle vit que son cousin remontait la pente à toute allure. Et elle comprit : Patrick la croyait repartie avec Ouragan et il suivait le cheval !

Anne se laissa retomber sur le sol et enfouit la tête dans ses mains. Elle était brûlante et épuisée comme si elle avait de la fièvre.

Que ferait Patrick quand il s'apercevrait qu'Ouragan était seul ? Un espoir subsistait, cependant : si l'animal parvenait au manoir assez vite, Dominick le verrait sûrement. Il viendrait à son secours.

Grimper la pente fut presque plus pénible que la descente. Anne dut s'accrocher plusieurs fois aux branches pour ne pas glisser. Il faisait de plus en plus sombre dans ces bosquets et elle ne parvenait même pas à apercevoir le chemin au-dessus. Poussée par l'énergie du désespoir, elle poursuivait son escalade. À force de s'agripper aux arbres, ses gants étaient tout déchirés. Elle avait mal partout. De temps à autre, quand elle n'en pouvait plus, elle s'arrêtait pour reprendre son souffle. Autour d'elle, seuls le chant des oiseaux et la plainte du vent dans les feuillages troublaient le silence.

Plus que quelques mètres et elle allait retrouver le sentier. C'est alors qu'elle aperçut une silhouette... Patrick était revenu et se dressait, menaçant, devant elle.

Elle poussa un cri strident.

31

Paralysée par la terreur, Anne demeura immobile. Elle vivait peut-être les dernières secondes de sa vie. S'il subsistait la moindre chance de pouvoir encore raisonner son cousin, elle devait la saisir.

— Pourquoi ? parvint-elle à chuchoter.

Prononcer ce simple mot lui avait demandé un effort démesuré. Elle avait la gorge nouée.

Patrick ne paraissait pas comprendre. Sans doute jouait-il la comédie.

— Pourquoi ? répéta-t-il. Que veux-tu savoir ?

— Pourquoi... t'acharnes-tu contre moi ? Pourquoi... as-tu essayé de me tuer ?

— Moi, te tuer ! Tu perds la raison ! Je n'ai jamais eu l'intention de te faire le moindre mal.

— J'aurais pu être brûlée vive dans l'incendie de ma chambre. J'aurais pu mourir quand Ouragan s'est emballé. Pourquoi ? Que t'ai-je fait ?

— Mais... tu délires ! bégaya Patrick, apparemment horrifié par les accusations de sa cousine. Allons, viens avec moi, ajouta-t-il en pivotant vers son cheval qu'il avait attaché à un arbre un peu plus loin.

— Où veux-tu m'emmener ? Que vas-tu me faire ?

Patrick se retourna tout d'un coup.

— Mais enfin, arrête, avec tes soupçons ! Je t'aime, Anne. Je n'ai jamais souhaité ta mort. C'est ton mari qui est un assassin, pas moi. Suis-moi, ne restons pas ici !

Il devenait de plus en plus difficile à Anne de maîtriser les battements de son cœur. Pourtant, elle devait garder assez de lucidité pour pouvoir réfléchir et agir au mieux. Quelle était la meilleure stratégie à adopter ? Fallait-il le contrer ou entrer dans son jeu ? Elle n'eut guère le loisir de s'interroger. Un mouvement dans les bosquets, quelques bruissements de feuilles... et Dominick apparut.

Une colère proche de la démence assombrit aussitôt le visage de Patrick. Il fit quelques pas en arrière et, d'un mouvement brusque, enlaça Anne par la taille.

— Fiche le camp, Saint Georges ! Elle ne veut plus de toi, maintenant qu'elle sait qui tu es : un bâtard doublé d'un assassin !

Anne ne bougeait pas. De peur de déchaîner la fureur de Patrick, elle n'osait pas tenter de lui échapper. Le regard qu'elle échangea avec Dominick la réconforta. « Je ne t'abandonnerai jamais », semblait-il lui dire.

— Je n'en crois pas mes yeux ! hurla Patrick à sa cousine. Tu le regardes comme si tu l'aimais encore. Après tout ce qu'il t'a fait !

Anne ravala sa réponse. Instinctivement, elle sentait qu'elle avait intérêt à se faire toute petite. Ce fut Dominick qui intervint.

— Patrick, pourquoi ne la lâches-tu pas ? Tu ne lui veux aucun mal, n'est-ce pas ? C'est ton amie...

Il essayait de le prendre par les sentiments. Mais la réponse de Patrick lui indiqua qu'il avait manqué son but.

— Fous-moi la paix ! rugit-il. Tu as eu ta chance et tu n'as pas su la saisir. Maintenant, c'est mon tour.

Dominick restait immobile, les pieds bien campés sur le sol, prêt à l'attaque.

— Tu sais bien que je n'ai pas tant de chance que cela. Tu l'as dit, je suis un bâtard accusé de meurtre.

— Ouais, mais c'est quand même toi l'héritier de Rutherford. Comme les chats, tu retombes toujours sur tes pieds.

— Tu ne peux pas forcer Anne à te suivre contre sa volonté, reprit Dominick de la même voix posée. Allez, viens avec moi, Anne, ajouta-t-il en regardant son épouse.

Patrick resserra son étreinte instantanément.

— Pas question ! Elle reste avec moi. Ça fait quatre ans que j'attends ce moment. Je savais qu'un jour, elle me préférerait à toi. Elle va divorcer.

— Je ne le lui permettrai pas. Maintenant, ça suffit, Patrick. (Le ton de Dominick était calme mais ferme.) Donne-moi le pistolet que tu caches sous ta veste.

Anne resta bouche bée. Patrick était armé ! Comment Dominick, qui s'en était aperçu, avait-il réussi à garder son sang-froid de la sorte ?

— Non ! s'écria son cousin en pointant soudain le pistolet sur Dominick. L'aimeras-tu encore, Anne, quand il sera mort ? Finiras-tu par me donner ma chance ?

La jeune femme réalisa que Patrick était d'autant plus dangereux qu'il devenait vulnérable. Face à Dominick, il s'était toujours senti inférieur. Maintenant que ses frustrations explosaient d'un seul coup, le pire pouvait arriver. Par tous les moyens, elle devait protéger son mari.

— Je... je... je ne l'aime pas, murmura-t-elle faiblement. Je... vais... partir avec toi, Patrick. Mais je t'en supplie... remets ton pistolet à Dominick.

— Tu mens, tu l'aimes encore ! vociféra Patrick en visant son rival.

— Non ! hurla Anne.

Avec un calme incroyable, Dominick reprit la parole :

— Tu es mon ami. Je t'ai sauvé la vie à Cambridge. Tu n'as pas oublié que tu te serais noyé sans moi ?

— C'est de l'histoire ancienne.

— Pose ce pistolet, je t'en prie, chuchota Anne.

Patrick se tourna vers sa cousine.

— Nous allons nous enfuir à l'étranger, ma chérie, où personne ne saura jamais que tu n'es pas divorcée. Accepteras-tu de m'épouser ?

Anne n'avait d'autre choix que d'acquiescer. Mais sans doute sa réponse ne fut-elle pas assez rapide pour Patrick. Comme un dément, il s'agita brusquement, pointant involontairement son arme vers la jeune femme.

Dominick n'hésita pas. Par-derrière, il empoigna Patrick et un coup de feu partit.

Le marquis ne lâcha pas prise. Il entraîna son ennemi dans sa chute et les deux hommes roulèrent ensemble, agrippés l'un à l'autre.

Horrifiée, Anne n'eut pas le temps d'intervenir. Un deuxième coup se fit entendre, dont l'écho lugubre résonna dans le silence de la forêt. Dominick ouvrit doucement les mains, inclina la tête de côté et ne bougea plus. Patrick se releva.

Anne se précipita et tomba à genoux en poussant un hurlement déchirant.

— Seigneur ! Non !

La veste de son mari était ensanglantée. Heureusement, la balle semblait l'avoir atteint assez haut, plus près de l'épaule que du cœur. Il respirait encore.

— Vite, Patrick, va chercher un médecin ! cria-t-elle en se tournant vers son cousin.

Mais celui-ci ne bougea pas. Il regardait Dominick se vider de son sang, se contentant de murmurer :

— Ô mon Dieu… Ô mon Dieu… Qu'ai-je fait ?

— Cours appeler un médecin ! répéta Anne.

Voyant que Patrick ne réagissait pas, elle enleva sa veste et, de toutes ses forces, comprima la blessure de Dominick.

— Patrick, il va mourir si tu ne fais rien. Je t'en supplie, va chercher un médecin !

Cette fois Patrick bondit et, sans un mot, il partit en courant comme un fou vers son cheval, sauta en selle et disparut à la vitesse de l'éclair.

Au lieu de se sentir soulagée, Anne fut prise de panique. Qu'arriverait-il si Patrick s'enfuyait sans chercher du secours ? Dominick avait déjà perdu beaucoup de sang. Il était livide. Encore conscient, Dieu merci !

— Anne ? Ma blessure… c'est grave ?

Elle se pencha et lui caressa le front d'une main douce et rassurante.

— Ne t'inquiète pas. Tu vas t'en sortir, je te le promets.

Qu'en savait-elle ? Si Dominick devait mourir, elle ne lui survivrait pas. De plus en plus bouleversée, elle constata que la sueur perlait maintenant sur son front.

— Déchire… le tissu de… ton jupon… pour bander la blessure, chuchota Dominick d'une manière saccadée, comme s'il manquait de souffle.

Anne avait plus deviné qu'entendu la fin de sa phrase.

— Chut ! ne dis rien. Tu dois économiser tes forces.

Elle prit la main de Dominick, la posa sur la veste avec laquelle elle comprimait la plaie, et lui demanda d'appuyer à sa place. Pendant ce temps-là, elle retira son jupon et, avec une force décuplée par l'angoisse, elle déchira de longues bandes de coton.

Elle aida ensuite son mari à se redresser un peu. Le mouvement le fit grimacer. Aussi vite qu'elle le put, elle garrotta la blessure d'où le sang s'échappait abondamment. Puis elle l'étendit sur le sol avec douceur et lui glissa la veste sous la tête comme un oreiller. Dominick, immobile, referma les yeux.

Maintenant, elle n'avait plus rien d'autre à faire qu'à espérer et attendre. Elle fondit en larmes et se mit à prier. Dominick semblait avoir perdu connaissance et son bandage était déjà tout taché de sang.

Depuis combien de temps Patrick était-il parti ? Un quart d'heure ? Une heure ? Une éternité, en tout cas. Elle avait perdu la notion du temps. Une cavalcade la tira de sa torpeur. Enfin !

Trois cavaliers arrivaient dans le chemin : Patrick, suivi de Bennett et Vérig. Ils transportaient une civière.

— Le docteur sera là d'un moment à l'autre, précisa le majordome.

Anne éprouva un soulagement si intense que, pendant quelques secondes, elle se sentit faiblir comme si elle allait s'évanouir. C'est alors qu'elle vit que Patrick était descendu de cheval. Il était penché sur Dominick et sanglotait.

— Ne meurs pas… Je ne voulais pas te tuer, Dominick… Je t'aime comme un frère…

Le médecin avait prié Anne, trop bouleversée, de quitter la chambre de son mari. Elle était descendue dans le salon où, rongée par l'inquiétude, elle faisait maintenant les cent pas. Elle serrait nerveusement dans le creux de sa main un petit mouchoir blanc avec lequel elle essuyait de temps à autre une larme furtive.

Pendant ce temps, Patrick restait prostré sur le canapé. Il fixait le plancher avec un regard vide. Anne ressentait pour lui plus de pitié que de colère. Au bout d'une demi-heure de silence, il leva enfin les yeux.

— Je ne sais pas ce qui m'a pris, dit-il. Je suis devenu fou… Je ne voulais pas te faire de mal, Anne, il faut que tu me croies. Je voulais seulement que tu quittes Dominick pour m'épouser.

Anne ne jugea pas utile de le contredire. Il avait beau nier, elle était persuadée qu'il était responsable de l'incendie de sa chambre et de son accident avec Ouragan.

— Tu as donc tant de haine pour Dominick ?

Quelques larmes coulèrent sur les joues du jeune homme.

— Pas du tout… Toute ma vie, j'ai vécu dans son ombre. C'est vrai, je lui en ai parfois voulu d'être le plus fort, mais en même temps, je l'adorais comme un frère. Tout a basculé quand j'ai appris que vous partiez en Écosse ensemble. J'ai compris qu'il avait encore gagné et, cette fois, je ne l'ai pas supporté… S'il meurt, je me tuerai.

— Mais non, il ne mourra pas, protesta Anne, rassurante.

Elle découvrait la véritable personnalité de Patrick. C'était un faible. Un pleutre, aussi.

— Pourquoi le docteur est-il si long ? marmonna-t-il d'une voix méconnaissable.

Anne se posait la même question. L'attente amplifiait l'angoisse…

Vingt minutes s'écoulèrent encore. Enfin Bennett se présenta dans le salon. Il avait l'air épuisé.

— Le docteur Cobb dit que vous pouvez monter, milady. Monsieur le marquis a repris conscience.

Anne traversa la chambre sans voir ni Vérig qui s'affairait autour du lit, ni le médecin qui rangeait ses instruments. Pour elle, seul Dominick existait. Il était assis dans son lit, le torse serré dans des bandages propres. Son visage avait retrouvé des couleurs. Anne sentit son cœur bondir de joie. Si son mari n'avait pas été blessé, elle se serait jetée sur le lit pour l'embrasser.

— Comment vas-tu ? lui demanda-t-il en l'apercevant.

Avec des larmes de bonheur, Anne se mit à rire.

— Moi ? Mais c'est toi qui as été blessé, chéri !

Elle prit sa main qu'elle serra tendrement.

— Ah ! que j'aime te sentir aussi douce !

— Dominick, si tu étais mort…

La voix brisée par l'émotion, elle ne put continuer.

Il lui caressa le visage et prit un air plus grave.

— Dois-je comprendre que tu m'aimes ? (Incapable de parler, Anne opina de la tête.) Quand Caldwell m'a apprit que Belle fréquentait Patrick, j'ai réalisé que c'était lui qui te persécutait. Je ne comprends pas ce qui a pu lui passer par la tête. Ce n'est pas un méchant garçon, tu sais.

Dominick était consterné. Jusqu'à son mariage, il s'était senti si proche de Patrick ! Il avait toujours su que son ami était plus faible que lui. Pour cette raison, il avait veillé à le protéger.

— Moi non plus, je ne comprends pas, avoua Anne qui partageait la tristesse de Dominick devant cette trahison.

Elle rattrapa le docteur Cobb qui s'apprêtait à sortir.

— Alors, docteur ?

— Ne vous faites pas de souci, Lady Anne. Un peu de repos et votre mari se portera comme un charme. C'est un homme solide, il s'en remettra. Je repasserai le voir demain.

Soulagée, Anne remercia le médecin.

À cet instant, Patrick arriva dans la chambre, le visage défait.

— Dominick, je te supplie de me croire. Si j'ai dit à Anne que c'était toi qui voulais la tuer, c'était juste pour qu'elle ait peur et qu'elle te quitte.

— Je te crois, Patrick… Dis-moi, sais-tu qui a assassiné Matthew Fairhaven ?

On aurait dit que Patrick allait pleurer, mais il retint ses larmes. Il regarda plusieurs fois Dominick et Anne alternativement, l'air affolé.

— C'était un accident… je vous assure. Je voulais seulement qu'il me dise ce qu'il y avait dans le journal de Philip. Je me suis fâché, on s'est battus et… il est tombé sur le crâne. J'ai pris peur en voyant qu'il ne se relevait pas. Je suis allé à la police. J'ai fait un faux témoignage pour te faire accuser, Dominick.

Anne était près d'avoir la nausée. Elle s'assit au bord du lit et serra la main de son mari. Un silence pesant envahit la chambre, jusqu'à ce que s'élève à nouveau la voix de Dominick, ferme et autoritaire :

— Maintenant, tu vas aller répéter à la police tout ce que tu viens de nous dire.

Patrick sembla totalement paniqué.

— Non, je ne veux pas… Ils vont me pendre… Je ne l'ai pas fait exprès, tout est arrivé si vite…

— Y a-t-il eu des témoins ?

— Non.

— Comment as-tu réussi à dérober mon bouton de manchette ?

Patrick se mit à trembler.

— Je vous ai suivis en Écosse… Je me suis introduit plusieurs fois dans le château sans être vu. Un jour, j'ai volé le bouton de manchette, comme ça, machinalement, sans savoir ce que j'allais en faire. La fenêtre ouverte… le cavalier dans la lande… c'était moi aussi. Je voulais qu'Anne te soupçonne, Dominick, qu'elle prenne peur et qu'elle te quitte… Pardonnez-moi si vous le pouvez ! implora-t-il d'une voix misérable.

Sans un mot de plus, il quitta la chambre précipitamment.

Dominick attira sa femme vers lui. Avec précaution, elle posa la tête sur son épaule valide.

— Nous devrons raconter à la police ce que nous savons, Anne.

— Je le sais bien ! répondit-elle d'une voix lasse. Mais pour l'instant, il faut te reposer. Cela peut attendre quelques jours, n'est-ce pas ?

— J'espère que d'ici là, Patrick sera assez malin pour s'enfuir à l'étranger.

Patrick était coupable d'un meurtre, certes, mais il avait tué par accident. Il ne méritait pas la pendaison.

32

— Je souhaiterais voir le duc de Rutherford, annonça Clarisse à Caldwell.

— Vous arrivez au bon moment, madame, il vient juste de terminer sa sieste.

Clarisse réprima un sourire. Ainsi le duc, autrefois si actif, en était réduit à faire la sieste comme les bébés ! Il avait dû retomber en enfance. Avec un peu de chance, il était même peut-être devenu complètement gâteux !

Enfin, elle n'allait plus devoir lui obéir ! C'en était fini de cette tyrannie insupportable à laquelle elle avait dû se soumettre depuis son mariage.

— J'imagine qu'il n'y a aucune amélioration ? dit-elle dans l'espoir d'une confirmation.

Mais la réponse du majordome lui fit l'effet d'une douche écossaise.

— Au contraire ! Ses jambes sont encore paralysées, mais il a retrouvé l'usage de ses membres supérieurs. Et surtout, il parvient à dire quelques mots. Il éprouve de grandes difficultés, mais il ne faut pas désespérer.

Pas désespérer ? Grand Dieu, si, il y avait de quoi ! L'inquiétude de Clarisse fut à son comble lorsqu'elle vit que Caldwell la conduisait dans la bibliothèque, et non vers la chambre. Elle se consola en pensant que ce qu'elle était venue dire au duc de Rutherford allait probablement, en une seconde, anéantir tous les progrès qu'il avait pu faire depuis sa sortie du coma.

Elle trouva le vieil homme assis dans un fauteuil, devant l'âtre où un feu crépitait joyeusement. Une grande couverture de cachemire lui recouvrait les jambes. En voyant Clarisse, il reposa le *London Times* qu'il était en train de lire. Il lui adressa un regard vif, bien trop expressif au goût de Clarisse. Elle faillit en perdre tous ses moyens, mais elle se ressaisit en entendant le duc souffler péniblement, avant de réussir à bégayer :

— Qu... qu... quoi ?

Le cœur de Clarisse bondit dans sa poitrine. Quel bonheur ! Depuis le temps qu'elle attendait ce moment ! Elle dominait enfin cet homme autrefois si impressionnant.

— Je suis venue vous faire une petite visite... Caldwell, vous pouvez vous retirer, nous n'avons pas besoin de vous.

Le majordome regarda le duc, guettant un signe de confirmation avant d'obéir à Clarisse, puis il referma discrètement la porte de la bibliothèque derrière lui.

— Do... Dom... minick ? murmura le duc dès qu'ils furent seuls.

— Vous vous faites du souci pour Dominick, c'est cela ? Il est victime d'une grave accusation, certes, mais j'espère qu'il pourra faire la preuve de son innocence, commença-t-elle d'un ton doucereux.

Elle s'interrompit un moment pour mieux savourer le coup de grâce qu'elle s'apprêtait à porter au duc.

— Le plus dramatique est ailleurs, reprit-elle enfin. La révélation de sa naissance illégitime lui a causé un tort irréparable. Tout le monde est au courant, désormais. De cela, il risque bien de ne jamais se remettre… Je vois que vous êtes fatigué, j'irai donc droit au but. Ne jouons pas la comédie. Vous savez que je vous déteste et que je ne vous ai jamais pardonné, n'est-ce pas ? Oh, je sais que vous éprouvez aussi de la haine pour moi, mais vous êtes tout à fait injuste. C'est vous qui m'avez blessée. Moi, je ne vous ai rien fait !

Le duc était livide. Ses yeux hagards reflétaient l'affolement. Ses mains agrippèrent les bras du fauteuil tandis qu'il essayait désespérément de parler.

— A… a… lors ? Qu… qu… ?

— Ha ! vous avez perdu de votre superbe ! s'exclama Clarisse, la rage au cœur.

— Qu… quoi… vous… faire ?

L'incapacité du duc à s'exprimer correctement le faisait ressembler à une pauvre marionnette.

— Vous avez peur que je dise la vérité, hein ? ricana-t-elle. Eh bien, je ne vais pas me gêner. Je n'ai plus rien à perdre maintenant que ma réputation est ruinée. Je vais enfin pouvoir me venger. Je dévoilerai tout à Dominick et, en même temps, à cette bonne société dont le respect vous importe tant ! Vous allez payer pour le mal que vous m'avez fait. Vous connaîtrez la honte juste avant de mourir.

— Oooh… n… no… non, souffla le duc d'une voix presque éteinte.

Contrairement à ce que pensait Clarisse, il ne craignait aucunement la révélation de cette « vérité ». Si la promesse faite à Philip ne l'avait pas contraint au silence, il l'aurait lui-même révélée.

Ce que le vieil homme redoutait, c'était précisément de laisser Clarisse s'en charger avant lui. Il savait que sa belle-fille ne se gênerait pas pour donner sa propre version des faits et qu'elle le ferait passer pour un lâche.

— Grâce à moi, tout le monde saura que Dominick est *votre* fils, dit-elle avec un sourire cruel.

Blake était de joyeuse humeur.

Depuis le bal donné par son père, il avait eu deux fois l'occasion de revoir Félicity. Il devait bien le reconnaître, chacune de ces rencontres avait comblé ses appétits sensuels, au-delà même de ses espérances. La jeune femme était une maîtresse infatigable. S'il n'était nullement question d'amour entre eux, Théo réfléchissait cependant à la possibilité de demander sa main. À vingt-huit ans, il était temps pour lui de convoler. De toute sa vie, il n'avait été amoureux qu'une seule fois, et cette aventure s'était terminée si douloureusement qu'il n'avait aucune envie de renouveler l'expérience. Après tout, il trouverait de larges compensations auprès de cette femme au tempérament volcanique !

En arrivant devant la maison de feu Harold Reed, dont Félicity avait hérité, Blake remarqua la présence d'un carrosse où deux valets de pied entassaient des bagages. Une femme de chambre se tenait sur le trottoir, un petit sac à la main, une cape légère sur les épaules. Au moment où Théo demandait à son cocher de s'arrêter, Félicity sortit de chez elle. Il l'entendit crier à son majordome :

— Je ne sais pas quand je reviendrai. Veillez à tout jusqu'à mon retour.

Lorsque Théo descendit de son coupé, elle le salua sans sourire, d'un air légèrement condescendant.

— Où allez-vous, ma chère ? lui demanda-t-il.

— À la campagne. J'ai besoin de changer d'air.

Blake se rapprocha et lui saisit le bras.

— Vous êtes terriblement distante cet après-midi ! Je ne reconnais plus la femme que j'ai quittée ce matin à l'aube.

Félicity s'écarta vivement.

— Allez-vous-en, Blake. Je suis occupée… et pressée, au cas où vous ne l'auriez pas remarqué !

— Vous savez que Dominick est retourné à Waverly. C'est sans doute ce qui motive votre départ de Londres, remarqua Blake, furieux.

— Bien sûr que non ! protesta-t-elle.

— Sacré nom d'un chien ! Dominick se fiche pas mal de vous. Il est amoureux de sa femme.

— D'Anne ? pouffa Félicity. C'est impossible.

— Rendez-vous à l'évidence et laissez tomber !

— Jamais !

Félicity releva le bas de sa robe verte et grimpa dans son carrosse, laissant le jeune homme dépité. Quand elle fut installée, il referma la portière derrière elle.

Elle ouvrit la vitre et le fixa en silence.

— Au revoir, Félicity. Bon voyage !

S'il s'était laissé aller, Théo n'aurait pas eu des mots si aimables. Mais à quoi bon ? Se montrer vexé aurait été avouer sa faiblesse.

À la dernière seconde, Félicity se pencha, un sourire aux lèvres :

— Je vous reverrai quand je reviendrai. Je ne resterai pas longtemps à la campagne. Attendez-moi !

— Je crois qu'il vaut mieux que nous en demeurions là, rétorqua-t-il sèchement.

Pour qui le prenait-elle ? Qu'attendait-elle de lui ? Des consolations au cas où Dominick la décevrait, sans doute ! Si elle voulait courir deux lièvres à la fois, il ne fallait pas compter sur lui.

— Allez-y ! lança-t-il au cocher qui fouetta aussitôt les chevaux.

— Blake ! cria Félicity une dernière fois.

Sourd à son appel, Théo s'en retourna vers sa voiture.

33

Deux jours s'étaient écoulés depuis l'accident de Dominick. Le docteur Cobb était repassé ce matin. Il s'était montré rassurant, mais il avait tout de même prié le marquis de garder la chambre encore une journée.

— Pourquoi manges-tu si peu ? demanda Anne à son mari, qui venait de reposer le plateau qu'on lui avait servi. Tu dois reprendre des forces.

— Dieu du ciel, tu veux me gaver ! J'en ai assez de rester au lit. Il n'y a qu'une manière de me faire patienter, ajouta-t-il en enlaçant sa femme si brusquement que, déstabilisée, elle tomba allongée sur les couvertures.

— Mais… tu es blessé, mon amour, protesta-t-elle.

Pour la dissuader, Dominick prit ses lèvres avec une ardeur qui dénotait plutôt une santé hors du commun ! Anne céda immédiatement à la chaleur de sa bouche. Lorsqu'ils se séparèrent, elle lut dans le gris de ses yeux toute l'intensité du désir.

— Dominick ! En pleine journée, tout de même ! s'exclama-t-elle.

— Je croyais t'avoir guérie de ta fausse pudeur quand nous étions en Écosse ! se moqua-t-il gentiment.

— Ici, il y a trop de domestiques. En Écosse, hormis Belle, Vérig et Thomas, nous étions seuls.

Soudain les traits de Dominick se contractèrent. Il se laissa retomber sur le lit.

— Tu as oublié quelqu'un, Anne.

À l'évocation de ce mauvais souvenir, la jeune femme se redressa et prit la main de Dominick.

— Je sais… Enfin, soupira-t-elle, nous savons maintenant que Patrick a quitté le pays ! Ça, c'est une bonne nouvelle.

— Oui. J'espère qu'il est loin à l'heure qu'il est.

— Ne pensons plus à lui. Je t'en prie, nous devons oublier le passé.

Les blessures physiques de Dominick guériraient vite. Celles de son âme étaient sans doute plus profondes. Mais Anne ferait tout pour l'aider à les surmonter.

— Me pardonnes-tu enfin d'avoir été si lâche et si bête ? demanda-t-il gravement.

En guise de réponse, Anne lui posa une autre question :

— Et toi, me pardonnes-tu de t'avoir cru capable de me tuer, et de t'avoir soupçonné du meurtre de Matthew Fairhaven ?

— Bien sûr ! Plus rien ne compte maintenant que nous deux.

— Je t'aime tant, Dominick, murmura-t-elle en laissant aller sa tête sur l'épaule de son mari.

— Nous devons regarder vers l'avenir désormais, répliqua-t-il en lui caressant la joue.

— Jamais je n'aurais cru que cet instant arriverait un jour entre nous. J'en ai tellement rêvé, pourtant…

— Je me suis mal conduit avec toi. Ton pardon est le reflet de ta générosité d'âme. Tu es une femme merveilleuse, Anne.

— Mais non, tu me mets sur un piédestal ! répondit-elle en riant. Et puis tu avais des circonstances atténuantes. D'abord, tu n'as pas reçu de tes parents l'affection dont tout enfant a besoin pour s'épanouir. Ensuite, l'exemple de leur mariage n'était guère encourageant pour toi.

— C'est vrai. J'ai longtemps eu peur d'aimer. La carapace dont je m'étais entouré était si solide que je me suis vraiment senti terrifié quand j'ai pris conscience que j'avais besoin de toi.

Les yeux dans les yeux, ils restèrent en silence à se tenir les mains. Puis Anne frôla ses lèvres dans un baiser léger comme un souffle.

— À présent, tu dois suivre les conseils du docteur Cobb pour te rétablir au plus vite.

— Est-ce que ce rabat-joie de médecin m'a aussi interdit de faire l'amour ? demanda Dominick avec un sourire malicieux.

— Comme si je lui avais posé une question pareille !

Dominick se mit à rire franchement.

— Quand pourrai-je voyager ?

— À la fin de la semaine.

— Mais je me sens en pleine forme, grogna-t-il. Je veux retourner à Londres dès demain.

— Demain ? Tu es fou !

— Je suis inquiet pour mon grand-père.

— Caldwell nous envoie un messager tous les jours pour nous donner des nouvelles. Tu sais que ton grand-père va mieux. Il n'y a rien que tu puisses faire pour lui, maintenant.

Dominick prit soudain un air rêveur, absent, presque douloureux.

— Que se passe-t-il ? Dis-moi la vérité, Dominick. Je vois bien que quelque chose ne va pas… Je crois deviner ce qui te tourmente. Tu espères que ton grand-père pourra te renseigner sur l'identité de ton père, n'est-ce pas ? Tu peux bien être le fils d'un prince ou celui d'un manant, cela m'est complètement égal. Tu es toi ; c'est tout ce qui compte à mes yeux.

— Je t'aime, chuchota-t-il en posant un baiser sur son front. Je voudrais pouvoir t'écouter et me libérer de ce tourment, mais c'est plus fort que moi. Je crois que cette question me hantera le restant de mes jours.

Dominick avait tant insisté pour se lever qu'Anne avait fini par céder.

Ils prenaient le thé dans le petit boudoir attenant à la chambre, lorsque Bennett annonça la visite de l'inspecteur Hopper.

En entendant ce nom, Anne se leva d'un bond.

— Faites-le monter, ordonna Dominick au majordome.

— Mon Dieu, tu ne devais pas quitter Londres ! s'exclama la jeune femme, terrorisée.

— Calme-toi ! Je suis innocent, je ne risque plus rien.

Un lourd silence s'installa. Anne arpentait le boudoir de long en large, tandis que Dominick continuait à boire son thé tranquillement.

— Comment peux-tu être si décontracté ? s'étonna-t-elle.

— Allons, reviens t'asseoir près de moi.

Anne reprit place dans la bergère, face à son mari. Malgré l'angoisse qui lui nouait la gorge, elle porta à ses lèvres sa fine tasse de porcelaine de Wedgwood et réussit à avaler quelques gorgées de thé. Le breuvage sucré et chaud la réconforta un peu.

Quelques instants plus tard, Bennett frappa à la porte.

— Voici l'inspecteur Hopper, milord, dit le majordome en s'effaçant devant le visiteur.

Le policier s'arrêta timidement au milieu de la pièce. Ses vêtements tout froissés, qui avaient souffert du voyage depuis Londres, lui donnaient un air plutôt négligé.

— Milord, milady, excusez-moi de vous déranger, déclara-t-il sur un ton embarrassé.

Dominick l'invita à s'asseoir et Anne lui tendit une tasse de thé.

— Vous êtes venu me rappeler à l'ordre pour mon départ de Londres sans autorisation, je suppose ?

— Oh non, milord, bien au contraire ! Je suis venu vous informer que vous n'étiez plus suspect dans l'affaire Fairhaven.

— Quel soulagement ! murmura Anne en se laissant aller sur le dossier de son fauteuil.

— Voilà une bonne nouvelle, inspecteur. Qu'avez-vous découvert ?

— Un autre témoin s'est fait connaître. Quelqu'un de très respectable, dont la parole ne peut être mise en doute. Ce témoin a déclaré avoir assisté à une bagarre, puis à la chute accidentelle de Fairhaven. La tête du malheureux a frappé le sol et c'est ce qui a provoqué sa mort.

Anne et Dominick échangèrent un regard discret.

— Connaissez-vous le nom de la personne qui se battait avec la victime ?

— Non. Elle portait un voile sur le visage. Nous savons seulement qu'il s'agissait d'une femme.

— Une femme ! répétèrent en chœur les époux.

— C'est étonnant, n'est-ce pas ? Si Fairhaven n'avait pas perdu l'équilibre, le pauvre homme serait encore en vie en ce moment.

— Merci de vous être déplacé jusqu'ici, inspecteur. Mon épouse et moi vous en sommes très reconnaissants.

— Permettez-moi de me retirer, dit Hopper en se levant. Je ne voudrais pas abuser de votre temps.

Toute à sa joie, Anne lui adressa un large sourire en disant :

— Pas du tout, monsieur. Vous n'allez pas regagner Londres à cette heure-ci. Dînez avec nous. Vous ne repartirez que demain matin après une bonne nuit de sommeil. Je vais demander que l'on vous conduise à votre chambre. Vous pourrez vous y reposer en attendant le dîner qui a lieu à huit heures.

Le regard de l'inspecteur Hopper s'attarda sur le plafond mouluré et les meubles marquetés du précieux boudoir.

— Je n'ai jamais dormi dans une si belle demeure. Merci, milady ! répliqua-t-il avec un enthousiasme de petit garçon.

Lorsque Dominick et Anne se retrouvèrent seuls, ils se regardèrent interloqués.

— Je n'y comprends plus rien, commenta Anne. Patrick a juré qu'il n'était pour rien dans l'incendie de ma chambre et dans l'accident d'Ouragan. Il a reconnu seulement nous avoir suivis en Écosse. Pourquoi se serait-il accusé d'un meurtre qu'il n'a pas commis ?

— Je ne vois qu'une raison à cela : il voulait protéger Félicity.

À la promptitude avec laquelle Dominick retourna au lit et s'endormit dès que Hopper eut quitté le boudoir,

Anne devina qu'en dépit de ses protestations, son mari n'était pas encore au mieux de sa forme.

Les déclarations de l'inspecteur étaient troublantes. La situation gardait son inquiétant mystère. Mais pour l'heure, Anne refusait d'y penser.

Avant de se changer pour le dîner, elle avait une mission de première importance à remplir : aller demander à Bennett de mettre au frais une bouteille de Champagne ! Dominick était un homme libre. Cet événement méritait d'être célébré dignement.

Elle descendit et appela le majordome. Sans succès. Où était-il donc passé ? Apercevant alors les portes du salon grandes ouvertes, Anne songea qu'il devait être là, occupé à quelque rangement. Mais, sur le seuil de la grande pièce, elle se pétrifia.

Au lieu du domestique recherché, elle venait de découvrir Félicity.

— Bonjour, Anne. Que se passe-t-il ? Tu es toute blanche ! dit sa cousine, faussement naïve.

En quelques secondes, Anne essaya de remettre de l'ordre dans ses pensées.

— Je... J'ignorais... que... tu étais ici.

— La porte du hall était ouverte. Je suis entrée simplement sans me faire annoncer. Au diable le protocole entre cousines, n'est-ce pas ?

De toute évidence, Félicity avait l'intention de jouer son rôle dans le registre affectueux. Celui par lequel elle espérait probablement endormir la méfiance d'Anne.

À malin, malin et demi, se dit la jeune marquise. Si Félicity la prenait pour une nigaude, elle n'essaierait pas de l'en dissuader. Elle ne voulait pas l'alerter et espérait surtout, de cette façon, inciter sa cousine à trahir la vraie raison de sa visite.

— Tu voulais me voir ? demanda-t-elle aimablement, comme si elle entrait dans son jeu.

— Je suis venue prendre des nouvelles de Dominick. Une balle de revolver, cela aurait pu être très grave.

Félicity venait de tomber dans le panneau ! Seul Patrick pouvait lui avoir dit que Dominick avait été blessé. Le frère et la sœur s'étaient donc rencontrés avant le départ de Patrick pour l'étranger.

Dominick avait fait preuve de perspicacité. Sa version des faits était sans doute la bonne : par affection pour sa sœur, Patrick avait endossé un crime à sa place.

Si seulement un domestique avait pu passer dans l'entrée, Anne l'aurait appelé sous un prétexte quelconque pour ne plus rester en tête à tête avec Félicity, mais la maison demeurait désespérément calme, sans la moindre trace de vie. En cette fin de journée, le silence qui planait sur le manoir était inquiétant.

— Dominick se remet doucement, je te remercie, répliqua Anne, sur le qui-vive. Pour le moment, il dort. Peut-être pourrais-tu repasser demain ?

Le calme apparent d'Anne et la naïveté qu'elle affichait obligèrent Félicity à dévoiler ses cartes.

— Je veux voir Dominick aujourd'hui même. Tu sais bien pourquoi je suis là, en vérité ?

En une fraction de seconde, le piège venait de se refermer sur Félicity. Anne décida d'en profiter.

— Il est grand temps que tu avoues, attaqua-t-elle. L'incendie de ma chambre, la drogue administrée à Ouragan... c'était bien toi, non ? Tu as cherché à me tuer !

Félicity n'essaya même pas de nier. La méchanceté qu'elle ne pouvait plus refréner se lisait sur son visage. Sa bouche se pinça, ses mâchoires se serrèrent et ses yeux prirent des reflets aussi froids que le métal.

— Évidemment ! cracha-t-elle d'une voix lourde de ressentiment. Je ne t'ai jamais pardonné d'avoir pris ma place. Maintenant que Rutherford est mourant, Dominick sera bientôt duc à son tour. Crois-tu vraiment que je vais te laisser devenir duchesse sans rien dire ? Le titre, la fortune, le pouvoir... tout cela me reviendra. Je récupérerai ce qui n'aurait jamais dû m'échapper !

La jeune femme ne se maîtrisait plus. Elle semblait capable du pire.

Anne sentit une sueur glacée couler entre ses seins. Ses tempes battaient à lui faire mal. D'un bond, elle se précipita pour s'échapper, mais Félicity poussa un cri aigu qui la stoppa dans son élan.

La marquise se retourna et ses yeux tombèrent sur le petit pistolet à crosse perlée que Félicity brandissait dans sa main gantée.

— Je suis experte au tir. Voilà exactement quatre ans que je m'entraîne, ricana sa cousine. Quatre longues années !

Dominick dormait ; Hopper, dans l'aile ouest, ne pouvait rien entendre ; et les domestiques devaient tous être occupés assez loin. Anne réalisa qu'elle ne pouvait compter que sur elle-même.

— Patrick ! cria-t-elle soudain, comme si elle venait d'apercevoir son cousin dans l'entrée.

Inévitablement, Félicity se retourna.

Sans perdre une seconde, Anne en profita pour la saisir par les épaules et la faire tomber. Dans sa chute, Félicity lâcha le pistolet qui rebondit sur le parquet du salon avec une détonation. La balle alla se nicher dans le mur après avoir fait voler en éclats l'abat-jour d'une des lampes. Anne songea que la chance était avec elle : un tel bruit avait bien dû alerter quelqu'un.

Félicity était par terre et poussait des hurlements tandis que sa cousine la maintenait clouée au sol.

— Mon Dieu ! Milady ! s'écria Bennett en surgissant dans la pièce.

Bientôt suivi de plusieurs valets, également attirés par le coup de feu, le majordome se précipita au secours de sa maîtresse.

— Que quelqu'un fasse venir M. Hopper immédiatement ! ordonna Anne.

La jeune femme, que sa nature ne prédisposait pourtant pas à la haine, se sentait animée d'une espèce de hargne sauvage. Félicity avait voulu la tuer. Elle avait perdu !

— Anne ! hurla Dominick en arrivant à son tour.

Il paraissait véritablement choqué. Les yeux écarquillés, il resta un instant figé, puis sembla se reprendre.

Anne se jeta dans les bras de son mari et, lovant la tête au creux de sa poitrine, éclata en sanglots. Pourtant, elle ne s'était jamais sentie aussi bien. Être en vie dans les bras de l'homme qu'elle aimait était un bonheur indicible.

— Dominick… écoute-moi… je t'aime, pleurnichait Félicity, toujours assise par terre.

— Tais-toi ! rétorqua Dominick en berçant tendrement sa femme.

34

Deux valets aidèrent Dominick à descendre de son carrosse. Il refusa cependant d'être soutenu pour monter les marches de la résidence de Rutherford.

Anne lança à son mari un regard désapprobateur. Il n'était vraiment pas raisonnable ! Non seulement il avait quitté Waverly contre l'avis du docteur Cobb, mais il prétendait maintenant pouvoir se débrouiller seul.

— Je me sens parfaitement bien, affirma-t-il, un peu bougon.

— Je veux bien le croire, mais le voyage a été long et fatigant. Tu n'es qu'un petit orgueilleux ! répliqua Anne, un sourire aux lèvres.

— Et toi, tu es ma petite mégère préférée, plaisanta Dominick en l'enlaçant.

Dès qu'il aperçut Dominick et Anne, Caldwell parut rayonnant.

— Oh, milady ! milord ! Je suis si heureux que vous soyez revenus. Vraiment très heureux ! Très heureux ! Très, très...

Si Dominick ne l'avait pas interrompu, Dieu sait combien de temps encore auraient duré ses manifestations de joie. Le majordome, d'ordinaire si réservé, semblait étrangement exubérant.

— Comment va mon grand-père ? s'enquit Dominick.

— Il a encore un peu de mal à s'exprimer, mais il va beaucoup mieux. Aujourd'hui, il a même réussi à se mettre debout.

— Pouvons-nous le voir tout de suite ?

— Oui, oui ! exulta Caldwell, tout excité. Il est très impatient de vous parler.

Dominick entra le premier dans la bibliothèque. Son grand-père, assis dans son fauteuil de cuir favori, était en train de lire. Retenant des larmes de joie, le marquis se pencha vers le vieil homme et l'étreignit chaleureusement.

— Dieu soit loué, vous allez mieux ! Vous nous avez fait une de ces frayeurs !

— M... mon ga... garçon ! balbutia le duc d'une voix rauque.

Dominick fit mine de ne pas remarquer les difficultés d'élocution de son grand-père. Il se retourna vers Anne et lui fit signe d'avancer.

— Nous avons une grande nouvelle à vous annoncer. Anne et moi sommes réconciliés et... très amoureux. Vous avez été plus clairvoyant que moi, grand-père, j'aurais dû écouter vos conseils.

Le regard du duc brillait d'émotion.

— A... a... sseyez-... vous, dit-il en montrant les fauteuils.

Comme si une extrême urgence le poussait à parler, dès que Dominick se fut installé à côté de lui, le duc lui prit les mains et déclara de but en blanc :

— Tu... es mon f... fils.

Une imperceptible crispation apparut sur le visage de Dominick. Persuadé qu'il avait mal entendu, il demanda :

— Comment ? Qu'avez-vous dit ?

D'une voix plus forte, le duc répéta les mêmes paroles.

Anne se leva de son fauteuil. Elle se plaça face au duc et le regarda droit dans les yeux.

— Vous voulez dire que Dominick est votre fils ? Que vous et Clarisse... ?

Elle ne put aller au bout de sa pensée. Clarisse avait trompé son mari avec son beau-père ? Quelle ignominie !

Dominick fixait le vieil homme avec la même consternation. Cette histoire scabreuse le plongeait dans l'incrédulité la plus totale.

— Je ne comprends rien à tout cela, souffla-t-il.

— Cald... well, bégaya soudain le duc de Rutherford.

Le majordome apparut dans la seconde. De toute évidence, il attendait l'appel du duc. Il s'avança, l'air incroyablement joyeux à une heure aussi dramatique.

Dominick se demanda un instant si le domestique avait toute sa raison.

Caldwell s'éclaircit la voix et prit la parole.

— Monsieur le duc, empêché de s'exprimer, m'a chargé de vous expliquer la situation. Voici : votre mère et lui ont eu une liaison, autrefois. Mais soyez rassuré, milord, ils n'ont trompé ni lésé personne. Votre mère n'était pas encore mariée et votre grand-père, euh... votre père, veux-je dire... était veuf.

Dominick poussa un profond soupir, délivré d'un terrible soupçon à l'encontre de ces deux personnes qu'il aimait. On ne pouvait les accuser de déloyauté ou de trahison. En ayant des relations hors des liens du mariage, elles avaient enfreint les règles sociales, certes, mais pas celles – plus importantes – de la morale et de l'honneur.

— Pourquoi ne se sont-ils pas mariés ? Que s'est-il passé ?

— Pour monsieur le duc, ce n'était qu'une aventure. Le souvenir de la duchesse Sarah était trop présent pour qu'il envisageât de se remarier. Un jour, votre mère est venue lui annoncer qu'elle était enceinte. C'est là que tout s'est joué. (Le duc fit un signe au majordome pour l'encourager à poursuivre son récit.) Votre grand-p... votre père a cru à un mensonge, à un subterfuge pour le contraindre au mariage. Lady Clarisse et lui ont échangé des paroles désagréables et votre mère est partie en claquant la porte. Quelques jours plus tard, de rage ou de dépit, votre mère s'enfuyait avec Lord Philip et tous deux se mariaient sans le consentement du duc. Évidemment, le marquis de Waverly n'était au courant de rien ! Il n'a découvert la vérité qu'après votre naissance. Lorsque le duc de Rutherford a compris que vous étiez bien son fils, que Clarisse avait dit vrai, il était trop tard. Le duc et le marquis, tous deux piégés, ont alors passé un accord : Lord Philip a accepté de vous reconnaître officiellement et légalement comme son héritier, en échange d'une promesse de silence absolu de la part du duc de Rutherford. C'était leur secret, même votre mère n'en avait pas connaissance.

Dominick était sidéré, mais il commençait à comprendre. Sa mère avait épousé Philip pour se venger du mal que le duc lui avait fait sans le savoir. Un terrible malentendu, dont personne n'était réellement responsable, avait été à l'origine d'un drame où chacun avait trouvé sa part de souffrances : Clarisse, le duc et Philip.

— Oh, père ! murmura Dominick en se jetant aux pieds du vieil homme, le regard brouillé par les larmes. Je comprends pourquoi vous avez toujours été si proche de moi lorsque j'étais enfant. Je vous aime de tout mon cœur.

— Par... don, Dom... minick !

— Je n'ai rien à vous pardonner, car vous m'avez toujours aimé comme un père.

— Mère, ouvrez-moi ! commanda Dominick en frappant énergiquement.

Depuis la veille où Clarisse s'était entretenue avec le duc, elle n'était plus sortie de sa chambre. En reconnaissant la voix de Dominick, un frisson de plaisir la parcourut.

Dans quelques instants, elle aurait enfin la vengeance qu'elle attendait depuis des années : elle allait annoncer à son fils la trahison du duc de Rutherford. Elle lui expliquerait que cet homme n'était qu'un odieux séducteur, un ignoble lâche, un scélérat sans scrupules...

— Je sais tout. Mon père m'a tout dit.

Mon Dieu ! Clarisse se laissa choir sur son lit. Dominick venait de la priver de ses dernières chances de blesser le duc.

— Je le déteste ! se mit-elle à hurler d'une voix hystérique.

Dominick s'avança doucement vers elle et la prit dans ses bras. Elle ne se défendit pas.

— Vous ne devez pas dire cela. Je sais que vous avez beaucoup souffert, mais vous devez pardonner à mon père. Lui aussi a porté toute sa vie ce secret comme un fardeau. Il s'est toujours reproché de ne pas vous avoir crue. Cette haine que vous entretenez ne peut que vous faire du mal.

Clarisse leva vers Dominick un regard vindicatif.

— Il m'a rejetée parce que cela l'arrangeait, tout simplement !

— Vous vous trompez, mère... Mais pourquoi ne m'avez-vous pas dit que le duc était mon père quand je vous l'ai demandé, après les révélations de Fairhaven ? Pourquoi m'avez-vous raconté que mon père était mort ? N'avez-vous pas pensé que je pourrais, moi aussi, en souffrir ?

Clarisse ne répondit pas. Elle baissait les yeux comme si elle se sentait brusquement fautive. Dominick poursuivit :

— Après tout, cela n'a plus d'importance. Il ne sert à rien de revenir éternellement sur le passé. Vous êtes ma mère et vous le serez toujours. Mes sentiments pour vous resteront les mêmes et, ne craignez rien, je ferai en sorte que le scandale ne vous éclabousse pas.

Un tremblement nerveux agitait le coin des lèvres de Clarisse.

— Je crois qu'il est trop tard, hélas !

— Mais non, il n'est pas trop tard ! Vous allez simplement vous retirer quelques semaines à la campagne, le temps que le duc et moi fassions connaître la vérité. Une annonce paraîtra demain dans le *London Times*. Cela créera sans nul doute une petite surprise et quelques vagues qui ne dureront pas. Le duc de Rutherford est un homme influent et puissant, que personne n'oserait critiquer. Sa respectabilité nous protège tous. Croyez-moi, je mettrai tout mon poids dans la balance pour que la bonne société vous accepte à nouveau. Je vous promets que d'ici peu, vous croulerez sous les invitations.

Clarisse acquiesça d'un mouvement de tête.

— Écoute-moi ! l'interpella-t-elle alors qu'il était sur le point de sortir. Un mot encore… Si tu savais comme je me sens délivrée ! Ce trop lourd secret nous a tous fait souffrir. Je suis heureuse que tu saches enfin la vérité. Sans doute aurais-je dû te la dire plus tôt. Pardonne-moi si j'ai mal agi.

Dominick sembla hésiter, puis un sourire éclaira son visage et, du bout des doigts, il envoya un baiser en direction de sa mère.

Épilogue

En cet après-midi d'automne, Anne était songeuse.

Tant de choses s'étaient passées ces derniers mois ! Elle avait le sentiment que la vie s'était brusquement emballée. C'était comme si un vent nouveau s'était mis à souffler autour d'elle, balayant quatre longues années de souffrance.

Finalement, elle avait décidé de ne pas porter plainte contre Félicity pour ses actes de malveillance. La police avait tout de même inculpé sa cousine pour le meurtre de Matthew Fairhaven. Mais la jeune femme avait si bien défendu la thèse de l'accident, elle s'était montrée si convaincante – à grand renfort de larmes et d'œillades troublantes – qu'elle avait été acquittée. Jugeant préférable, néanmoins, de mettre de la distance entre elle et son passé, elle était partie vivre à Paris.

Blake menait toujours une vie de joyeux célibataire à Londres. Son charme continuait à faire des ravages, mais il semblait avoir définitivement renoncé au mariage.

Clarisse s'était installée dans l'un des domaines de Dominick, au sud de l'Angleterre. Elle y avait retrouvé le calme et la sérénité. Il ne se passait pas un jour sans qu'elle reçût une invitation à un bal ou à une réception mondaine.

La vérité sur la naissance de Dominick avait bien provoqué quelques légers remous dans la bonne société, mais, la première surprise passée, chacun s'était empressé d'accueillir le jeune marquis avec le respect dû au fils du duc de Rutherford, héritier d'une immense fortune. Quelques jours après l'annonce parue dans le *Times*, le duc, Anne et Dominick avaient regagné le manoir de Waverly. Ils ne comptaient pas retourner à Londres avant l'été prochain.

De Patrick, Anne n'avait plus de nouvelles. Officiellement, tout au moins. La semaine précédente, elle avait reçu une petite boîte de porcelaine fine, en forme de cœur. Il n'avait pas été bien difficile de deviner qui était l'expéditeur de ce paquet posté en Belgique, qui ne portait ni nom ni adresse...

Tout en cheminant dans le parc, Anne réfléchissait à tous ces bouleversements, à ces magnifiques cadeaux que la vie distribue parfois quand on ne les attend plus.

C'était une belle journée d'arrière-saison. Seules les teintes des arbres prouvaient que l'automne était bien arrivé. La vigne vierge faisait cascader mille et une perles pourpres sur les murs du manoir et le soleil, avant son exil hivernal, éclairait encore les feuillages de cuivre ou d'or.

Anne poursuivit son chemin à pas lents, s'abandonnant au plaisir de ces instants suspendus.

Brusquement son cœur tressaillit.

— D'où sors-tu ? demanda-t-elle à Dominick, surgi devant elle. Je ne t'ai même pas entendu marcher derrière moi !

— Ha ! ha ! Je suis le plus discret des espions, plaisanta-t-il. Je savais que je te retrouverais à cet endroit précis.

— Quoi ? Mais qu'y a-t-il de particulier ici ?

Anne ne voyait vraiment pas ce que son mari sous-entendait, ni surtout pourquoi il avait un regard si pétillant.

— Et comme ça, tu comprends mieux ? murmura-t-il en l'embrassant fougueusement.

Anne réalisa alors que, sans qu'elle en eût conscience, ses pas l'avaient menée près du vieux chêne, à l'endroit exact où ils s'étaient retrouvés le terrible soir des fiançailles.

— Que de souvenirs ici, mon amour ! Si tu ne m'avais pas envoyé ce billet, Dominick, rien ne serait arrivé. Le bonheur ne tient parfois qu'à un fil.

Dominick éclata de rire.

— Dis donc, tu as la mémoire courte ! C'est toi qui m'as envoyé un billet pour me demander de te rejoindre, petite effrontée !

— Je t'assure que non. Je n'aurais jamais osé !

De protestation en protestation, de rire en rire, d'étonnement en étonnement, il leur fallut se rendre à l'évidence. Aucun d'eux n'avait écrit de billet, mais chacun avait reçu, de la part de l'autre, la même invitation à venir sous le chêne !

La vérité devenait soudain évidente. Qui d'autre que le duc de Rutherford avait pu imaginer ce stratagème pour donner un coup de pouce au destin ?

— Dieu bénisse mon père ! s'exclama Dominick d'une voix émue.

— Il avait tout compris… bien avant nous ! Courons maintenant lui faire partager notre secret, souffla Anne en enlaçant son mari et en se pelotonnant contre lui.

— Notre secret ?

Anne posa la main sur son ventre.

— J'ai vu le docteur Cobb cet après-midi… Il m'a annoncé une grande nouvelle.

Dominick saisit sa femme sous les bras, la souleva du sol et se mit à tourner sur lui-même en criant de joie.

Découvrez les prochaines nouveautés
des différentes collections J'ai lu pour elle

AVENTURES
& PASSIONS

Le 4 décembre

Inédit **_Les chevaliers des Highlands - 4 - La vipère_**
Monica McCarthy
1307, Écosse. Lachlan MacRuairi est un mercenaire. Sa seule fidélité est à celui qui le paye. Mais cette carapace vole en éclats lorsqu'il est chargé d'escorter Bella MacDuff pour le couronnement du roi d'Écosse. En effet, sans le savoir, la fière et sensuelle comtesse écossaise le met face au plus grand défi de sa vie : aimer à nouveau…

Inédit **_Les Mackenzie - 6 - Daniel Mackenzie, Un sacré coquin_** **Jennifer Ashley**
Daniel Mackenzie est à la hauteur de la réputation de sa scandaleuse famille : il est riche, beau, talentueux, et les femmes l'adorent. Lorsqu'il rencontre Violet Bastien, l'une des plus célèbres médiums d'Angleterre, il se rend compte immédiatement que Mlle Bastien est une impostrice, et qu'il est attiré par elle. Malheureusement, la jeune femme rattrapée par son passé fuit l'Angleterre. Daniel est bien déterminé à la retrouver coûte que coûte…

Brûlés par le désir **Johanna Lindsey**
Kimberley ne décolère pas : son père vient de lui ordonner de se trouver un mari et de quitter au plus vite le château familial. Furieuse, elle accepte l'invitation de la duchesse de Wrothston au manoir de Sherring Cross. Elle y fait la connaissance de Ian MacGregor, un Écossais qui est le pire des voyous, un rustre qu'elle n'hésite pas à remettre à sa place. Mais c'est aussi l'homme le plus séduisant qu'elle ait jamais rencontré…

***Le prince de Mayfair* ☙ Brenda Joyce**

Jolie mais vulgaire… Ces commentaires méprisants, Violette Goodwin, issue des bas-fonds de Londres, y est habituée. Pourtant qu'on l'accuse d'avoir assassiné son mari, c'en est trop ! Qu'avait-elle à y gagner ? À la mort de son époux, les créanciers lui ont confisqué tous ses biens. Désormais, sa principale crainte est de finir à la rue. Bien sûr, elle pourrait tirer parti de sa beauté auprès de nombreux hommes, mais elle s'y refuse car son cœur appartient au ténébreux et inaccessible Blake Harding.

PROMESSES

Le 4 décembre

Inédit *Un pâtissier à croquer* ☙ **Louisa Edward**

Danny Lunden quitte New York pour la première fois à l'occasion du prestigieux concours de la Toque d'or pour lequel sa brigade de cuisine a été sélectionnée. Il s'attend à vivre une grande aventure, et s'y est ardemment préparé. Mais le menu va être complètement bouleversé…

Inédit *C'est toi que j'attendais* ☙ **Kristan Higgins**

Poppy aurait tort de se plaindre : elle dirige sa propre entreprise de récupération de matériaux, elle est entourée d'une famille décalée mais aimante ainsi qu'une smala d'amis farfelus et de petits protégés qui remplissent son quotidien de rires et de tendresse. Elle a même (plus ou moins) un petit ami. Que demander de plus ? Quand resurgit Liam, le bad boy du lycée qui lui a brisé le cœur quinze auparavant, toujours aussi craquant, le cœur de Poppy s'emballe.

Passion intense

Des romans légers et coquins

Le 4 décembre

Inédit ***Les Sullivan - 1 - La passion dans tes yeux***

Bella Andre

Photographe professionnel, Chase Sullivan est un vagabond qui parcourt le monde. De temps à autre, toutefois, il rejoint San Francisco, où il retrouve ses sept frères et sœurs. Entre voyages et retrouvailles au sein de la fraterie Sullivan, il pense mener la vie rêvée. Pourtant, quand il fait la connaissance plus qu'innattendue de Chloé sur la route de Napa Valley, il comprend au premier regard qu'il lui manquait une chose essentielle : la passion…

Et toujours la reine du roman sentimental :

Barbara Cartland

« Les romans de Barbara Cartland nous transportent dans un monde passé, mais si proche de nous en ce qui concerne les sentiments. L'amour y est un protagoniste à part entière : un amour parfois contrarié, qui souvent arrive de façon imprévue.
Grâce à son style, Barbara Cartland nous apprend que les rêves peuvent toujours se réaliser et qu'il ne faut jamais désespérer. »

Angela Fracchiolla, lectrice, Italie

Le 4 décembre
Un baiser pour le roi